BASTEI
LÜBBE

Catherine Cookson

Glück ist eine seltene Münze

Aus dem Englischen von
Ursula von Wiese

BASTEI
LÜBBE

BASTEI-LÜBBE-TASCHENBUCH
Band 10091

1. Auflage 1979
2. Auflage 1983
3.–4. Auflage 1989

Titel der Originalausgabe: THE DWELLING PLACE

Lizenzgeber: Marsh & Sheil Ltd., London
Herausgeber: Gustav Lübbe Verlag GmbH, Bergisch Gladbach
Printed in West Germany, 1989
Einbandgestaltung: Adolf Bachmann
Druck und Bindung: Ebner Ulm
ISBN 3-404-10091-3

Der Preis dieses Bandes versteht sich einschließlich
der gesetzlichen Mehrwertsteuer

ERSTER TEIL: Die Familie

1

Das Haus hatte zwei Zimmer. Es bildete mit neun andern den Weiler Heatherbrooke in der Grafschaft Durham; noch vor zwei Stunden hatte es dreizehn Mitglieder der Familie Brodie beherbergt, jetzt waren drei von ihnen tot.
Cissy Brodie stand in dem matt erhellten Raum und betrachtete ihre leblosen Eltern im weißen Totenhemd, die nebeneinander auf dem Bett lagen. Zu ihren Füßen lag das Neugeborene. Die fünfzehnjährige Cissy vermochte es nicht zu fassen. Daß die Fieberkrankheit ihre Mutter hinweggerafft hatte, konnte sie verstehen; denn mit jedem Kind war die Mutter schwächer geworden. Aber unbegreiflich war, daß die Krankheit ihr auch den Vater geraubt hatte, denn kein Landarbeiter in der ganzen Gegend hätte sich an Kraft mit ihm messen können. Als der elfjährige John, die zehnjährige Nancy und der achtjährige Peter vor drei Jahren am Fieber gestorben waren, hatte der Vater gesagt, es liege daran, daß sie der Mutter nachgeschlagen und nicht kräftig genug wären. Er hatte auf Cissy gewiesen und gesagt: »Du warst auch krank und bist nicht daran gestorben. Du schlägst nämlich mir nach.« Doch gütig wie er war, hatte er das nicht vor der Mutter gesagt.
Und nun war der Vater tot. Was sollte sie tun? Was sollte aus ihnen werden? Außer ihr waren neun Kinder zurückgeblieben; das älteste, Jimmy, zählte erst zehn Jahre, das jüngste elf Monate. Wie sollte sie die Geschwister ernähren?
Vorige Woche hatte der Bauer Hetherington ihnen Steckrüben gegeben und täglich zwei Liter abgerahmte Milch; aber sie wußte, daß seine Großzügigkeit nur von der Erwartung herrührte, daß der Vater diese Woche wieder zur Arbeit kommen würde.
»Cissy...«

Sie schaute auf die fünfjährige Charlotte, die an ihrem Rock zupfte, und flüsterte: »Was ist?« Das Kind sah aus großen braunen Augen zu ihr empor und antwortete mit zitternden Lippen: »Mir ist schlecht.«

Ratlos betrachtete Cissy die Kinder: Jimmy, Mary, William, Bella, Sarah, Charlotte, Joe und Annie; wie Orgelpfeifen waren sie vor dem Bett aufgereiht. Sie wiegte Nellie im Arm und sagte leise zu Charlotte: »Lauf zum Bach und trink Wasser. Geh mit ihr, Sarah, und gib acht, daß sie sich nicht naß macht.«

Gerade als Sarah ihre Schwester bei der Hand nahm, wurde die Tür geöffnet, und eine Frau trat ein. Mit gedämpfter Stimme sagte sie zu Cissy: »Schick die Kinder weg. Matthew Turnbull aus Benham ist gekommen, um Maß für den Sarg zu nehmen.«

Cissy schaute auf Mrs. Fisher, die für alle Dörfer im Umkreis von fünf Kilometern als Hebamme und Leichenbitterin amtete, und nickte. Jimmy beauftragte sie, mit den Kindern hinauszugehen. Wie eine Herde Schafe scheuchte er mit ausgebreiteten Armen die schweigenden Kinder durch die Tür, vorbei an dem untersetzten Mann, der draußen gewartet hatte.

Matthew Turnbull mußte sich bücken, um den Kopf nicht anzustoßen. Mrs. Fischer strich ihre Schürze glatt und verabschiedete sich: »Ich überlasse es euch, das Notwendige abzusprechen.«

Cissy hatte den Mann noch nie zuvor gesehen. Der Schreiner Proctor, der sonst immer die Särge gemacht hatte, war vor drei Tagen ebenfalls am Fieber gestorben. Sie schluckte leer, ehe sie fragte: »Wieviel verlangen Sie?«

Er musterte die magere Gestalt und das blasse Gesicht mit den tiefliegenden braunen Augen. Man hatte ihm gesagt, das Mädchen habe nun für neun jüngere Geschwister zu sorgen. Lange würde sie das natürlich nicht bewältigen, solchen Geschöpfen stand das Armenhaus offen. Pfarrer Hedley hatte den Namen des Toten häufig erwähnt: »Joe Brodie ist ein Mann, der es zu etwas bringen könnte, außerdem hat er Herz.« Matthew kannte die Vorgeschichte: Aus Mitleid hatte Joe Brodie seine Frau ihrer Familie für einen Goldsovereign abgekauft und sie in

sein Haus geholt, in eine Kate unweit von Jarrow, und hier hatte sie auf dem Feld gearbeitet, was ihr nach der jahrelangen Arbeit in der Kohlenzeche paradiesisch vorkommen mußte. An ihrem sechzehnten Geburtstag hatte er sie geheiratet. Um das älteste Kind hatte er sich nicht weiter gekümmert, weil Lesen für ein Mädchen unnötig war, aber die beiden älteren Buben mußten jeden Sonntag in der Kirche der Vorlesung aus der Bibel beiwohnen und sich das Abc eintrichtern lassen.
Matthew überlegte sich den Preis. Der einfachste Sarg kostete bei ihm zehn Schilling. Doch diesmal dachte er nicht an seine eigenen Sorgen. »Fünf Schilling für jeden«, sagte er.
»Das habe ich nicht, im Augenblick habe ich es nicht, aber ich könnte es abzahlen. Oder...« sie deutete auf die Uhr, die auf einem schmalen Sims über dem Kamin stand, »wenn Sie das nehmen wollen. Die Uhr ist etwas wert, sie stammt aus dem Hause meiner Großmutter in Jarrow, und ihr Vater hat sie aus dem Ausland hergebracht. Sie ist etwas wert.« Es war tatsächlich eine ungewöhnliche Uhr, mit aufgemaltem Zifferblatt und einem Männlein, das darauf wartete, mit einem Hammer die Stunde zu schlagen. Ja, sie gefiel ihm, es war ein hübsches Stück, doch sicherlich mehr wert als zehn Schilling. »Wir wollen später darüber sprechen«, sagte er. »Jetzt will ich erst meine Arbeit tun.«

Es war kurz vor zwei, und die Sonne stand hoch. Seit zwei Wochen hatte es nicht geregnet, und der sonst schlammige Weg verlief wie ein unebenes Felsband zwischen den Häusern. Weil ihr eigenes Haus abseits stand, hatte sie immer das Gefühl gehabt, etwas Besonderes zu sein, und in diesem Gefühl hatte sie das Verhalten ihres Vaters bestärkt, der im Gegensatz zu Taggart, Shell und Patterson seine Frau nie geschlagen hatte. Ihr Vater war auch insofern ein ungewöhnlicher Mann gewesen, als er nicht wollte, daß sich seine Kinder vor dem zehnten Lebensjahr verdingten, von leichter Erntearbeit auf dem Feld abgesehen.
Noch gestern hatte sich Cissy geborgen gefühlt. Nun aber

stand sie verlassen da, eine Fünfzehnjährige, die weder in einer Zeche noch in einer Fabrik gearbeitet, sondern nur der Mutter zu Hause geholfen hatte. Es hatte Cissy Freude gemacht, das Haus und die Kinder zu besorgen, und mit Stolz erfüllt, wenn es hieß, bei ihr herrsche mehr Sauberkeit als bei den andern Frauen im Weiler.

Was aber sollte nun werden? Sie betrachtete das schlafende Kind auf ihrem Arm. Nellie war rundlich und wohlgenährt, weil sie immer wie am Spieß schrie, wenn sie Hunger hatte. Jetzt war kaum mehr etwas zu essen im Haus, nur zwei Brote und ein wenig Speck. Woher sollte sie das Geld fürs Essen nehmen, wenn sie verhindern wollte, daß die Kinder auseinandergerissen würden? Und das wollte sie unbedingt verhindern. Vater hatte gesagt, sie dürften niemals in der Zeche arbeiten. Das Kohlenbergwerk entsprach in der Vorstellung ihrer Geschwister Pfarrer Hedleys Hölle. Zweifellos hatten dazu auch die Schilderungen ihrer Mutter beigetragen: schon als Siebenjährige hatte diese manchmal vierzehn Stunden unter Tag gearbeitet.

Als Cissy von weitem die Kinder am Bachufer still sitzen sah, wo sie gewöhnlich munter spielten, kam wieder die bange Frage über sie: »Was soll ich bloß tun?« Plötzlich hegte sie nur noch das Verlangen, sich ins Heidekraut zu werfen und zu weinen. Aber der Vater hatte immer gesagt, Tränen seien nutzlos, damit bringe man nur andere zum Weinen; man solle sie lieber mit Lachen anstecken. Er hatte sogar Mutter zum Lachen gebracht, auch wenn sie Schmerzen litt. Dennoch hätte Cissy jetzt gern geweint.

Als Jimmy sie erblickte, stand er auf, um ihr entgegenzugehen, und die anderen folgten ihm. Sonst hatten sie sie zum Mitspielen aufgefordert, heute aber schauten sie die ältere Schwester nur trostsuchend an.

Es war leicht, die Geschwister zu führen und zu erziehen; die Schwierigkeit bestand darin, sie zu ernähren. Sie trug Bella auf, mit den Jüngsten im Wald Feuerholz zu holen, und kehrte mit Jimmy, Mary und William nach Hause zurück.

Als sie um die Ecke bogen, sahen sie einen Wagen vor ihrer Haustür stehen, und wortlos blickten sie einander an. In der Stube waren vier Männer, der Schreiner Matthey Turnbull, Pfarrer Hedley und zwei weitere, die Cissy nicht kannte.

»Da bist du ja, Cissy«, sagte Pfarrer Hedley. »Das ist Herr Riper, der sich euer annehmen wird, und sein Gehilfe, Herr Fuller. Du kannst dir wahrscheinlich denken, weshalb sie gekommen sind.«

Cissy betrachtete den dicken, kleinen Herrn Riper.

»Gib mir Namen und Alter der Kinder an«, sagte er mit hoher, dünner Stimme, die in merkwürdigem Gegensatz zu seinem Umfang stand.

»Warum?«

»Warum?« wiederholte er und warf einen Blick auf seinen Schreiber, der schon den Bleistift gezückt hatte. »Warum? Weil sie unter das Armengesetz fallen.«

»Nein!« Cissy wich bis an den Tisch zurück. »Nein, auf keinen Fall! Wir bleiben alle hier im Hause.«

»Aber, aber, Cissy.« Hedley trat auf sie zu. »Du kannst doch für deine Geschwister nicht sorgen. So etwas kommt öfters vor. Nach dem Tode des Vaters wird die Familie von der Wohlfahrt übernommen, wenn keine Verwandten da sind, die die Hinterlassenen bei sich aufnehmen können. Oder habt ihr etwa Verwandte, zu denen ihr gehen könnt?« Er hätte nicht zu fragen brauchen, er wußte Bescheid.

Cissy überlegte verzweifelt, suchte aber vergeblich nach Verwandten. Die Eltern ihres Vaters waren an Typhus gestorben, und die Mutter hatte ihre Angehörigen nie wiedergesehen.

»Was bleibt dir also anderes übrig, mein Kind?« Die Stimme des Pfarrers klang milde, und er rang die Hände, als litte er.

»Wir können arbeiten gehen, Jimmy, Mary, William und ich, wir können alle arbeiten«, stieß sie hervor. »Auch Bella, sie ist schon sieben. Nein, wir gehen nicht aus dem Haus. Vater fände keine Ruhe im Grab, wenn er wüßte, daß seine Kinder im Armenhaus wären.«

»Undankbar, undankbar.« Riper drohte ihr mit dem Zeigefin-

ger. »Du solltest der Behörde dankbar sein, daß sie die Verantwortung für deine Geschwister übernehmen will.« Er wandte sich an Hedley: »Ich überlasse die Sache Ihnen, Herr Pfarrer. Ich kann meine Zeit nicht hier verschwenden, ich habe noch mit drei Leuten in Brockdale zu sprechen. Kommen Sie mit?«
Hedley nickte. Er sah Cissy betrübt an. »Wir müssen noch darüber reden, mein Kind. Wenn ich heute abend nicht wiederkomme, dann morgen nach der Beerdigung.«

Cissy sah sich nach dem Schreiner um. Er stand bei der Tür und blickte dem Wagen nach. Jetzt drehte er sich zu ihr um und sah in ihr bleiches Gesicht, ertrug aber ihren halb ängstlichen und halb trotzigen Blick nicht; es war, als gäbe sie ihm die Schuld an der Lage.
Matthew hatte in den vergangenen zwei Wochen für viele vaterlose Familien Särge gemacht und mit angesehen, wie der dicke Riper die Kinder versorgte. Cissys Benehmen erstaunte ihn. »Ich lasse es nicht zu«, sagte sie bestimmt.
»Wie willst du es denn schaffen?«
»Irgendwie. Die Buben können arbeiten. Kennen Sie jemand?«
Er schüttelte den Kopf.
»Brauchen Sie selbst eine Hilfe? Jimmy ist klein, aber schon zehn Jahre alt und stark. Er würde ein guter Schreiner sein.«
Matthew befeuchtete sich die Lippen und legte den Kopf schief. »Tut mir leid, aber ich habe nur eine kleine Werkstatt, in erster Linie eine Wagnerei. Und wir sind schon zu zweit. Wir kommen gerade knapp durch.« Er blickte zu Boden. Warum stand er hier und gab ihr lange Erklärungen? Längst hätte er gehen müssen, sollten die Kisten morgen fertig sein. Verlegen trat er vom einen Fuß auf den andern und sagte: »Mach dir wegen des Geldes keine Sorgen. Ich nehme die Uhr.«
Als er gegangen war, blieb sie eine Weile regungslos stehen; dann legte sie das schlafende Kind in den Wäschekorb neben dem Kamin und betrachtete ihre toten Eltern. Wieder hätte sie am liebsten geweint.

Die Zeiten waren schlecht. Alle schoben die Schuld auf den Streik in der Jarrow-Zeche und auf Tommy Hepburn. Manche Leute sagten, Tommy Hepburn sei ein großartiger Mann, aber Cissy konnte an einem Mann, der Streiks organisierte, nichts Großartiges finden, denn Streiks bedeuteten weniger Brot. Auch die Bauern waren von der Notlage betroffen und geizten. Trotzdem wollte sie es morgen bei Hetherington versuchen. Wenn einer ihr helfen konnte, dann nur er.
Was sollte sie heute den Kindern zu essen vorsetzen? Cissy blickte auf den Schrank, in dem die Brote lagen. Jeder Laib ergab zwölf Scheiben, doch davon wollte sie für morgen früh noch etwas zurücklegen.

2

Die beiden Särge lagen auf dem Karren, dem außer den Kindern nur Snell folgte, weil sein Gesundheitszustand ihm noch nicht erlaubte, wieder zur Arbeit zu gehen. Die Frauen blickten dem Zug von der Haustür aus nach. An Begräbnissen pflegten nur Männer teilzunehmen, doch die Männer vom Weiler hatten sich einen Lohnausfall nicht leisten können. Es war ein weiter Weg zum Friedhof.
Vor dem Friedhofstor mußten sie warten und einem anderen Leichenwagen den Vortritt lassen. Vier Rappen zogen den Wagen, und Cissy zählte zwölf Droschken, die ihm folgten, und wohl an die hundert Menschen zu Fuß. Verwundert starrten sie auf dieses Schauspiel, und Jimmy sah fragend zu Cissy auf, aber sie gab seinen Blick nur stumm zurück.
Als der Zugang frei war, lenkte der Mann auf dem Bock seinen Klepper nicht auf den Hauptweg, sondern über einen Nebenpfad zu einem fernen Winkel des Friedhofs, wo Pfarrer Hedley am Ende einer lange Reihe offener Gräber stand.
Hedley war kein guter Prediger. Es hieß von ihm, seine Predigten seien ein vorzügliches Schlafmittel; aber man sagte auch, er übe seine Christenpflicht mit Taten, nicht mit Worten aus.

Während die Särge vom Totengräber und dem Kutscher nacheinander ins selbe Grab hinabgelassen wurden und der Pfarrer feierlich sein »Asche zu Asche« sprach, brach Mary in lautes Weinen aus. Cissy zog sie an sich; sie hätte auch gerne geweint, aber zu ihrem Schrecken ertappte sie sich bei der Überlegung, welcher Sarg wohl zuoberst und welcher zuunterst lag. Sie hörte William schnupfen und Sarah leise wimmern.

Als der Totengräber das Grab zuzuschaufeln begann und die ersten Schollen ein dumpfes Geräusch hervorriefen, wäre Cissy am liebsten hinuntergesprungen, um die Erde wieder zu entfernen.

Die Geschwister drängten sich um sie. Hedley legte jedem Kind die Hand auf den Kopf und bat, Cissy in Ruhe zu lassen, er habe mit ihr zu reden. »Gib inzwischen auf die anderen acht«, sagte er zu Jimmy, dessen Augen wie die Cissys trocken geblieben waren.

Hedley ging mit Cissy voraus. »Nun, hast du dir die Sache überlegt?«

»Ja, Herr Pfarrer.«

»Wirst du Herrn Riper für euch sorgen lassen?«

»Nein, Herr Pfarrer; denn wenn wir getrennt werden, sehen wir uns vielleicht nie wieder. Ich möchte für meine Geschwister selbst sorgen.«

»Aber wie?« Hedley schüttelte den Kopf. »Du mußt Vernunft annehmen, Cissy. Wie willst du neun Kinder ernähren?«

»Wie ich schon sagte, Herr Pfarrer, wir können arbeiten, wenigstens die vier ältesten.«

Hedley verkrampfte wieder die Hände, wie immer, wenn ihn etwas bekümmerte. Er blickte zum Himmel empor, der mit Regen drohte, und murmelte, als spräche er zu sich selbst: »Wo wollt ihr denn wohnen?«

»Wohnen?« wiederholte sie. »Natürlich in unserem Haus.«

»Aber Mädchen, das Haus gehört zum Zehnten. Hetherington wird den Nachfolger deines Vaters hineinsetzen.«

Cissys Gesicht zuckte, und sie vermochte die Lippen nicht zu

bewegen. Das hatte sie an sich befürchtet, den Gedanken aber immer wieder verdrängt. Der Bauer Hetherington war ein guter Mensch. Doch jetzt fragte sie sich, ob seine Güte so weit reichen würde, ihnen das Haus zu überlassen, wenn er es für einen anderen Landarbeiter brauchte. Nein, er durfte sie nicht hinauswerfen. »Herr Hetherington wird uns nicht auf die Straße setzen. Ich werde morgen zu ihm gehen und mit ihm sprechen«, sagte sie trotzig.
Hedley betrachtete das schmächtige Mädchen und beneidete es um seine Fähigkeit, vor Hindernissen nicht stehenzubleiben. Er brachte es nicht über sich, ihr zu sagen, welcher Familie Hetherington auf Ende der Woche das Haus versprochen hatte: einem Mann mit sechs Kindern, der sich zusammen mit einem Dutzend anderer um die Stelle beworben hatte. »Hast du Geld, Cissy?« fragte er.
Als sie ihm keine Antwort gab, kramte er einen Schilling hervor und reichte ihn ihr. Sie zierte sich nicht und wehrte nicht ab, sondern nahm den Schilling entgegen und sagte: »Vielen Dank, Herr Pfarrer.«
Cissy sah, daß Snell die Szene von weitem beobachtet hatte. Sie wußte, daß er nun für seine Beileidsbezeugung eine Erfrischung erwartete. Aber sie hatte nicht im Sinn, den Schilling auszugeben; dafür konnte sie für zwei Tage Brot und Speck kaufen.
»Ich muß jetzt gehen, Cissy.« Der Pfarrer blickte einem neuen Trauerzug entgegen. »Ich komme morgen zu euch.« Morgen würde sie wohl mit Hetherington gesprochen und ihre hoffnungslose Lage eingesehen haben, dann konnte er sich mit Riper in Verbindung setzen. Es fiel dem Pfarrer schwer, diesen Mann, den er im Grunde verabscheute, wie seinen Nächsten zu lieben.
Cissy blieb stehen und wartete, bis die Geschwister sie eingeholt hatten. Beim Friedhofstor schaute sie Snell tapfer in die Augen und sagte: »Wir danken Ihnen, daß Sie mitgekommen sind. Das war sehr freundlich von Ihnen.«

»Was hast du vor, Cissy?« fragte Jimmy unterwegs.
»Mehl oder Brot kaufen«, antwortete sie, »in Brockdale. Der Herr Pfarrer hat mir einen Schilling geschenkt.«
»Das ist aber ein weiter Umweg.«
»Ja, aber dort bekommt man alles viel billiger.«
Dort, wo sich der Weg mehrfach verzweigt, trafen sie einen Wagen, der aus der Richtung ihres Weilers kam. Auf dem Bock saß Matthew Turnbull. Er zügelte das Pferd, doch bevor er etwas sagen konnte, rief ihm Cissy zu: »Sie können die Uhr jederzeit holen, Herr Turnbull.«
»Schon gut, das eilt nicht«, erwiderte er ruhig und betrachtete die Gesichter der Kinder, die zu ihm aufblickten. »Wollt ihr nicht nach Hause?« fragte er erstaunt und wies mit dem Daumen in die andere Richtung.
»Nein, wir wollen zuerst nach Brockdale, um Mehl zu kaufen.«
»Weil es dort billiger ist, deswegen machen wir einen Umweg«, erklärte Bella.
Cissy warf ihr einen strafenden Blick zu. Bella suchte immer einen Vorteil herauszuschlagen und kannte keine Scheu, wenn sie die Gelegenheit für gekommen hielt. Auch diesmal gelang es ihr. Matthew forderte die Kinder auf, den Wagen zu besteigen. »Haltet euch gut fest«, mahnte er, »die Straße ist holprig.«
Sie purzelten durcheinander, als der Wagen anruckte; aber nur Bella lachte, und auch ihr Lachen klang verhalten.
Auf halbem Wege nach Brockdale fragte Matthew über die Schulter: »Wieviel Mehl willst du kaufen?«
Cissy tat, als hätte sie nichts gehört, worauf William sie anstieß und ihr zuflüsterte: »Er fragt, wieviel Mehl du kaufen willst.«
Nach einer Weile antwortete sie leise: »Ein Kilo.« William wiederholte laut und nachdrücklich: »Ein Kilo.«
Als sie Brockdale fast erreicht hatten, brach Matthew das Schweigen: »Ich bringe euch zu Watsons Mühle. Ich kenne Watson gut, er wird euch einen besseren Preis machen.«
Cissy hatte schon von Watsons Mühle gehört, kannte sie aber nicht, weil sie landeinwärts lag. Matthew hielt im Hof vor dem Hause des Müllers. »Wartet hier auf mich«, sagte er und stieg

vom Wagen. William sprang ebenfalls hinunter und lief weg, obwohl Cissy ihn zurückzuhalten versuchte. Er kehrte nach einer Weile außer Atem zurück. »Es ist eine richtige Windmühle, die Flügel sind auf der anderen Seite. Kommt mit, und schaut sie euch an!«

»Hiergeblieben«, rief Cissy streng. »Benehmt euch anständig!«

Als Matthew wieder auftauchte, begleitete ihn ein weißgepuderter Mann unbestimmten Alters. Er schaute die Kinder der Reihe nach an. »Ihr wollt also Mehl haben?«

»Ja, Herr Watson«, antwortete Cissy.

»Und wie ich höre, möchtest du ein ganzes Kilo kaufen.« Er lachte schallend; offenbar machte er sich über sie lustig, Cissy jedoch verzog keine Miene. »Noch nie habe ich weniger als einen Sack verkauft, noch nie hat man weniger verlangt; aber du willst ein Kilo haben.« Er stieß Matthew in die Seite und lachte wieder. »Wieviel kostet ein Kilo in Brockdale?«

»Zweite Güte kostet neun Pence«, preßte Cissy hervor.

»Neun Pence für zweite Güte! Hast du das gehört?« Wieder stieß er Matthew an. »Das sind ja Halsabschneider. Da ist es gut, daß du zu mir gekommen bist. Ich gebe dir für deine neun Pence vier Kilo. Was sagst du dazu?«

Sie lächelte. »Ich sage schönen Dank.«

»Höflich gesprochen, Mädchen.« Er wandte sich an Matthew: »Ich werde den Kindern die Mühle zeigen. Geh du gleich ins Haus. Ich müßte mich sehr irren, wenn Rosa nicht gerade dabei ist, Tee zu machen.«

Gerade wollte Matthew der Aufforderung Folge leisten, als eine Frau aus dem Hause trat. Sie war ebenso groß und breit wie der Wagner, aber Cissy wunderte sich vor allem über ihr Gesicht. Noch nie hatte sie eine so häßliche Frau gesehen. Die Äuglein glänzten, die Nase war breit, und am Kinn hatte sie ein großes Muttermal. Doch als sie Matthew anlächelte, veränderte sich das ganze Gesicht, und sie entblößte schöne weiße Zähne. Ihre Stimme klang bei der Begrüßung wohllautend, und Cissy spürt sofort, daß sie Matthew zugetan war. Fragend musterte sie die Kinder.

»Das sind die Brodies aus Heatherbrooke, sie haben soeben ihre Eltern begraben«, erklärte Matthew.
»Ach, die armen Dinger. Sie müssen wohl ins Waisenhaus?«

Der Müller bedeutete den Kindern, ihm zu folgen. »Ich will euch etwas zeigen, das ihr noch nie gesehen habt.«
Sie folgten ihm zu einer Leiter, die ins Erdgeschoß der Mühle führte. Hier standen sie eng beieinander und betrachteten einen Mann, der sie aus weißem Gesicht angrinste. Er rieb ein langes flaches Brett mit Ruß ein und scheuerte damit die Oberfläche eines großen Steines.
»Das überrascht euch, was? Ruß in einer Mühle?« Der Müller rief es mit lauter Stimme. »Aber nichts eignet sich besser als Ruß, wenn das Mühlwerk geglättet werden muß. So verschwindet die kleinste Unebenheit. Mühlsteine sind wie Frauen, wußtest du das?« Er zwinkerte Cissy zu und lachte herzlich. »Na, habt ihr alle die Sprache verloren? Hat niemand etwas zu fragen?«
Als er keine Antwort erhielt, bemerkte er kopfschüttelnd: »Die stillsten Kinder, die jemals hier waren.«
Er führte sie aus der Mühle in ein scheunenartiges Gebäude, wo er mit einer Kelle Mehl in einen Sack schöpfte. »Sonst kann ich das Gewicht immer recht gut abschätzen«, sagte er beim Wägen, »aber heute ist es mir nicht gelungen. Fast ein Pfund zuviel. Na, lassen wir es so. Alles für neun Pence.«
Er reichte Cissy den Sack, und sie gab ihm den Schilling.
»Ach, ich muß dir herausgeben. Die Kasse führt Rosa. Laß das Mehl hier und komm mit.« Als sie zögerte, den Sack abzusetzen, lachte er. »Los, los, niemand wird dein Mehl stehlen.«
Wie Schafe folgten sie ihm zum Haus, vor dessen Fenstern Blumentöpfe standen. »Rosa, ich brauche Kleingeld«, rief der Müller von weitem, worauf seine Tochter in der Tür erschien. Sie hielt einen dampfenden Becher in der Hand. Matthew, der hinter ihr auftauchte, hielt ebenfalls einen Becher, und dieser Anblick ließ Cissy das Wasser im Mund zusammenlaufen. Seit mehr als einem Monat hatte Cissy keinen Tee mehr gekostet.

»Kommt herein, kommt herein.« Rosa Watson trat zurück und winkte die Kinder zu sich.
Cissy glaubte im Himmel zu sein. Die Küche war geräumig und hatte einen Steinfußboden. Zwischen den niedrigen Dekkenbalken leuchtete der Gips so weiß wie Mehl. Auch die Wände waren fleckenlos weiß getüncht; neben dem großen Herd hingen auf beiden Seiten glänzende Kupfertöpfe, und auf dem Kaminsims standen Kerzenhalter aus Messing. Der Küchenschrank war beladen mit Geschirr, und auf dem gescheuerten Tisch lagen ein Brotlaib und ein großes Stück Käse.
Ohne Ausnahme blickten die Kinder auf den Tisch, auch Cissy, die sich zuerst umgeschaut hatte. Rosa machte sich daran, dicke Brotscheiben zu schneiden, und fragte: »Mögt ihr Käse?«
Vor Staunen brachten sie keine Antwort hervor. »Sie haben die Sprache verloren«, rief mit lauter Stimme der Müller. »Natürlich mögen sie Käse. Stell sie nur auf die Probe!«
Rose belegte die Brotscheiben mit Käse und reichte sie herum. »Wollt ihr lieber Milch oder Tee?« erkundigte sie sich bei Cissy.
»Tee, bitte.«
Watsons Lachen erfüllte die Küche. »Dumm sind sie nicht. Wie oft habt ihr überhaupt schon Tee bekommen?«
»Nicht sehr oft, Herr Watson.«
»Nicht sehr oft«, wiederholte er. »Ich wette, das ist die Wahrheit.«
Noch nie hatte Cissy so köstlichen Tee getrunken. Er war heiß, stark und süß, und mit jedem Schluck schien er ihr neues Leben zu geben. Schnell leerte sie ihren Becher, und als Rosa fragte, ob sie noch mehr wolle, nickte sie einigemal, worüber der Müller wieder schallend lachte. Matthew beobachtete schweigend die Szene.
Als die Kinder gegessen und getrunken hatten, knöpfte Matthew seinen Rock zu und sagte: »Nun muß ich aber weiter, ich habe meine Arbeit.«

Das brachte den Müller abermals zum Lachen.
»Wir sehen uns also Samstag?« fragte Rosa.
»Ja, am Samstag, Rosa«, antwortete Matthew.
Sie lächelte und ließ ihre schönen Zähne sehen. Unvermittelt wischte sie die Brot- und Käsereste zusammen, legte sie auf ein Tuch, knüpfte dieses zusammen und drückte es Cissy in die Hand. »Da habt ihr etwas, wenn ihr zu Hause seid.«
Cissy preßte das Bündel an die Brust und starrte in Rosas breites Gesicht. Die Tränen, die sie in den letzten Tagen unterdrückt hatte, drohten sie zu überwältigen. »Vielen Dank«, stammelte sie. Mit einem Blick auf Watson und Matthew sagte sie mühsam: »Ihr seid alle so freundlich.«

Erst als die Kinder auf dem ratternden Wagen dahinfuhren, lösten sich die Zungen. Sie plauderten von allem, was sie gesehen und erlebt hatten. Cissy mischte sich erst ein, als Bella sagte: »Und zu Hause gibt es noch ein Stück Brot.«
»Bild dir das bloß nicht ein«, mahnte sie leise, aber scharf. »Ihr habt für heute gegessen.« Es tat ihr leid, so zu sprechen, aber es mußte sein.
William, der den blonden Kopf auf ihrem Arm ruhen ließ, sagte wie nebenbei: »Das war eine liebe Frau.«
»Ja, wirklich«, bekräftigte Cissy, doch im selben Augenblick fiel ihr ein, daß sie die Freundlichkeit, die ihnen heute zuteil geworden war, Matthew Turnbull verdankten. Ohne ihn hätten sie in der Mühle sicher eine Abfuhr erhalten. Der Müller und seine Tochter hatten Matthew gern, das merkte man deutlich. Vielleicht hatte sie ein Auge auf ihn geworfen und wollte ihm gefällig sein.
Unterwegs hielt Matthew, damit Cissy Hefe kaufen konnte, und bei der Kreuzung setzte er die Kinder nicht ab, sondern brachte sie bis zum Weiler. »Wir haben Ihnen viel Zeit weggenommen«, sagte Cissy beim Abschied.
Er schüttelte den Kopf. »Nicht der Rede wert. Von hier aus kann ich querfeldein nach Benham fahren.«
Ihre weichen braunen Augen drückten Dankbarkeit aus.

Zuerst wollten ihr die Lippen nicht gehorchen. »Ich... ich weiß nicht, was ich sagen soll. Sie haben uns so sehr geholfen. Sie brauchen sich nur die Uhr zu holen...«
Matthew betrachtete das Mädchen. Ihre weiße Haut war von feiner Röte übergossen, die dichten Wimpern waren gebogen, und unter dem Kopftuch schauten dunkle Locken hervor. Ein seltsames Gefühl ergriff ihn, als ob er plötzlich ein anderer wäre. Das mißfiel ihm, denn er pflegte nüchtern zu denken. Er schnalzte mit der Zunge, und das Pferd setzte sich in Bewegung. »Die Uhr hole ich mir in den nächsten Tagen«, rief er zurück.
Während Cissy ihm nachblickte, wurde ihr bewußt, daß sie in den letzten zwei Stunden ihre Sorgen beinahe vergessen hatte. Für die nächsten drei Tage würden sie genug zu essen haben: Brot, Käse und Rüben, und für die restlichen zwei Pennies konnte sie Speck und Magermilch kaufen. Cissy tröstete sich mit den Worten ihres Vaters: Man starb nicht an leerem Magen, sondern an verlorener Hoffnung.
Als ein Landarbeiter aus Pelaw voriges Jahr tot in einem Graben gefunden worden war, hatte der Vater erklärt, der Mann sei nicht verhungert, sondern gestorben, weil er die Hoffnung aufgegeben habe. Also mußte sie weiter hoffen, irgend etwas würde sich schon ergeben.
Tatsächlich geschah etwas am folgenden Morgen.
Sie stand auf dem Bauernhof vor Hetherington und stieß erschrocken hervor: »Wohin sollen wir denn gehen?«
Hetherington schob sein schweres Kinn hin und her und warf die Lippen auf. »Es gibt nur eine Möglichkeit. Du hättest Herrn Riper alles für euch ordnen lassen sollen. Das wird dir eine Lehre sein, wenn deine Geschwister nun nicht mehr aufgenommen werden und ihr in den Bergen hausen müßt. Ihr seid nicht die einzigen, denen es so ergeht; zu Dutzenden treiben sich Leute ohne Wohnsitz herum. In der Stadt ist es noch schlimmer, dort herrscht Cholera. Du hättest zugreifen sollen, als sich dir eine Gelegenheit bot.«
Cissy konnte es nicht fassen, daß Hetherington in diesem Ton

mit ihr sprach. Er war immer freundlich gewesen, zwar geizig, das heißt, er gab nur Steckrüben umsonst, die er im Überfluß besaß; aber schroff und unzugänglich hatte er sich nie gezeigt. Sie hatte vergeblich gebeten, ihr und den Kindern das Haus zu überlassen, übermorgen sollte sein neuer Landarbeiter einziehen. Je länger die Unterredung dauerte, um so rauher wurde Hetheringtons Sprache. Um die Sache zu einem Ende zu bringen, sagte er: »Ich muß ohnehin nach Jarrow fahren, ich will sehen, ob ich euretwegen mit Herrn Riper sprechen kann.«
»Nein!« entgegnete Cissy leise, aber entschieden. »Meine Geschwister kommen weder ins Waisenhaus noch ins Armenhaus. Wir werden wie die andern im Freien leben. Auf keinen Fall lassen wir uns trennen.« Als er sie daraufhin nur stumm ansah, fügte sie stolz hinzu: »Mein Vater hat immer gut von Ihnen gesprochen, Herr Hetherington.« Mit diesen Worten kehrte sie ihm den Rücken und überquerte den Hofplatz.

In der Nacht hatte es geregnet. Die Wege waren schlammig und voller Pfützen. Ohne darauf zu achten, ging Cissy weiter. Sie sehnte sich nach ihrem Vater; um die Mutter trauerte sie weniger, weil die schwache, hilflose Frau nur ihr Mitleid erweckt hatte; aber der bewunderte und heißgeliebte Vater, der nie um einen Rat verlegen gewesen war, fehlte ihr auf fast unerträglich schmerzhafte Weise.
Cissy wußte selbst nicht, weshalb sie die Straße verließ und die Böschung erklomm. Erst beim alten Steinbruch wurde ihr klar, wohin sie ihre Füße trugen, und nun kletterte sie zielstrebig weiter bis zur Felsenhöhle. Das letztemal war sie am Ostersonntag hier gewesen. Der Vater hatte jedem Kind ein hartgekochtes, gefärbtes Ei gegeben. Am Hang gegenüber ließen sie die Eier im Wettstreit über die Wiese rollen. Dann aber begann es zu regnen, und sie suchten hier in der geräumigen Höhle Schutz. Die Eier wurden geschält, und der Vater streute mitgebrachtes Salz darauf. Beim Essen erstickten sie beinahe vor Lachen über die Späße, die er machte. Es war ein wundervoller Tag gewesen.

Vor dem Eingang der Höhle war die Erde verbrannt. Irgend jemand, wahrscheinlich ein Landstreicher, war kürzlich hier gewesen und hatte ein Feuer angezündet. Cissy spähte vor dem Eintreten in die Höhle. Mit großen Schritten maß sie den dämmrigen Raum ab: vier Schritte längs und fünf Schritte quer, also größer als die Wohnstube zu Hause. Sie würde die Holzbetten an den Seiten aufstellen und in der Mitte Platz für den Tisch freilassen. Für Truhe und Kommode würde der Raum sicher noch reichen. Schade, daß der Eingang so hoch war; irgendwie mußte er ja verhängt werden. Kochen konnte man draußen, aber Brotbacken war ohne Ofen nicht möglich. Sie verließ die Höhle und wandte sich auf die linke Seite. Vom Hang bot sich ein Blick über Jarrow und den Fluß. Die Ortsohaft selber war nicht zu sehen, ebensowenig die kleine Werft, man sah nur das Bergwerk.
»Es geht nicht anders«, sagte Cissy laut, als ob sie mit dem Vater spräche.
Zehn Minuten später befahl sie atemlos ihren Geschwistern: »Mary, tu alles Geschirr und alle Töpfe in die Wiege. William, lege das Bettzeug zusammen. Wo sind Jimmy und Bella?«
»Jimmy sammelt Holz, und Bella spielt am Bach.«
»Hol Bella sofort her«, sagte Cissy streng zu der fünfjährigen Charlotte. »Und du, Sarah, nimmst so viele Kleider auf den Arm, wie du nur tragen kannst. William, hol Jimmy her.«
»Wohin gehen wir denn?« fragte William kleinlaut.
»Das sage ich euch allen nachher. Beeile dich!«
Als Jimmy mit William angelaufen kam, wollte dieser wie sein Bruder wissen: »Wohin gehen wir, Cissy?«
»Wir ziehen in die Höhle beim Steinbruch. Am Freitag müssen wir hier aus dem Hause sein.«
Die beiden Buben blickten sie an.
»Und das ist noch nicht alles«, fuhr sie fort. »Bis zur Kartoffelernte wird es keine Arbeit für uns geben, oder?«
Jimmy schüttelte nach kurzer Überlegung den Kopf.
»Nein.«
»Also, wovon sollen wir leben, was meint ihr?«

Die Augen der Knaben wurden immer größer.
»Wird einer der Bauern euch anstellen?«
»Was hast du nur, Cissy?« gab Jimmy zurück. »Du weißt doch, daß wir es bei den Bauern vergeblich versucht haben.«
»Wo könntet ihr Arbeit finden?«
Es verging einige Zeit, bevor William antwortete: »Meinst du die Zeche, Cissy?«
Mit niedergeschlagenen Augen sagte sie leise: »Ich kann es nicht ändern. Vater wollte nicht, daß ihr unter Tag arbeitet, aber was bleibt uns anderes übrig? Sonst fallen wir der Armenpflege in die Hände, und ihr wißt, was das bedeutet. Man würde euch ebenfalls in die Zeche schicken, und Joe müßte Kaminfeger werden, weil er fürs Bergwerk noch zu klein ist.«
»Johnny Fisher ist erst neun«, erklärte William, »und ich weiß von ihm, daß er in der Woche schon vier Shilling sechs Pence verdient.«
Cissy sah, daß ihn der Gedanke, unter Tag zu gehen, nicht abschreckte. Jimmy aber fürchtete sich im Dunkeln, doch er überraschte sie mit den Worten: »Du hast recht, es bleibt uns nichts anderes übrig. Sonst werden wir ja getrennt. Und das wollen wir nicht.«
Die Frage war also entschieden.
»Wenn wir alle Sachen draußen haben, will ich Mr. Martin fragen, wie wir sie am besten wegschaffen. Fangen wir also an.«
Cissy setzte Nellie wieder auf den Boden und machte sich an den Auszug.

3

Mochte der Tag auch warm gewesen sein, lange vor Sonnenaufgang wurde Cissy von der Kälte geweckt. Am Himmel standen noch Sterne, aber sie wußte nicht, wie spät es war, weil Jimmy mit der Uhr zu Matthew Turnbull nach Benham gegangen war. Zu ihrer Verwunderung kehrte er nicht allein,

sondern mit Matthew zurück, der entgeistert den Hausrat vor dem Höhleneingang betrachtete: »Hier könnt ihr doch nicht wohnen!« rief er.
»Doch, das genügt uns als Wohnung, bis ich etwas anderes gefunden habe«, erwiderte sie.
Seither war er jeden Tag gekommen, nie mit leeren Händen. Er hatte ihnen sogar ein Päckchen Tee gebracht und gestern Schweinsgekröse. Heute sollten die Buben mit der Arbeit in der Zeche anfangen. Martin hatte sie ihnen verschafft und verlangte dafür vom ersten Wochenlohn je einen Shilling. Er hatte die Knaben gewarnt, sie würden ihren Lohn vielleicht erst in zwei oder drei Wochen erhalten, weil sie nicht vom Besitzer der Zeche angestellt wurden, sondern von einem Akkordarbeiter, der die Kohle von der Wand zum Schaft schaffte und sich von möglichst vielen Kindern helfen ließ, am liebsten von mageren kleinen Kerlchen wie Jimmy, die leicht durch die engen Stollen kriechen konnten. Jimmy könne sofort als Karrenschieber anfangen, hatte Martin gesagt, der übliche Wochenlohn betrage sechs Shilling sechs Pence; wenn er in Doppelschicht arbeite, könne er sogar zwölf Shilling verdienen. Hingegen müsse der achtjährige William, der größer und breiter war als sein älterer Bruder, in der Kohlengrube als Wettertürwärter dienen. Wenn nötig, könne Cissy den Vorarbeiter um einen Vorschuß bitten, müsse sich aber für jeden Shilling einen Penny abziehen lassen. Die gewöhnliche Schicht fange um fünf Uhr morgens an und ende um fünf Uhr nachmittags.
Nachdem Cissy sich fröstelnd angezogen hatte, tastete sie sich zu den Knaben hinüber und weckte sie. »Es wird bald hell werden.«
Mehr wurde nicht gesprochen, auch nicht, als sie am Feuer saßen und heißen schwachen Tee tranken. Sie gab den Buben je drei Scheiben Brot und etwas Speck mit und ermahnte sie: »Eßt nicht alles auf einmal, es wird ein langer Tag sein. Wenn ihr nach Hause kommt, habe ich das Essen für euch bereit.«
Im Osten graute der Himmel, als sie über das höckrige Land

zur Hauptstrasse stolperten. Cissy trennte sich von den Brüdern erst, als die Umgebung deutlich zu erkennen war. Sie drückte jeden an sich, sprach aber kein Trostwort, sondern riß sich beinahe brüsk von ihnen los.
Bis zur Zeche hatten die beiden Jungen noch eine halbe Stunde zu gehen. Als das Kopfgerüst über dem Schacht zu sehen war, fragte William aufgeregt: »Hast du Angst?«
»Nein«, log Jimmy tapfer. »Und du?«
»Ich weiß nicht, ob es Angst oder Freude ist«, sagte William wahrheitsgemäß, »aber ich habe im Magen ein sonderbares Gefühl.« Er lachte, aber Jimmy stimmte nicht ein.
Hinter dem Tor gerieten sie in ein Gewimmel von Männern und Knaben, die alle aussahen, als hätten sie sich wochenlang nicht gewaschen. Jimmy drehte sich um, als er einen kleinen Jungen zu einem Mann »Vater« sagen hörte. Drei Buben standen bei diesem Mann. Wie die Fishers gingen sie mit ihrem Vater unter Tag. Zu Jimmys Angst kam nun das Gefühl grenzenloser Einsamkeit, und nur mit Mühe hielt er die Tränen zurück. Er erkundigte sich nach dem Weg zum Kontor.
Der Mann am hohen, schmalen Pult fragte nach dem Namen. Jimmy gab für beide Bescheid: »Jimmy und William Brodie.«
»Wer hat euch angestellt?«
»Was?«
»Für wen ihr arbeitet, will ich wissen.«
»Ach so. Ich glaube, er heißt Pollock,«
»Dann steht nicht so dumm da, hier findet ihr ihn nicht. Er wird unten im Schacht sein.«
Jimmy und William gesellten sich zu der Menge, die vor dem Kopfgerüst wartete. Wie es geschah, wußten sie nicht, aber plötzlich wurden sie mit vier andern Jungen in einen kleinen Drahtkäfig geschoben, der mit erschreckender Geschwindigkeit in die Tiefe sank. Als er am Boden aufbumste, taumelten sie durcheinander. Sie torkelten in einen Tunnel, der merkwürdigerweise nicht ganz dunkel war. Die niedrige Decke wurde kreuz und quer von Balken gehalten. In der Mitte häuften sich Förderkörbe bis zur Decke.

Pollock war ein kleiner, halbnackter Mann, in dessen kohlegeschwärztem Gesicht die Äuglein wie zwei Lichter glänzten. Er beleuchtete Jimmy mit einer Lampe. »Bist du der ältere?«
Jimmy nickte. »Zu Befehl.«
Die andern Knaben lachten, worauf der Mann sie bespuckte. »Du gehst mit Harry und Pat in den Stollen Nummer vier. Die beiden werden dir zeigen, was du zu tun hast. Und wenn du es nicht anständig machst, setzt es etwas ab. Verstanden?«
Diesmal nickte Jimmy nur.
»Jedenfalls werde ich heute abend erfahren, wie du dich angestellt hast. Und jetzt zu dir.« Die Lampe richtete sich auf Williams blonden Kopf. »Du bist Wettertürwärter. Ich zeige dir nachher deinen Platz. Du hast einen wichtigen Posten.«
Sie gingen durch den Gang, den Jimmy als Tunnel betrachtete. Nach etwa hundert Metern wurde Jimmy von Pollock zur Seite gerissen. Ein Junge, der mit Seilen und einer Kette zwischen den Beinen angeschirrt war, kroch auf allen vieren und zog einen hochbeladenen Kohlenwagen aufwärts, während zwei schwarze kleine Gestalten mit gebeugtem Kopf von hinten stießen.
»Da hast du ein paar tüchtige Arbeiter.« Pollocks lobende Stimme klang laut. »Doppelschicht haben sie gemacht und sind immer noch dabei. Aber am Zahltag werden sie auch schwere Taschen haben.«
Jimmy stolperte weiter. »Hier trennen sich eure Wege«, sagte der Mann endlich. »Dort hinein, Junge.« Jimmy drehte sich um und sah, saß William durch eine niedrige Tür gestoßen wurde. In der dunklen Stille hinter der Tür erkannte William, daß er vor Angst ein sonderbares Gefühl im Magen verspürt hatte. Der Mann öffnete eine zweite niedrige Tür, und hier glaubte William, der lautes Plaudern und Lachen liebte, in einem Grabe zu sein.
Pollock zeigte auf einen Strick bei der Tür. »Hier hälst du Wache, und wenn jemand kommt, ziehst du an dem Strick und machst ihm die Tür auf. Dann machst du die wieder zu. Ich meine es ernst, als ich sagte, du hättest einen wichtigen Posten.

Das sind die Wettertüren, sozusagen das Lebensblut der Zeche. Verstanden?«
William nickte kaum merkbar.
»Alsdann. Um fünf Uhr bist du fertig.«
»Könnten Sie mir nicht die Lampe hierlassen?« fragte William schüchtern. »Die Lampe? Was willst du denn damit – etwa lesen? Du bist ein komischer Kauz!« Das Lachen des Mannes hallte gespenstisch durch den Stollen. Im nächsten Augenblick war er verschwunden, und William stand mit dem Strick in der Hand in der Dunkelheit, die schwärzer war, als er sich die Nacht hätte vorstellen können. Tränen liefen ihm über die Wangen, und er wimmerte: »Cissy, o Cissy...«

4

Seit drei Wochen hausten sie nun in der Höhle, und Cissy wäre zufrieden gewesen, hätte sie nicht immer das Bild der beiden kleinen Gestalten vor Augen gehabt, die den langen Tag im finsteren Stollen verbrachten.
Am meisten sorgte sie sich um William, denn William, das vergnügte Kerlchen, wie der Vater ihn genannt hatte, war nicht mehr vergnügt. Ihr ganzes Leben sollte Cissy den Anblick der beiden nicht vergessen, den sie am ersten Abend boten. Über und über von Kohlenstaub bedeckt, wankten sie auf Cissy zu; Jimmy vermochte vor Müdigkeit kaum zu sprechen, er blutete an Knien und Daumen. Aber William erschreckte sie noch mehr, denn er umklammerte sie und weinte bitterlich, und sie mußte ihn wie ein kleines Kind huckepack nach Hause tragen.
Jetzt weinte William nicht mehr, doch ebensowenig lachte er, nicht einmal am Sonntag, wenn er frei hatte. Sonderbarerweise verbrachte er den ganzen Sonntag im Fluß, bis zum Hals saß er im Wasser, auch wenn es regnete, bis Cissy ihn herausholte. Jimmy wusch sich auch im Fluß, schlief dann aber fast den ganzen Tag.
In dieser Woche hatte Cissy nicht nur mit den andern Frühkar-

toffeln gelesen, sondern auch für Mary eine gute Stelle gefunden. Das war Pfarrer Hedley zu verdanken. Das Haus lag in der Nähe von Felling und gehörte zwei unverheirateten Damen, den Schwestern Trenchard, die Mary als Mädchen für alles ausbilden wollten. Andere Dienstleute hatten sie nicht. Mary bekam einen Shilling Wochenlohn, hatte alle zwei Wochen einen Nachmittag frei und einmal im Monat einen ganzen Sonntag; überdies stand ihr eine Dachkammer ganz allein zur Verfügung. Sie mußte um halb sechs aufstehen und bis halb acht arbeiten; danach konnte sie nähen, wenn sie wollte. Die Damen Trenchard hatten durchblicken lassen, sie täten Cissy einen großen Gefallen, wenn sie Mary bei sich aufnahmen, das Mädchen könne von Glück sagen. Das fand Cissy auch.
Heute war Sonntag, und in der Ferne schlug die Kirchenuhr ein Viertel vor acht. Die Kinder schliefen noch. Cissy hatte Haferbrei angerührt, der auf der Feuerstelle sachte brodelte. Sie beschloß, die Milch zu holen, während sich die andern ausschliefen; hin und zurück brauchte sie für den Weg vierzig Minuten. Sie holte das schwarze Tuch ihrer Mutter aus der Truhe, ergriff den Milchkessel und machte sich auf zu Thorntons Hof.
Hetheringtons Hof lag näher, aber sie wäre lieber zwei Stunden zu Fuß gegangen, als ihm einen einzigen Penny zu verdienen zu geben.
Oben auf dem Hang blieb sie ein Weilchen stehen und schaute ringsum. Die ganze Welt sah nach dem nächtlichen Gewitter sauber aus, die weichen Hügel wie verjüngt in der Morgensonne. Das Felsgestein schimmerte grünlichgrau von Flechten. Aus den Schornsteinen des Weilers stieg Rauch empor; aber sie empfand bei dem Anblick keine Bitterkeit, schon deshalb nicht, weil es hier oben besser roch. Mrs. Snell und Mrs. Robinson waren in den ersten Tagen einmal heraufgekommen, die eine mit einem Kessel Suppe, die andere mit einem Brot.
Der Weg zu Thorntons Hof führte an der hohen Mauer vorbei, die Lord Fischels Gut umschloß; beim nördlichen Eingang zweigte ein schmaler Pfad ab. Es schien heute ein Glückstag zu

sein, denn der alte Martin bediente Cissy selbst und gab ihr Vollmilch und als Zugabe sogar ein Stück Speck.
Auf dem Rückweg stellte sie sich vor, wie es sein müßte, wenn man gar keine Geldsorgen hätte und sich für eine Woche Lebensmittelvorräte kaufen könnte. Sollte dieser Tag jemals kommen, würde sie sich wie im Himmel fühlen, dachte sie.
Als sie beim Steinbruch vorbeikam, wo Joe, Charlotte und Sarah Häuserbauen gespielt hatten, kam ihr plötzlich ein Gedanke. Die Kinder hatten rings um die Häuser Steine gelegt, die ein Mäuerchen darstellten. Das war es – Mauern. Sie wollte Mauern vor der Höhle errichten. War sie dem Vater nicht beim Lehmstrich zur Hand gegangen, als er die Müllgrube angelegt hatte?
Weshalb war ihr das nicht längst eingefallen? Alle diese Steine – Hunderte, Tausende – warteten nur darauf, verwendet zu werden.
So schnell wie möglich eilte sie mit dem vollen Milchkessel zur Höhle und rief ihr Geschwister heraus, um sie von dem Plan in Kenntnis zu setzen.
»Es sollen richtige Mauern werden, die den Regen abhalten«, führte sie aus, »nicht nur aufeinandergelegte Steine.«
»Werden wir dann ein richtiges Haus haben?« fragte Sarah.
»Nun...« Cissy geriet ein wenig in Verlegenheit, »ein ganz richtiges Haus wird es nicht sein, aber eine Wohnung, die wir auch im Winter benutzen können. Zuerst müssen wir Steine beschaffen, und wenn wir genügend haben, zeige ich Joe und Charlotte, wie man den Lehmstrich macht. Ihr würdet doch gern am Bach mit Lehm spielen, nicht wahr?« Mit strahlendem Gesicht beugte sie sich zu den Kleinen hinunter, die lachend bejahten. »Zieht euch rasch an, eßt den Haferbrei, und dann fangen wir gleich an.«
Alle zeigten großen Eifer außer Jimmy, der auf den Schieferboden wies und sagte: »Es wird nicht gehen. Wie willst du hier ein Fundament graben?«
Die Freude wich aus Cissys Gesicht, als sie das Schiefergestein betrachtete. Dann vollführte sie eine wegwerfende Bewegung.

»Ach was, wir machen eine Unterlage aus Lehm.« Beinahe flehend sah sie auf Jimmy. »Wir müssen es wenigstens versuchen. Vorige Nacht hat es hereingeregnet, und wenn der Winter kommt...versuchen sollten wir es auf jeden Fall.«

Es hatte sich lustig angehört, Steine zu tragen; doch es erwies sich, daß die Kinder der Aufgabe nicht gewachsen waren. Sogar Jimmy und William vermochten nur mittelgroße Steine zu schleppen. Nach dem Mittagessen schlug Jimmy vor, für den Steintransport das gleiche Verfahren wie in der Zeche anzuwenden. Er zersägte ein Brett aus einem der Betten, nagelte die beiden Teile zusammen, brannte mit dem glühenden Feuerhaken ein Loch hinein und zog eine Seilschlinge hindurch. Auf diesen Notschlitten lud er die größten Sandsteine und zog sie mit William über den unebenen Boden.
Als gegen Abend ungefähr vierzig Steine verschiedener Größe herbeigeschafft waren, kam Matthew zur Höhle. Der Steinhaufen in der Nähe des Eingangs fiel ihm sofort auf. Er schaute sich um und sah Cissy in gebückter Haltung mit einer Steinplatte heranwanken. »Allmächtiger, was hast du jetzt schon wieder vor?« rief er verwundert, ging auf sie zu und nahm ihr den Stein ab. Cissy streckte sich und lockerte die Arme. »Wir wollen rund um den Eingang Mauern bauen, um Wind und Wetter abzuhalten.«
Matthew legte die Steinplatte auf den Haufen, klopfte sich den gelben Staub vom Sonntagsrock und fragte: »Habt ihr etwa die Absicht, hier zu überwintern?«
Cissys freudiges Lächeln verschwand. »Wohin sollen wir sonst gehen?«
»Du weißt, wie höllisch der Winter hier in der Gegend ist, schon schlimm genug unter einem guten Dach. Ihr würdet alle umkommen.«
»Wenn schon, dann kommen wir eben alle zusammen um. Wir lassen uns nicht ins Armenhaus stecken.«
»Das meine ich gar nicht. Da die Buben arbeiten, könnt ihr vielleicht eine Unterkunft finden.«

»Wo, wenn ich fragen darf?« Cissy wußte, daß sie ihm keine nähere Erklärung abzugeben brauchte: Dienstwohnungen wurden nur an Ehepaare vermietet, und in ein anderes Kirchspiel durften sie nicht ziehen, weil man befürchtete, sie könnten dort der Wohlfahrt zur Last fallen. »In der Stadt mag ich nicht wohnen, weder in Jarrow noch in Shields«, fuhr Cissy fort. »Dort ist die Luft schlecht. Außerdem wäre die Miete für uns unerschwinglich.«

Sie schaute auf den Steinhaufen und beschäftigte sich wieder mit ihren Plänen. »Wenn der Platz groß genug ist, könnten wir eine gedeckte Feuerstelle errichten. Ich stelle mir ein Dach aus Zweigen oder Binsen vor, die von getrocknetem Lehm zusammengehalten werden.«

Matthew sah sie nachdenklich an. »In drei Wochen hole ich mir Holz, da kann ich dir Abfälle beschaffen. Mit Zweigen ist es da nicht getan... Du brauchst Balken, die auf eingetriebenen Stützen ruhen. Sonst wird dein Dach vom ersten Windstoß weggerissen.« Er stampfte mit dem Fuß auf das Schiefergestein und schüttelte den Kopf. »Darauf hält nichts, ohne einen Unterbau.«

»Das sagte Jimmy auch schon«, gestand Cissy verlegen, »aber ich dachte, mit viel Lehm könnte man die Steine festkleben.«

Wieder schüttelte er den Kopf. »Dazu braucht es eine rauhe Unterlage, Lehm mit Holzstückchen, Kieselsteine und Sand. Am Bach ist eine Stelle, wo man das Zeug findet; ich werde sie dir zeigen. Hast du eine Spitzhacke?«

»Ja, eine gute. Von meinem Vater.«

Während Cissy die Hacke holte, zog er seinen Rock aus und faltete ihn sorgfältig zusammen. »Sie wollen doch nicht etwa...« fragte sie verblüfft.

Er lachte. »Glaubst du, ich stehe daneben und schaue dir zu?«

»Sie sind so gut zu mir.« Matthew ging auf dieses Lob nicht ein, sondern erkundigte sich nach der Größe des Vorplatzes.

Cissy schritt zu Boden blickend die Umrisse ab, und als sie kurz vor seinen Füßen angelangt war, sagte sie: »Ungefähr so groß.« Da er sich nicht rührte, hob sie den Kopf.

Sein Gesicht war dicht über dem ihren, er sah sie aus großen Augen an. »Ich finde dich wundervoll, Cissy«, sagte er leise. Ihr Herz pochte so heftig, daß sie dachte, die Knöpfe des Kleides würden gesprengt. Ein süßes Wohlgefühl und Glückseligkeit bemächtigten sich ihrer und weckten das Verlangen umherzutollen.

Aber ebenso schnell, wie sie gekommen war, verging die Wonne. Cissy mußte an die Müllerstochter denken, die ihnen Tee und Brot gereicht hatte und deren häßliches Gesicht so weich geworden war, als sie Matthew angeschaut und seinen Namen so liebevoll ausgesprochen hatte. Cissy erinnerte sich auch, daß er der Wagner Matthew Turnbull war, der hart arbeitete, um seinen gelähmten Vater, seine Mutter, die Großmutter und die Tante zu ernähren. In dieser Hinsicht bedeutete es ein Glück für ihn, daß Rosa Watson, die Müllerstochter, ihm ihre Gunst schenkte. Warum also sagte er ihr, er fände sie wundervoll? Vielleicht weil er von Natur ein freundlicher Mensch war. Aber der Ausdruck in seinen Augen rührte nicht nur von freundlicher Wesensart her; einen solchen Ausdruck hatte Cissy schon gesehen. So hatte der Vater die Mutter manchmal angeschaut.

5

Die Wagnerei befand sich am Ausgang des Dorfes. Benham bestand aus ungefähr dreißig Häusern, das größte gehörte James Turnbull. Die Werkstatt erinnerte an einen Stall, denn sie hatte zwei große Doppeltüren, die sich nach außen öffneten. Zu beiden Seiten öffnete sich ein Fenster, und unter dem Giebel des steilen Daches war ein altes Wagenrad befestigt.

Auf dem großen Hof neben der Werkstatt lagen Bretter und Balken aufgestapelt. In einem Winkel standen zwei baufällige Karren, und an der einen Wand entlang war eine Sägegrube.

Die Werkstatt war ans Haus angebaut, das im Erdgeschoß eine gemütliche Küche, eine Waschküche und ein kleines Wohnzimmer aufwies und im ersten Stock drei Schlafzimmer und oben eine Dachkammer. In der Dachkammer hauste Matthew seit seinem fünften Lebensjahr, denn damals waren die Großmutter und die Tante Mildred zu ihnen gezogen.

Obwohl sechs Räume für fünf Menschen genügen sollten, hatte Matthew das Gefühl, das Haus sei überfüllt. Er wußte selbst, woran es lag: Die Großmutter und die Tante hielten sich fortwährend in der Küche auf, und da der Vater seit drei Jahren bettlägerig war, hingen jetzt alle von ihm ab.

Bis zu dem Tage, da Matthew nach Brockdale gerufen worden war, die Särge für Herrn und Frau Brodie herzustellen, hatte er ein geruhsames Leben geführt. Sein Verdienst reichte gerade aus, und wenn doch einmal Sorgen drohten, brauchte er nur an Rosa Watson zu denken, die auf seinen Antrag wartete. Rosa war Alleinerbin, und der Gedanke, die Mühle übernehmen zu müssen, war eher angenehm. Unangenehm hingegen war der Gedanke an Rosa.

Zwar konnte er ihr nichts vorwerfen. Sie kochte vorzüglich, und das Müllershaus verriet, was für eine gute Hausfrau sie war. Er fand auch ihr Wesen angenehm, obwohl es hieß, sie sei unbeherrscht. Doch nicht das störte ihn, sondern ihr Aussehen und ihre Unförmigkeit. Vergeblich hielt er sich vor, die Dicken und Häßlichen gäben die besten Ehefrauen und Mütter – für Rosa empfand er nur Mitleid.

So stand es um ihn, bevor er die Särge für das Ehepaar Brodie zimmerte. Als er Cissy zum erstenmal sah – so jung, so schlank, so lieblich –, erkannte er, daß die Gefühle, die sie in ihm auslöste, ungewöhnlich waren. Während er Zeuge wurde, wie sie um ihre Familie kämpfte, überrollte ihn die Liebe zu ihr wie vier funkelnagelneue Räder an einem Wagen – so drückte er es selbst im stillen aus.

Nach seinem Besuch am letzten Sonntag sagte er sich, daß er Cissy nicht mehr sehen dürfe. Der Anstand gebot, den Umgang mit ihr aufzugeben, wenn doch nichts daraus werden konnte. Er nahm sich vor, nur noch so lange hinzugehen, bis der gedeckte Vorplatz vor der Höhle fertig war.

Der Sonntag verlief in der Familie Turnbull immer nach festgelegtem Schema. Matthew fuhr seine Mutter und seine Tante zur Kirche, wo er sich in die hinterste Reihe setzte und während der Predigt seinen eigenen Gedanken nachhing. In letzter Zeit drehten sie sich um Cissy. Wenn sie heimkehrten, stand das Essen bereits auf dem Tisch, denn einmal in der Woche übernahm die Großmutter das Kochen. Matthew brachte ein Tablett zu seinem Vater hinauf, und während er ihm beim Essen half, erzählte er, wen er getroffen hatte und wie die Lese- und Schreibstunde bei Pfarrer Hedley am Abend zuvor war. Matthew liebte seinen Vater, und es tat ihm weh, ihn gelähmt zu sehen. Seltsam, wie es im Leben oft zuging. Man hätte meinen sollen, dem Wagner Turnbull wäre das Unglück in der Sägegrube zugestoßen, doch nein, ihn traf eine Baumstütze, die er selbst nachlässig angebracht hatte.
Nach dem Essen hielten alle ein Mittagsschläfchen. An diesem Sonntag nahm Matthew die Gelegenheit wahr, schirrte das Pferd an, lud so leise wie möglich Bretter und Balken auf den Wagen und stieg auf den Bock. Gerade als er zum Hof hinausfahren wollte, erschien in der Haustür die Mutter.
Nancy Turnbull war groß gewachsen, ebenso groß wie ihr Sohn, aber nicht breit, sondern hager. Matthew war ihr als einziges von fünf Kindern geblieben. Sie liebte ihn nicht, weil er nicht ihrer Familie nachschlug. Äußerlich glich er dem Großvater Turnbull, im Wesen der Großmutter Turnbull. Auch seinem Vater war Matthew ähnlich: Verschlossen, eigensinnig, töricht; sie taten Dinge, die nicht nur ihnen selbst, sondern auch andern Ungemach bringen konnten, zum Beispiel nahmen sie teil am Unterricht im Lesen und Schreiben. So etwas konnte ins Gefängnis führen.
»Wohin willst du mit dem Holz?« fragte die Mutter, vor das Pferd tretend.
»Wozu fragst du, wenn du es weißt?« anwortete Matthew.
»Du wirst es nicht wegbringen!«
Er stieg ab und strich dem Pferd über die Kruppe. »Spiel dich nicht auf, Mutter.«

»Wer spielt sich hier auf?« Ihre Stimme bebte vor Zorn. »Woche um Woche bringst du alles mögliche weg. So viel gutes Holz!« Mit dem Arm holte sie weit aus.
»Es ist kein gutes Holz«, widersprach er. »Jedes Stück auf dem Wagen hat Fehler.«
»Für Kübel und Harken ist es noch gut genug.«
»Nein. Aber selbst wenn es das wäre, würde ich es nehmen, denn...« er machte eine Pause, »es ist mein Holz.«
»Dein Holz? Du hast die Frechheit, zu behaupten, es wäre dein Holz, nachdem dein Vater hier sein Leben lang gearbeitet hat und...«
»Er kann nicht mehr arbeiten, und ich bin der Erbe.«
»Du sprichst, als ob er tot wäre!«
»Du weißt genau, daß er sich nie mehr wird erheben können. Was würde aus euch allen werden, wenn ich morgen aus dem Haus ginge? Überleg dir das einmal. Dann wirst du nämlich einsehen, daß es das beste ist, mich in Ruhe zu lassen. Du hast von mir genausoviel Haushaltsgeld bekommen wie von Vater. In den letzten zwei Jahren habe ich keinen Penny Lohn bezogen, aber die da drinnen...« er wies mit dem Daumen aufs Haus, »haben sich vollgestopft, ohne einen Finger zu rühren. Und es sind deine Verwandten, nicht meine.«
»Bist du nicht bei Trost, Junge?«
»Vater hätte vielleicht die Verantwortung für sie, aber nicht ich. Trotzdem habe ich für sie gesorgt, und sie können bleiben, solange sie wollen, wenn du mich in Ruhe läßt und dich nicht in meine Angelegenheiten einmischst.«
Matthew trat nach einem Kieselstein, und sie wich ein wenig zurück, wie um ihren Sohn besser betrachten zu können. Sie war jedoch nicht klug genug, ihre Gedanken für sich zu behalten. »Du Narr!« platzte sie heraus. »Dir bietet sich eine solche Gelegenheit. Jeder andere Mann von hier bis Newcastle würde sie beim Schopf packen. Die Mühle und dazu noch ein eigenes Geschäft, und die Mühle kann niemals in die Binsen gehen, denn Brot brauchen die Leute immer.«
»Sie brauchen es immer, ja, aber sie können es nicht immer

kaufen«, wandte er ein. »Und wenn sie es nicht kaufen können, was nützt dann die schöne Mühle?«
»Sei nicht albern, du weißt recht gut, daß nicht die Armen die Mühle in Betrieb halten, sondern die Reichen. Müller Watson steht mit allen großen Häusern in der Gegend in Verbindung. Es geschieht dir ganz recht, wenn ein anderer daherkommt und sie dir wegschnappt.«
»Bitte sehr.«
»Du bist verrückt!« schrie sie ihn an. »Acht Geschwister soll das Mädchen haben, und das dumme Ding hat sie in die Berge verschleppt?«
»Wohin sollte sie denn mit ihnen?«
»Es gibt Häuser...«
»Ja, es gibt Häuser. Zum Beispiel mein Haus.« Er kehrte ihr den Rücken, stieg auf den Bock und ruckte mit den Zügeln, so daß sie gezwungen war, beiseite zu treten.

Am folgenden Tage ging Matthew mit dem Pferd nach Pelaw, wo er es vor einen Karren spannte, den er instand setzen sollte. Auf dem Rückweg traf er Cissy, die mit zwei schwarzen kleinen Gestalten am Straßenrand hockte.
Cissy hielt Jimmy in den Armen, und beide weinten. William saß mit ausgestreckten Beinen und gesenktem Kopf daneben, als ob er schliefe.
»Was ist los?« fragte Matthew.
Cissy hob den Kopf und antwortete mühsam: »Jimmy...er ist getreten worden.«
»Von einem Pferd?«
Sie schüttelte den Kopf. »Nein, vom Schichtmeister.«
»Laß mich sehen.« Matthew zog die Bremse und stieg ab. Als er dem Jungen die Hose herunterließ, kamen nicht nur blaue Flecken zum Vorschein, sondern auch eine große offene Wunde an der Hüfte. »Hat er dich schon öfters getreten, Jimmy?«
»Ja.«
»Warum?«

»Weil ich nicht länger bleiben wollte, ich war zu müde. Er sagte, ich bringe ihm alles durcheinander, da die andern Schlepper Doppelschicht machen; sie müssen, weil sie vom Armenhaus sind.«
Matthew biß sich auf die Lippe, er war wütend. »Komm, ich bringe dich nach Hause«, sagte er. Unterwegs blieb er stumm. Er sann über die Ungerechtigkeit der Welt nach. Natürlich hatte sich keiner von der Knappschaft getraut, dem kleinen Jungen zu Hilfe zu kommen. Im Süden hatten die Landarbeiter einen Streik veranstaltet und von den Gutsbesitzern einen gerechten Tageslohn von zwei Shilling und drei Pence gefordert, und was war geschehen? Kavallerie und Dragoner waren aufgeboten worden, neun Arbeiter hatte man gehängt und vierhundertfünfzig abgeschoben.
In der Höhle setzte er Jimmy auf eine grobe Matte und gab Anweisungen. »Die Wunde muß mit heißem Wasser ausgewaschen werden, damit sie nicht eitert.«
Matthew betrachtete die beiden Knaben. »Ist es schlimm unter Tag?«
»Eine Hölle«, murmelte Jimmy mit gesenktem Kopf.
William starrte ihn nur sprachlos an. Sein elender Ausdruck rührte Matthew noch mehr als die Wunde an Jimmys Hüfte.
Er wandte sich ab und stellte sich an den Ausgang der Höhle. In seinem Kopf wirbelte es von Gedanken und Vorstellungen, wie die Buben von diesem Schicksal erlöst werden könnten. Er betrachtete Cissy, die bei der Feuerstelle kniete, umgeben von den Kindern. Es wären zwei weniger, dachte Matthew, berührte Cissy an der Schulter und sagte: »Ich muß mit dir sprechen.«
Als sie außer Hörweite waren, begann er: »Jimmy wird morgen nicht laufen können. Außerdem fürchtet er sich vor der Arbeit in der Zeche und...«
»Wem sagen Sie das? Niemand weiß das besser als ich«, unterbrach sie ihn mit rauher Stimme.
»Und William kommt beinahe um vor Angst.«
Warum hielt Matthew ihr etwas vor, das sie ohnehin die ganze

Zeit quälte? Erst heute morgen hatte Mrs. Martin gesagt: »Von meinem Mann hörte ich, daß deine Brüder es niemals aushalten werden, sie sind zu verweichlicht. Je früher die Jungen unter Tag kommen, um so eher härten sie sich ab.«
»Wieviel bekommen sie in der Woche?« fragte Matthew.
»William bekommt zwei Shilling und sechs Pence, Jimmy nur fünf Shilling, weil er oft Schiefer in seinem Korb hat.«
»Ich könnte Jimmy als Lehrling anstellen«, sagte Matthew nach einer Pause, »ich brauche einen Gehilfen. Er bekäme bei mir zwei Shilling, dazu Kost und Logis.« Mein Gott, hatte er den Verstand verloren? Einen Lehrling konnte er sich eigentlich gar nicht leisten.
Ein flüchtiges Lächeln erhellte Cissys Gesicht. »O Matthew, ich danke Ihnen.« Doch schon im nächsten Augenblick war die Freude dahin. »Nein, es geht nicht. Ohne Jimmy wird William nicht mehr unter Tag arbeiten. Um ihn sorge ich mich noch viel mehr.«
Matthew wandte sich von ihr ab und schaute über das Land. Der Farn war schon braun, das Heidekraut verblüht, und die Luft war kalt. Alles sah trübe aus. Matthew wußte, daß Cissy für ihn verloren war; warum sollte er nicht wenigstens etwas für sie tun, bevor er Verzicht leistete? Er wandte sich ihr zu und sagte: »William könnte ich wahrscheinlich in der Mühle unterbringen.«
Cissy sah ihn bewundernd an und streckte die Hand nach ihm aus. Sekundenlang lagen ihre schmalen Finger mit den abgebrochenen Nägeln auf seinem Handrücken, aber zu ihrer Verblüffung entzog er ihr die Rechte und sagte brüsk: »Ich muß jetzt gehen. Morgen komme ich wieder.«

Matthew durchquerte die Küche. Die Großmutter, im Wesen ein Abbild seiner Mutter, reckte den Hals und rief: »Was hast du? Ist der Teufel hinter dir her?«
Er gab keine Antwort, sondern ging geradewegs ins Zimmer seines Vaters, setzte sich ans Bett und sagte ohne Umschweife: »Ich werde einen Lehrling anstellen.«

»Einen Lehrling? Wozu brauchst du einen Lehrling? Wir haben nicht genug Arbeit...«
»Ich möchte einen Jungen ausbilden, wie du mich ausgebildet hast.«
Die trockenen Lippen des Vaters bewegten sich tonlos. »Wenn du dir das wünschst, solltest du dir einen Sohn zulegen«, sagte er endlich.
Matthews Gesicht verdunkelte sich. »Vielleicht später, das braucht seine Zeit.«
»Du hast doch Walter...«
»Walter wird älter; ich will nicht ohne Hilfe sein, wenn sich die Zeiten bessern. Also stelle ich einen Lehrling an.«
»Ist es einer der Brodies, die in der Höhle hausen?«
»Ja.«
»Deine Mutter wird es nicht dulden.«
»Ich bin jetzt der Herr im Haus«, wollte Matthew entgegnen, beherrschte sich aber.
»Wir können es uns nicht leisten. Das macht einen Shilling in der Woche und das Essen«, wandte der Vater ein.
Matthew erhob sich. »Habe ich es bis jetzt nicht geschafft? Noch nie mußte ich dich um deine Ersparnisse angehen.« Er wies auf die Kassette mit dem Vorhängeschloß gegenüber dem Bett. »Aber jetzt möchte ich dich um etwas bitten. Nächste Woche werden die gefällten Bäume hergeschafft, und du weißt, sie müssen bar bezahlt werden. Du kennst ja Fischels Verwalter. Er gibt keinen einzigen Stamm her, bevor er das Geld in der Hand hat. Ich habe noch Rechnungen ausstehen; wenn sie bis dahin bezahlt werden, ist die Sache in Ordnung, andernfalls bitte ich dich, mir das Geld vorzustrecken...Was hast du?« fragte er, als der Vater den Kopf abwandte. »Du mußt nicht denken, daß ich es zur Regel machen werde. Noch nie habe ich doch zuvor darum gebeten.«
James Turnbull drehte ihm wieder das Gesicht zu. Betrübt entgegnete er leise: »Ich habe keine Ersparnisse mehr. Die Kassette ist leer.«
Matthew blieb der Mund offen. »Du hast nichts mehr? Großva-

ter hat dir doch fünfzig Sovereigns hinterlassen. Das war vor sieben Jahren, und damals ging das Geschäft gut.«
»Ja, aber danach ging es bergab, und wir hatten drei schlechte Jahre hintereinander. Die Bauern konnten die Rechnungen nicht bezahlen. Viele verloren den Hof. Da mußte ich das Geld aufbrauchen. Die Kassette war schon leer, als ich verunglückte.«
Matthew fand keine Worte. Er hatte dank der Kassette immer ein Gefühl der Sicherheit gehabt. Nun war ihm, als würde ihm ein Strick um den Hals gelegt, der ihn zu ersticken drohte.
»Verzeih mir, mein Junge.«
»Weiß Mutter das?« fragte Matthew.
»Nein. Ich wollte sie nicht unnötig beunruhigen. Sie hat ja jede Woche ihr Haushaltsgeld bekommen.«
»Mach dir keine Sorgen, Vater. Es ist gut, daß ich Bescheid weiß«, versuchte Matthew zu trösten.
Am Fuß der Treppe erwartete ihn Nancy. Sie stützte die Arme in die Hüften und fragte: »Was soll die Aufregung? Was ist?«
»Keine Spur von Aufregung«, erwiderte er kühl. »Ich habe Vater nur mitgeteilt, daß ich einen Lehrling anstellen will. Er wird über dem Stall wohnen und mit uns essen.«
»Was!« Ihre Stimme klang schrill. »Habe ich richtig gehört? Du willst einen Lehrling anstellen – in diesen schlechten Zeiten?«
»Ja, das sagte ich.«
»Aha! Wahrscheinlich ist es einer von den Brodies. Dann laß dir gesagt sein, ich habe kein...«
»Du wirst ihn anständig ernähren.«
»So, werde ich?«
»Ja.«
»Dann wirst du mir jede Woche zwei Shilling mehr geben«, fuhr sie ihn an.
»Bestimmt nicht. Wir werden alle ein bißchen weniger essen.« Er warf einen bedeutsamen Blick auf die beiden Frauen, die müßig am Kamin in der Küche saßen.
»Wenn ich von dir keine Zulage bekomme, nehme ich sie von den Ersparnissen«, sagte Nancy entschlossen.

Matthew lachte auf. »Versuch es. Ich will dir etwas sagen, ich will es euch allen sagen: Die Kassette ist leer, schon seit einigen Jahren.«
Diese Worte brachten Nancy zum Schweigen.
Matthew verließ das Haus. Er mußte zur Mühle gehen, solange die Stimmung ihn noch dorthin trieb; morgen hatte er dazu den Mut vielleicht nicht mehr. Er wußte, daß Watson keinen Lehrling mehr wünschte, aber wenn er seine Worte so wählte, daß sie die Bedeutung vermittelten: »Tu mir den Gefallen, dann werde ich auch das tun, was du schon lange von mir erwartest«, würde er sicher ans Ziel gelangen.
Er hatte den Wagen schon bestiegen, als Nancy aus dem Haus trat und ihm in den Zügel fiel. »Ich gehe in die Stadt und zeige sie an. Ich werde erklären, wie schlecht sie ist, ein unanständiges Frauenzimmer, das in der Höhle Männer empfängt. Das kann ich mit dir beweisen.«
Im Nu war Matthew abgestiegen und stellte sich vor sie. »Wage es, ihr etwas anzutun, und du wirst es bereuen. Dann gehe ich hier weg, als ob ich euch nie gekannt hätte, und überlasse euch alle dem Schicksal. Nimm dir das zu Herzen. Ich würde mit Cissy und den Kindern weggehen und irgendwo ein neues Leben anfangen. Glaube nicht, daß ich das nicht fertigbrächte. Ich bringe es jederzeit fertig, auf der Stelle, wenn es sein muß.«

Erst am Abend des folgenden Tages sah Matthew Cissy wieder. Er war wegen eines Auftrages in Jarrow festgehalten worden. Die Unterredung hatte lange gedauert, weil der Auftraggeber einen Wagen von ganz bestimmten Ausmaßen für den Kohlentransport wünschte. Zu Hause war er frostig empfangen worden; nicht nur die Frauen, sondern auch der Vater zürnte ihm, weil Matthew sein Geheimnis verraten hatte. Als er bei einem frugalen Mahle saß, dachte er, das Leben in der Mühle hätte auch seine Vorteile: gutes Essen, Behaglichkeit und eine freundliche Atmosphäre. Morgen wollte er sich in Staat werfen und zu Rosa sagen...ja, was wollte er zu ihr

sagen? »Rosa, magst du mich heiraten?« Aber heute wollte er zu Cissy gehen und ihr nicht nur Nachricht bringen, sondern sie ein einziges Mal um etwas bitten.
Es dunkelte bereits, als Matthew zur Höhle gelangte. Die Kinder schliefen wohl schon, denn kein Laut war zu hören. Cissy saß auf der Steinmauer. Es schien, als hätte sie auf ihn gewartet; schon bevor er vom Wagen gestiegen war, stand sie auf und ging ihm entgegen.
»Tut mir leid, daß ich so spät komme«, entschuldigte er sich. »Wie geht es Jimmy?«
»Ein wenig besser, aber er kann noch nicht laufen.«
»Ich habe beide untergebracht, Jimmy und William.«
Cissy preßte die Hände an die Brust.
»Jimmy kommt zu uns«, fuhr er fort, »er kriegt zwei Shilling in der Woche. William kann beim Müller Watson arbeiten, aber mehr als einen Shilling sechs Pence konnte ich nicht herausschlagen.« Matthew verriet ihr nicht, daß es ein zäher Handel gewesen war und daß er sich damit fürs ganze Leben gebunden hatte. In der Dämmerung sah er, daß Cissy vor Dankbarkeit weinte. Heftiger denn je verlangte es ihn, sie in die Arme zu nehmen.
Er ergriff ihre Hände und preßte sie an seine Brust. »O Matthew, ich habe keine Worte, um zu danken«, flüsterte Cissy.
Matthew zog sie an sich. »Ich muß dir etwas sagen. In den nächsten Tagen wirst du etwas hören, worüber du dich vielleicht wundern wirst. Ich habe einen Ausweg gesucht, aber es gibt keinen; in bin in die Enge getrieben, ich muß es tun. Aber du sollst wissen, daß mein Herz dir gehört, und so wird es bleiben, solange ich lebe.« Leise bat er: »Darf ich dich küssen?«
Sie nickte, und sanft, beinahe scheu küßte er sie. Dann aber überwältigte es ihn, und er bedeckte ihr Gesicht und ihren Hals mit Küssen wie ein Verhungerter, der sich auf Nahrung stürzt.
Plötzlich war alles vorbei. Sie stand allein da, und er war fortgegangen. Sie wußte, dies war das Ende von etwas, das kaum begonnen hatte, und sie wußte auch, was sie in den

nächsten Tagen hören würde: Er heiratete Rosa Watson, und das war der Preis für Williams Lehrgang.

Am ersten Sonntag, an dem die Jungen heimkamen, sauber gewaschen und ordentlich angezogen, händigten sie Cissy den Wochenlohn aus. William brachte ihr auch stolz einen Sack, der zwei Brote, eine Tüte Hafermehl, Speck und ein großes Stück Käse enthielt. So überwältigt war sie von dieser Großzügigkeit, daß sie vergaß, ihm den Dank an Rosa Watson aufzutragen; aber William erledigte das von sich aus.
Cissy freute es zu sehen, wie die Knaben zu sich zurückgefunden hatten, denn einer versuchte den andern auszustechen. William prahlte mit den zwanzig Säcken Mehl, die in einer Woche gemahlen worden waren, und machte vor, wie die Zugvorrichtung bedient wurde. Jimmy zeigte, wie er das große Rad der Drehbank in Bewegung setzte, und redete von Schnecken- und Löffelbohrern, als ob er die Verantwortung für den ganzen Betrieb trüge.
Cissy ließ sich nicht anmerken, wie sehr ihr Jimmy gefehlt hatte. Mit ihm konnte sie Dinge besprechen, für die den andern noch das Verständnis abging. Am Nachmittag, als sie die kleine Nellie fütterte, setzte er sich zu ihr, um sich von ihr berichten zu lassen, wie die Woche verlaufen war.
»Wußtest du, daß Matthew Rosa Watson heiraten wird?« fragte er plötzlich.
»Ja, das wußte ich«, antwortete Cissy.
»Bisher dachte ich immer«, sagte er, »Matthew hätte es auf dich abgesehen.«
»Wie konnte er das, wenn wir zu neunt sind? Soviel ich weiß, hat er seine eigenen Sorgen.«
»Ja, das stimmt.« Jimmy warf ihr einen Seitenblick zu und entschloß sich, sein Herz auszuschütten: »Seine Mutter mag ich nicht, auch die beiden andern Frauen sind gräßlich, aber ihn habe ich sehr gern.«
Cissy ging darauf nicht ein. Um abzulenken, bat sie ihn: »Könntest du Joe wohl zeigen, wie man Kaninchen fängt? Ich

bringe es nicht fertig, sie zu töten; aber das Fleisch brauche ich dringend.«
»O ja«, antwortete er eifrig. »Das kann Joe schon lernen, er ist groß genug. Und ich kenne mich gut aus. Ich fand ein Loch in der Mauer, nahe beim Nordtor, und konnte durchschlüpfen. Dort bekam ich den großen Rammler, du erinnerst dich doch?«
Cissy nahm Nellie auf den Arm und klopfte ihr den Rücken. »Ach nein, zeig Joe die Stelle nicht! Stell dir vor, man erwischt ihn auf Lord Fischels Besitz...«
»Kein Mensch wird ihn dort erwischen, es ist lauter Dickicht und Gestrüpp. Selbst wenn man ihn verfolgt, kann ein Erwachsener auf keinen Fall durch das Loch schlüpfen. Die ganze Gegend ist ein einziger unübersichtlicher Kaninchenbau.«
»Besteht wirklich keine Gefahr, daß er von einem Förster oder Aufseher erwischt wird?« fragte sie ängstlich.
»Ausgeschlossen.« Jimmy lachte. »Er würde sie ja hören, zudem kann er sich durch das Gestrüpp schlängeln, aber die Männer können bestimmt nicht hindurchkriechen. Sei unbesorgt, Joe ist schlau. Ich hole schnell die Falle.« Mit breitem Lächeln fügte er hinzu: »Wenn Joe den Kniff erst heraus hat, bekommst du so viel Kaninchenfleisch, daß du nichts mehr davon wissen willst.«

ZWEITER TEIL: Das Gutshaus

1

Man weiß, daß der Teufel der einen Generation in der nächsten einen Heiligen erzeugen kann. Das hatte sich in der Familie Fischel zugetragen, nur mit dem Unterschied, daß es mehrerer Teufel und mehrerer Generationen bedurft hatte, bis ein Heiliger geboren war.

Die lange Galerie im ersten Stockwerk des Hauses wies die Bildnisse aller männlichen Vorfahren auf. Im Jahr 1573 war der erste Fischel von Königin Elisabeth I. geadelt worden, und mit dem Titel hatte er für seine Verdienste Schloß Houghton sowie dreihundert Morgen Land in der Grafschaft Durham erhalten. Die Chronik verschwieg, welcher Art die geleisteten Dienste gewesen waren, und die Nachkommen hatten die Frage nie näher untersucht; ihnen genügte es, zu wissen, daß nur der Tod der Königin im Jahr 1603 den ersten Lord Fischel davor bewahrt hatte, die königliche Gunst und damit auch den Kopf zu verlieren.

Der letzte und zugleich schlimmste von allen Teufeln war der Großvater des jetzigen Lords gewesen. John Horatio James Fischel hatte seinen Großvater nur zweimal gesehen, das erstemal beim Begräbnis seiner Großmutter, das zweitemal am Tage vor dem Tode des Großvaters. In fliegender Eile brachte ein Diener die Nachricht, der Großvater sei vom Pferd gestürzt, liege im Sterben und wünsche Sohn und Enkel noch einmal zu sehen. Seine Schwester Anna, die älteste der Geschwister, wurde nicht zum Kommen aufgefordert, ebensowenig sein Bruder Henry, der allerdings erst vier Jahre alt war. Er erinnerte sich, wie sehr er auf der langen Fahrt zum Schloß gefroren hatte und wie heiß es dann im Schlafzimmer des Großvaters gewesen war, denn hier flammte ein Feuer, an dem man einen Ochsen hätte braten können.

Als er auf der Stufe vor dem Bett stand und seinen Großvater deutlich sehen konnte, glaubte er, mit dem Teufel Bekanntschaft gemacht zu haben. Es lag nicht nur an dem roten Gesicht, den schwarzen Augen, den gezipfelten Brauen und dem wirren graumelierten Haar, sondern vor allem an der gewaltigen Gestalt, über die sich das Bettzeug wölbte.
»Nun hat er die ganze Ewigkeit Zeit, seine Sünden zu bereuen, aber ich bezweifle, daß sie reichen wird«, sagte der Vater beim Begräbnis. Von da an vermied er es, vom Großvater zu sprechen.
Aber schon nach einigen Tagen auf Schloß Houghton kannte er die Geschichte seines Großvaters. Hätte er sie nicht in diesen Tagen erfahren, wäre sie ihm wohl nie zu Ohren gekommen; denn binnen einer Woche hatte der Vater sämtliche Bedienten hinausgesetzt, auch den alten Kutscher Taplow. Und gerade Taplow, ein glühender Verehrer seines Großvaters, hatte ihm alles erzählt.
Taplow hatte vom Großvater erzählt, seine Lordschaft sei ein richtiger Mann gewesen, der Schrecken der Gegend nicht nur in bezug aufs Reiten und Trinken. Eine besondere Schwäche habe er für junge Mädchen gehabt, für unberührte, ganz junge Mädchen. Fünf Pfund bekam man von ihm, wenn man ihm eine Jungfrau brachte, hingegen nur ein Pfund, wenn sie zwar jung, jedoch nicht mehr unberührt war. Auf diese Weise sei manche Familie im Winter vor dem Verhungern bewahrt worden. Ein toller Kerl sei er gewesen, und auf dem Schloß sei einiges vorgegangen. Die Damen wurden nach London geschickt, wo sie sich Kleider kaufen durften. Die Bauern bedrohten ihn mit ihren Büchsen, aber die konnten ihm nichts anhaben; er hatte seine Mittel und Wege, alles zu kriegen, was er wollte.
Taplows Enthüllungen bewirkten, daß John Fischel seinen Vater verstand. Sein Vater war von jeher ein ernster Mann gewesen, streng, aber gerecht. Von frühester Jugend an gewöhnte sich John daran, daß sich die fünfköpfige Familie und die zehn Bedienten jeden Morgen um acht Uhr zur

Andacht versammelten. Am Sonntag wurde den ganzen Tag gebetet, nur um drei Uhr gab es eine Pause für eine einzige Mahlzeit des Tages.

Eine Eigenschaft hatte der Vater vom Großvater geerbt: Die Liebe zur Scholle. Aber es lag ihm weniger an der Vergrößerung des Gutes als am Ertrag. Die Liebe zur Scholle führte ihn aufs Schloß zurück, nachdem er den Titel geerbt hatte, nicht etwa die Liebe zum Elternhaus. Von Anfang an bewies er den Gegensatz zu seinem Vater, indem er Gott fürchtete und gerecht herrschte. Mitunter griff er zur Peitsche, um Schlechtigkeit auszumerzen.

Noch als Sechzehnjähriger bekam John die Peitsche zu spüren, weil er sich unterstanden hatte, »Verdammt!« zu fluchen. Die Peitsche hätte seine Schwester vermutlich ins Kloster getrieben, wenn sie katholisch gewesen wäre; so heiratete sie einen Pastor, der zum Mißfallen des Vaters der Kirche von Schottland angehörte.

Seinen jüngeren Bruder Henry trieb die Strenge des Vaters bald aus dem Hause; er ging nach Frankreich, wo er eine Französin aus guter Familie zur Frau nahm.

Obwohl John unter der Peitsche der Gerechtigkeit mehr zu leiden bekam als seine Geschwister, hatte er als einziger den strengen Vater wirklich geliebt. Sein Vater mochte hart gewesen sein, aber diese Härte hatte sich gegen das Böse gerichtet. In schlaflosen Nächten stellte sein Gewissen die Härte manchmal in Frage: Lag es daran, daß sein Leben verpfuscht, sein Name in den Schmutz gezogen worden war? Doch wenn er der Sache auf den Grund ging, mußte er antworten: Nein, er hatte sich alles selbst zuzuschreiben; das Unglück rührte davon her, daß er eine Frau geheiratet hatte, die auf ihre Weise ebenso schlecht war wie der Großvater.

Jetzt, im Alter von achtundvierzig Jahren, war Lord Fischel ein einsamer, verbitterter, frühzeitig gealteter Mann, der sich Gedanken wegen seiner Kinder machte. Er mußte zugeben, daß er die Verantwortung für ihre Zukunft trug, doch gerade das mißfiel ihm. Sei ihrer Geburt nahm er an seinem Sohn und

seiner Tochter Anstoß, weil sie Zwillinge waren. Seiner Ansicht nach konnten solche Menschen nur zur Hälfte ihr wahres Ich entwickeln. Der Mann mußte zuviel von einer Frau abbekommen, die Frau zuviel von einem Mann. Diese Theorie schien sich bei seinen Kindern zu bestätigen. Statt sich ernsthaft mit Dingen zu beschäftigen, die dem Universitätsbesuch in Oxford dienten, konnte sein Sohn Clive an nichts anderes als ans Malen denken... Malerei, lächerlich! Und seine Tochter Isabelle, die sich damit hätte begnügen sollen, neben der Führung des Haushalts zu sticken und Klavier zu spielen, vielleicht auch eine Fremdsprache zu lernen, galoppierte hoch zu Roß in der Gegend herum, ging nie gesittet, wenn sie rennen konnte, redete laut, lachte laut und senkte beim Beten nie den Kopf. Manchmal bedauerte er, daß er ihnen gegenüber die Peitsche der Gerechtigkeit nicht geschwungen hatte.
Clive und Isabelle waren erst vor vierzehn Tagen heimgekehrt und hatten die Stille und Ordnung seines Lebens gestört. Am meisten beunruhigte ihn die Aussicht, in vier Wochen nach London ziehen zu müssen, um seine Tochter in die Gesellschaft einzuführen.
Er verstand selbst nicht, wie er sich dazu hatte überreden lassen; seine Schwägerin Helen hatte ihm in ihren Briefen Vorhaltungen gemacht, Isabelle sei jetzt in heiratsfähigem Alter, und je schneller sie unter die Haube komme, desto besser. Helen hatte den Nachteil, Französin zu sein, war aber nach der Revolution von 1830 nach Heidelberg gezogen und hatte sich – wenn auch vergeblich – alle Mühe gegeben, aus Isabelle eine junge Dame zu machen.
Nach den harten Schicksalsschlägen fragte sich Lord Fischel, warum ihm Gott in Seiner Weisheit keine Kinder geschenkt hatte, die er lieben konnte. Je älter er wurde, desto stärker wurde in ihm das Verlangen, einen Menschen zu lieben. Rückblickend erkannte er, daß es in seinem Leben keinen Menschen gab, den er wirklich geliebt hatte, nicht einmal seine Frau. Seine Gefühle für Irene waren nicht Liebe gewesen, das wußte er jetzt. Ihre stets lächelnden Lippen und ihre lachenden

Augen hatten bewirkt, daß er sie begehrte; doch bald war dieses Verlangen erkaltet. Daß sie ihre Gunst daraufhin anderen schenkte, hätte er vielleicht ertragen, wenn es unauffällig geschehen wäre; aber sie machte kein Hehl daraus. Als sie ihn um eines Mannes willen, der viel jünger war als sie selbst, verließ, erlitt sein Stolz eine Wunde, die nicht mehr verheilte.
Mitten in seinen Gedanken vernahm er Hufschläge. »Das wird wohl Herr Bellingham sein«, sagte er zum Kammerdiener, der ihm eben in den Rock half.
Hugh Bellingham, sein Gutsnachbar, war Kaufmann und gehörte eigentlich nicht seiner Gesellschaftsklasse an. Er befaßte sich mit den neuen Eisenbahnlinien und vertrat den mächtigen Mittelstand, der den alten herrschenden Familien den Platz streitig machte. Aber Bellingham war ihm unentbehrlich als Verbindungsglied mit der Außenwelt, vor allem mit London, von wo er Nachrichten erwartete.
Die erwarteten und fast gefürchteten Nachrichten betrafen nicht die augenblickliche politische Lage, sondern den Klatsch über die Frau, mit der er immer noch verheiratet war. Da ihm allein der Gedanke an eine Scheidung als Sünde erschien, mußte die Bindung formell bestehen bleiben. Vor drei Tagen hatte ihm Bellingham brieflich mitgeteilt, Irene sei nach London zurückgekehrt, diesmal mit einem italienischen Grafen, der offenbar über unbegrenzten Reichtum verfüge.
Diese Nachricht beunruhigte ihn sehr. Wenn seine Frau tatsächlich die Absicht hegte, sich in London niederzulassen, konnte er unmöglich dorthin ziehen, und was sollte dann aus der Zukunft seiner Kinder werden?

Die Mahlzeit näherte sich dem Ende. Es hatte Erbsensuppe gegeben, danach Steinbutt mit Kartoffeln, Rehrücken mit Gemüse, Rebhuhn in Weinkraut und zum Schluß Charlotte russe, wovon sich Isabelle zweimal genommen hatte. Sie liebte süße Nachspeisen, sie aß überhaupt sehr gern; doch soviel sie auch essen mochte, sie setzte kein Fett an; obwohl sie siebzehn Jahre alt wurde, fehlten bei ihr jegliche Rundungen.

Niemand hätte die Geschwister für Zwillinge gehalten; sie glichen einander nicht, auch dem Vater nicht, und wäre die Mutter dabei gewesen, hätte man ebenfalls keine Ähnlichkeit feststellen können. Von Clive hieß es, er schlage seiner bildschönen Urgroßmutter mütterlicherseits nach, Isabelle hingegen wäre das Abbild ihres Urgroßvaters väterlicherseits. Seit frühester Kindheit war sie im geheimen stolz darauf, dem berüchtigten Gutsherrn zu ähneln. Sie hatte es sich angewöhnt, mit dem Bildnis des elegant gekleideten Jünglings zu sprechen, und manchmal redete sie sich ein, die vollen, sinnlichen Lippen antworteten ihr.

Heute morgen hatte sie nach der langweiligen Andacht und dem Frühstück zu dem kühnen Gesicht mit der ausdrucksvollen Nase gesagt: »Ich habe es satt. Ich zerspringe, wenn ich nicht von hier wegkomme. Noch einen Monat dauert es, bis wir nach London ziehen. Bei Tante Helen in Heidelberg ging es auch nicht gerade lustig zu, aber im Vergleich zu dem Leben hier war es ein Paradies. Was soll ich tun?« Sie hatte gesehen, wie sich die Lippen bewegten, und eine Stimme gehört: »Leben!« Auf ihre Frage: »Aber wie?« hatte das Bild nur gelächelt.

Der Gutshof war in ihren Augen ein Kloster, in dem der Vater wie ein Prior herrschte und die Haushälterin, Frau Hatton, als Mutter Oberin amtete. Clive hatte über diesen Vergleich herzlich gelacht und ihr zugestimmt.

Isabelle liebte ihren Vater nicht. Sie dachte oft über ihre mangelnde Menschenliebe nach. Eigentlich gab es nur einen Menschen auf der Welt, dem sie sich verbunden fühlte, und das war Clive; doch auch ihn haßte sie manchmal, weil er einen so weichen Charakter hatte. Mit dem Vater war sie einer Meinung, die Rollen hätten vertauscht sein müssen: sie der Junge und Clive das Mädchen.

Sie betrachtete ihren Bruder. Sie hatte Macht über ihn und konnte ihn zum Lachen bringen wie vorhin, als sie ihm mit einer Grimasse gezeigt hatte, wie langweilig sie das Tischgespräch fand. Der Vater und Bellingham sprachen über London, aber über das dortige politische Leben, nicht über das gesellschaftliche, das sie interessiert hätte. »Sadler greift nicht nur das Pachtsystem auf dem Lande an«, ereiferte sich Bellingham, »jetzt will er auch noch den Zehnstundentag durchsetzen. Die zweite Lesung der Vorlage war im März, und wenn wir nicht auf der Hut sind, wird es ihm gelingen. Haben Sie jemals so etwas gehört? Wir werden in ein schönes Schlamassel geraten, dagegen hilft nur Malpass' Einstellung. Nur durch Armut und Hunger kann die Bevölkerung im Gleichgewicht gehalten werden. Wohin geraten wir, wenn wir den Plebs füttern? Außerdem will Sadler durchsetzen, daß Kinder unter neun Jahren nicht arbeiten dürfen. Er wird das Land zugrunde richten, denn woher soll man die Stößer in den Zechen nehmen, wenn die kleinen Jungen nicht mehr unter Tag dürfen? Und bei einem Zehnstundentag machten die Fabrikbesitzer Bankrott. Bedenken Sie einmal die Umstellungen, die das in der ganzen Industrie bedeuten würde! Der Mann hat den Verstand verloren. Noch nie hat man einen solchen Unsinn gelesen wie in seiner Eingabe – die Züchtigung in den Fabriken will er abschaffen! Wie soll man den Burschen das Arbeiten beibringen, wenn man ihnen nicht tüchtig eines überzieht? Er redet davon, daß sie verkrüppelt und verunstaltet werden, mit zwanzig Jahren alte Leute sind. Natürlich sind sie mit zwanzig Jahren alt, sie müssen dann auch alt sein. Der Bevölkerungszuwachs muß eingeschränkt werden, wenigstens die Zunahme des Pöbels. Der Bischof sagt ganz richtig: ›Alles ist der Wille Gottes; Armut und Hunger ist das Kreuz, das die Mittellosen zu tragen haben.‹ Ich bitte Sie...« – Bellingham lehnte sich zu seinem Gastgeber vor – »können Sie die Dummheit und Kurzsichtigkeit solcher Männer wie Sadler begreifen?« Er wartete die Antwort nicht ab, sondern polterte weiter: »Und er steht nicht allein. Die Sache ist ernst. Haben Sie schon von John Wood in Bradford gehört? Er hat nicht nur einen Arzt in seiner Fabrik angestellt, sondern auch Waschgelegenheiten eingerichtet. Können Sie sich so etwas vorstellen? Das ist noch nicht alles, seinen Aufseher hat er zu dem Ausschuß geschickt und

den Leuten sagen lassen, es schade den Kindern, wenn sie mehr als zwölf Stunden arbeiten. Ich sage Ihnen, wir gehen schönen Zeiten entgegen.« Er ließ sich sein Glas füllen und schloß: »Sie können froh sein, damit nichts zu tun zu haben.«
Lord Fischel nickte ein paarmal nachdenklich. »Ja, ja«, murmelte er und schenkte seinem Sohn Portwein ein. Vor Isabelle stand kein Glas. Sie durfte keinen Wein trinken, obwohl sie sich schon bei der ersten Mahlzeit verwahrt hatte, in Heidelberg habe sie immer Wein bekommen.
Der Vater bedeutete Isabelle, vom Tisch aufzustehen. Es ärgerte ihn, daß sie die Aufffforderung nicht sogleich befolgte. Sie ließ fast fünf Minuten verstreichen, dann erst erhob sie sich und ging hinaus.
Im Salon warf sie sich in einen Sessel am Kamin, legte die Hände hinter den Kopf, streckte die Beine aus und murrte: »Mein Gott, mein Gott!« Sie betrachtete das Zimmer, die verblaßte Tapisserie der Polstermöbel, die geschnitzten Schränke, die spindelbeinigen Tischchen, die hellroten Plüschvorhänge mit den dicken Quasten, den abgetretenen Teppich: der Raum wirkte trotz der vielen Gegenstände öde und leer. Das ganz Haus atmete Leere und Langeweile. Wenn es nach ihr gegangen wäre, hätte sie alle Möbel, Vorhänge und Einrichtungsgegenstände in den Park hinausgefegt und verbrannt. Sämtliche Bilder wären entfernt worden, die ganze Ahnengalerie außer den Portraits ihres Urgroßvaters.
Als ein Diener hereinkam, um Holz nachzulegen, ärgerte sie sich über seine braune Livree, seine braunen Strümpfe und die schwarzen Schuhe. Er konnte nicht sehr alt sein, sah aber leblos aus. Als er sich zum Feuer niederbeugte, hätte sie ihm am liebsten einen Tritt versetzt. Sie stellte sich vor, wie er kopfüber in die Glut fallen würde, und dachte, etwas Derartiges müßte wohl geschehen, damit er lebendig würde. Sie liebte Angestellte nicht. Von allen Hausangestellten waren ihr zwei besonders zuwider: der Butler Hatton und seine Frau. Die beiden führten das Regiment im Haus. Sie blickten ernst drein, lachten nie. Sie richteten sich darin nach dem Schloßherrn.

Sie fand es selbstverständlich, daß Clive nicht heiraten würde. Clive hatte nur Sinn fürs Malen. Sie selbst würde heiraten, ein Gefühl sagte ihr, sie müßte unbedingt heiraten; mit ihrem Mann zusammen wollte sie hier auf dem Schloß herrschen, während sich Clive mit dem Pinsel die Zeit vertrieb. Sie hatte sich schon alles genau ausgedacht.
Als ihr Bruder eintrat, setzte sie sich ordentlich hin und wartete, bis er neben ihr Platz genommen hatte. »Gräßlich, nicht?« sagte sie. »Zehnstundentag, Armut, Fabrikarbeit.« Lachend fügte sie hinzu: »Möchtest du Parlamentarier werden?«
Clive lehnte den Kopf zurück. »Zu teuer«, antwortete er lässig. »Wenn man nicht Besitzer einer Zeche, einer Fabrik oder einer Werft ist, muß man sich die Stimmen kaufen.«
»Tatsächlich?«
Er nickte. »Ja, so eine Wahl kann zehn- bis fünfzigtausend Pfund kosten.«
»Das braucht dich nicht zu kümmern. Kauf du dir lieber Farben.« Beide lachten.
»Was wollen wir tun?« fragte sie.
»Schlafen«, antwortete er faul.
»Nein, laß uns einen Spaziergang machen.«
»Ich bin zu müde. Es war auch anstrengend, jedes Wort in acht zu nehmen. Vor Vater kann man nicht reden, wie man will. Ich bin froh, wenn ich erst wieder in der Schule bin.«
»Das dauert noch sechs Wochen.« Sie sprang auf. »Ich habe keine Lust, nur herumzusitzen, zu beten und zu essen. Wir wollen etwas unternehmen.« Sie ergriff seine Hände und zog ihn auf die Füße. »Komm, wir gehen bis zum Ende des Parks. Wir wollen Thornton besuchen.«
»Ach, Belle...«
»Hör auf mit deinem ›ach, Belle‹! Geh und zieh dir andere Schuhe an.«
Einige Zeit später durchquerten sie die große Halle, wo am Fuße der Treppe Ritterrüstungen wie Wachtposten standen. Über die breite Freitreppe gelangten sie auf den Kiesweg zum Garten, der in den Park führte. Je weiter sie schritten, desto

wilder wurde die Parklandschaft, bis zu beiden Seiten des Pfades fast undurchdringliches Gestrüpp die Aussicht verdeckte.
»Eine Schande!« sagte Isabelle ärgerlich. »Warum läßt Vater die Anlage so verwildern?«
»Damit niemand eindringen kann«, erklärte Clive. »Mir gefällt diese Wildnis.«
»Es wird immer schlimmer. Voriges Jahr konnte man von hier aus noch das Pförtnerhäuschen sehen... Was war das?«
Sie blieben stehen und blickten auf das dornige Dickicht.
»Wahrscheinlich ein Fuchs, der dort seinen Bau hat.«
»Ausgeschlossen. Ein Fuchs hätte uns viel früher gehört. Es war wie ein Quieken.«
Mit dem Spazierstock schlug Isabelle auf die Zweige und drückte sie mit dem Fuß auseinander. Ein blondes Köpfchen kam zum Vorschein, und als das Gewirr mit dem Stock zerteilt war, wurde ein kleiner Junge sichtbar, der auf dem Boden saß und ein Kaninchen auf dem Schoß hielt, dessen Vorderbeine in einer groben Drahtschlinge staken.
»So etwas!« Clive lachte kurz.
»Wer bist du?« fragte Isabelle streng.
Die kleine Gestalt rührte sich nicht und blieb stumm.
»Antworte mir! Wer bis du? Wie bist du hier hereingekommen?«
»Vielleicht ist er von Thorntons Hof.« Clive lächelte immer noch.
»Bestimmt nicht. Schau ihn dir doch an.« Isabelle griff nach den schmalen Schultern, ließ sie aber sofort los, nicht nur weil der Junge gellend schrie, sondern weil sie sich vor ihm ekelte. Der Anblick des Kindes versetzte sie in Wut. Es vertrat den Pöbel, den schmutzigen, ungebildeten, verkrüppelten Plebs, dessen Kinder früh sterben mußten, damit die Bevölkerung im Gleichgewicht blieb.
»Du bist ein Wilddieb. Du kommst ins Gefängnis.«
»Laß ihn gehen«, beschwichtigte Clive. »Es ist ja bloß ein Kaninchen, und er ist noch ein Kind.«

»Ihn gehen lassen?« fuhr sie ihren Bruder an. »Sei nicht dumm, Clive. Das hieße ihm erlauben, über die Mauer zu klettern. Dann denken alle, sie dürften über die Mauer klettern.«
Clive sah seine Schwester an. Sie konnte so unbeherrscht sein, daß man sie fürchten mußte, oft wegen ganz belangloser Dinge. Das Kind hatte sich ja nur ein Kaninchen geholt. Wahrscheinlich litt es Hunger. In letzter Zeit hatte Clive daran gedacht, daß es Leute gab, die Hunger litten, den Gedanken aber nicht weiter verfolgt. Er wollte in Ruhe leben, die Sonne sollte scheinen und die Zeit stillstehen, nichts sollte ihn vom Malen ablenken. Bisher hatte er sich dem Vater noch nicht widersetzt; aber er wußte, daß er es tun mußte, wenn er wirklich Maler werden wollte.
Als Isabelle den Jungen mit der Stockkrücke aus dem Gebüsch hervorzerrte, fragte Clive erschrocken: »Was hast du vor?«
»Ich werde ihm eine Lehre erteilen«, antwortete Isabelle.
Ohne zu zögern, hob sie das tote Kaninchen und die Falle auf. Joe saß mit ausgestreckten Beinen auf dem grasbewachsenen Pfad und hielt die Hände unters Hinterteil. Isabelle konnte nicht wissen, daß er immer diese Stellung einnahm, wenn er Prügel gewärtigte: aber für ihr Vorhaben kam ihr das gerade recht. Sie befreite das Kaninchen, bückte sich und steckte den einen Fuß des Kindes behend in die Drahtschlinge. Joe schrie, rutschte rückwärts und zog die Falle mit. »Cissy! Cissy!«
Wie am Spieß schrie er, doch Isabelle hielt ihn am Fuß fest. Clive riß sie von dem Kind weg. »Hör auf, Belle! Was ist nur in dich gefahren?«
Sie richtete sich auf. Ohne das Kind aus dem Auge zu lassen, ohne ihren Bruder zu beachten, sprach sie wie zu sich selbst: »Wie er auch hereingekommen sein mag, jetzt kann er nicht mehr hinaus.«
Als Clive sich zu dem Kind bückte, zerrte sie ihn zur Seite. »Wir lassen ihn hier, bis wir zurückkommen. Dann gebe ich ihn frei.«
»Cissy! Cissy!«
Joes Geschrei war ohrenbetäubend, und die Angst des Kleinen

bewirkte, daß Clive ihm wiederum helfen wollte. Aber Isabelle riß ihn so heftig zurück, daß er taumelte und gegen einen Baumstamm prallte.
Schon einmal hatte er seine Schwester in diesem Zustand gesehen, an dem Tage, als sie erfuhren, daß ihre Mutter sie verlassen hatte. Da hatte sie dem Hund wütende Tritte versetzt und ihn so schlimm verletzt, daß der Förster ihn abtun mußte. Damals hatte er sich vor ihr ebenso gefürchtet wie jetzt, das Jaulen des Hundes hatte ihn fast zum Wahnsinn gebracht, und jählings hatte er sich auf sie gestürzt und sie geschüttelt. Auch jetzt trieb es ihn, dem armseligen, schreienden Geschöpf beizustehen; doch da raschelte es im Gebüsch, und zu seiner Verwunderung tauchte ein Mädchen auf.
Es war zerlumpt gekleidet, das dichte braune Haar war vom Gestrüpp zerzaust, und die Hände bluteten. Die großen Augen in dem blassen Gesicht flammten und spiegelten gleichzeitig Schrecken.
»Wer bist du? Was tust du hier? Wie kannst du dich unterstehen, in unsern Park zu kommen?«
Cissy blickte kurz in das hochmütige Gesicht. Dann bückte sie sich zu Joe, der ihre Beine umklammerte. Als sie die Schlinge sah, stöhnte sie ergrimmt und befreite seine Füße. Sie warf die Falle wütend ins Gebüsch. »Ihr seid Teufel, richtige Teufel, ein kleines Kind so zu behandeln!«
»Du wagst es, so mit mir zu sprechen? Nimm dich in acht, Mädchen, wenn du nicht vor Gericht kommen willst«, drohte Isabelle. »Das kleine Kind, wie du den Bengel nennst, ist immerhin groß genug, ein Kaninchen in der Falle zu fangen und zu töten.«
»Ein Kind ist kein Kaninchen, das müßten Sie wissen.«
Die beiden Mädchen standen sich gegenüber und blitzschnell hob Isabelle den Stock. »Du unterstehst dich, mir freche Antworten zu geben!« schrie sie entrüstet.
Clive glaubte seinen Augen nicht zu trauen: Das Mädchen packte Isabelle am Arm und entwand ihr den Stock. Mit einer einzigen Bewegung warf sie den Stock weg und stieß Isabelle

beiseite. Der Stock flog ins Dickicht, Isabelle taumelte und fiel ins Gebüsch. Das Mädchen bückte sich rasch, hob das Kind auf, machte kehrt und rannte den Pfad entlang.
Clive half Isabelle auf die Füße. Die eine Wange war blutig zerkratzt, aber das beachtete sie nicht. Sie ballte die Fäuste und blickte der flüchtenden Gestalt nach, und ohne die Augen vor ihr abzuwenden, fragte sie: »Warum hast du sie nicht festgehalten? Sie hat mich geschlagen. Das soll sie mir büßen.«
»Sei nicht albern, Belle. Sie hat dich nicht geschlagen, sondern sich nur verteidigt.«
»Du wagst es, für sie einzustehen! So ein Luder! Sie hat mich zu Boden gestoßen!« Isabelle legte die Hand an die schmerzende Wange, sah das Blut an den Fingern und streckte sie ihm hin. »Da, schau!« Als Clive keine Antwort gab, rief sie: »Also gut, wenn du dich nicht rühren willst, ich hole sie mir!« Sie raffte den Rock und lief hinter Cissy her.
»Laß sie in Ruhe, Belle, sei vernünftig. Belle, hörst du mich nicht?«
Clive rief umsonst, Isabelle rannte, so schnell sie konnte, er holte sie erst beim nördlichen Pförtnerhaus ein. »Du hast sie durchgelassen?« schrie sie den Pförtner an. »Du mußt doch gewußt haben, daß sie hier unbefugt eingedrungen sind!«
»Ja, ja, Fräulein Isabelle, aber sie waren im Nu durch die kleine Pforte. Ich konnte sie gar nicht aufhalten.«
»Wer ist das Mädchen?«
Der Pförtner fuhr sich langsam mit der Hand über den Mund.
»Ich will wissen, wer sie ist. Antworte!« schrie Isabelle.
»Nun ja, sie heißt Brodie. Eigentlich ist sie zu bemitleiden. Ihre Eltern sind vor kurzem gestorben, die Kinder – neun sollen es sein – wurden aus dem Haus im Weiler vertrieben, und nun lebt sie mit ihren Geschwistern in einer Felsenhöhle.«
Als er sah, daß Clive ungläubig den Kopf schüttelte, fügte er hinzu: »Ja, es ist ein trauriger Fall, junger Herr, aber es gibt viele ähnliche.«
Clive mußte das Gespräch abbrechen, weil Isabelle zum Tor lief. »Wohin willst du?« rief er ihr nach.

»Komm mit, dann siehst du's.« Sie schlug ein schnelles Tempo an und erkletterte eine Böschung. In der Ferne sah sie das Mädchen mit dem Jungen einem Felsenausläufer zustreben, und sie merkte sich die Stelle. Lächelnd drehte sie sich zu ihrem Bruder um, der langsam den Hang erklomm.

Als Isabelle am späten Abend von einem einsamen Ritt zurückkehrte, wurde sie von Clive mit den Worten empfangen: »Wo warst du? Vater hat nach dir gefragt.«
»So?« Sie zog ihre langen, weichen Lederhandschuhe aus. »Das trifft sich gut, ich wollte ohnehin mit ihm sprechen.«
»Wo warst du?«
»Auf einem Spazierritt.«
»Hinter dem Mädchen her?«
Sie sah ihn statt einer Antwort nur an. »Hör zu, Belle«, sagte Clive hastig, »ich mache dabei nicht mit. Sie hat dich nicht geschlagen, aber du in deiner Wut hättest sie mit dem Stock töten können.«
Isabelle ging auf diese Worte nicht ein, sondern fragte: »Wo ist Vater?«
»Wo er abends immer ist.«
Sie warf Handschuhe und Peitsche auf einen Stuhl in der Halle und ging durch einen kurzen Korridor. Bei der letzten Tür klopfte sie an und wartete die Aufforderung zum Eintreten ab. Lord Fischel war umgeben von Büchern. Sie häuften sich auf dem großen Schreibtisch, und an drei Wänden des Zimmers standen Büchergestelle. Lesen war seine Lieblingsbeschäftigung, und sein Hauptinteresse galt der Astronomie. Er hob den Kopf und musterte seine Tochter. »Ach so«, sagte er. »Komm und setz dich.«
Sie trat langsam näher, setzte sich jedoch nicht. Sie überrumpelte ihn mit einer unerwarteten Frage: »Wem gehört das Land an der Ostseite unseres Parks?«
»Welches Land?« Er runzelte die Stirn. »Meinst du das unbebaute Land und die Berge?«
»Ja.«

»Der Allgemeinheit, genauer gesagt, dem Staat.«
»Du hast nicht darüber zu bestimmen?«
Er schüttelte den Kopf und lächelte flüchtig: »Noch nicht.«
»Darf man darauf wohnen?«
»Unter gewissen Umständen, ja. Man darf ein Lager aufschlagen und Vieh weiden lassen.«
»Auch bauen?«
»Um ein Haus zu bauen, muß man Besitzer des Bodens oder Pächter sein. Warum willst du das wissen?« Er schaute sie forschend an.
»Ich sah Leute dort bauen.«
»Was für Leute? Arbeiter, Wohnungslose?«
»Eine Familie.« Sie wollte »Ein Mädchen« sagen, besann sich aber anders: »Eine Frau baut dort.«
»Ach...« Er wandte sich wieder dem Schreibtisch zu. »Wahrscheinlich Wohnungslose, die nur eine Baracke errichten. Solange sie keine Fundamente ausheben, vergehen sie sich nicht gegen das Gesetz, und ohne Fundament kann kein Gebäude dort oben dem Winterwind standhalten.« Er lächelte ein wenig spöttisch über ihr hartnäckiges, aber vergebliches Bemühen und wiederholte: »Setz dich, Isabelle.«
Ohne sie anzublicken fuhr er fort: »Leider habe ich eine Enttäuschung für dich. Du kannst nicht nach London gehen.«
Zuerst war sie wie gelähmt. Dann sprang sie auf und rief: »Aber warum nicht, Vater, warum nicht?«
Er blickte von ihr weg. »Ich kann dir den Grund nicht sagen.«
Nun wußte sie Bescheid. Es handelte sich um ihre Mutter; wahrscheinlich hatte er gehört, daß sie sich in der Stadt aufhielt. Bellingham mußte ihm die Nachricht gebracht haben. Aber wohin sollte Isabelle gehen, wenn nicht nach London? Wahrscheinlich zurück nach Heidelberg zu Tante Helen, wo sie keinen Schritt allein machen durfte, um ja nicht mit den Studenten in Berührung zu kommen. Tante Helen hielt nichts von Vergnügungen. Sie hätte Vaters Schwester sein können, denn in ihrer Frömmigkeit vertrat sie die Meinung, Gott würde schon einen Mann schicken, wenn es sein Wille war, daß ein

Mädchen heiratete. Aber natürlich durfte es kein deutscher Student sein. Immerhin zog Isabelle Heidelberg und Tante Helen dem langweiligen Leben hier im Schloß vor; doch widerspruchslos wollte sie sich nicht fügen. »Ich mag nicht nach Heidelberg zurück, Vater. Ich brauche Tante Helens Aufsicht nicht mehr.«
»So etwas!« Mit gerunzelten Brauen sah er sie streng an. »Aber sei unbesorgt, du wirst nicht nach Deutschland zurückkehren. Zufällig erhielt ich gestern einen Brief von Onkel Henry, in dem er schreibt, sein alter Wunsch erfülle sich endlich, er werde mit deiner Tante eine Indienreise machen. Sie haben schon alle Vorbereitungen getroffen. Du mußt dich also vorläufig mit meiner Gesellschaft und den Annehmlichkeiten deines Vaterhauses begnügen.«
Aber das Lächeln, das wieder seine Lippen umspielte, verschwand, denn Isabelle empörte sich: »Nein, Vater! Du kannst nicht von mir verlangen, daß ich mich hier den ganzen Winter zu Tode langweile. Ich habe mich so sehr auf London gefreut! Ich...ich will nach London. Ich werde verrückt, wenn ich hierbleiben muß!«
Dann werden wir eben zusammen verrückt, dachte Lord Fischel, denn ich ertrage es nicht, mit dir monatelang in diesem Hause zu sein.
Bis zu ihrem zehnten Lebensjahr hatte er wenig von seinen Kindern gesehen, denn sie wurden, wie es sich gehörte, in abgelegenen Räumen des Schlosses gehalten und von einer Kinderfrau betreut. Manchmal holte man sie in den Salon, wo sie dann nebeneinander standen und den Vater schweigend anstarrten. Es fiel ihm schwer, zu glauben, daß diese Geschöpfe sein Fleisch und Blut waren. Als seine Frau ihn verließ, wurden die Zwillinge der Obhut einer Erzieherin anvertraut, und ein Jahr später kam Clive ins Schulinternat. Der Sohn zählte vierzehn Jahre, als sie zum erstenmal an einem Tisch saßen. Als die Tochter fünfzehn war, wurde beschlossen, sie zu Helen, der Frau seines Bruders, nach Deutschland zu schicken, wo ihre Erziehung vervollkommnet werden sollte.

Während der letzten beiden Jahre hatten die Kinder die Ferien auf dem Schloß verbracht, aber auch da hatte er sie nur bei den Mahlzeiten gesehen. In diesem Jahr nun war alles anders. Er hatte Vorkehrungen getroffen, mit denen er die Zukunft seiner Tochter zu sichern hoffte. Zornig dachte er an die Frau, die ihm mit ihrem Erscheinen in London die Pläne vereitelt hatte. Es graute ihm vor dem Zusammenleben mit seiner Tochter, nicht nur weil sie seinem Großvater so ähnlich sah, sondern auch weil ihr unberechenbares Wesen ihn befremdete.

»Wenn du deine Zeit nutzbringend verwendest«, sagte er geduldig, »wird sie dir nicht lang werden. Ich will Frau Hatton Anweisungen geben, dir zu zeigen, wie man einen Haushalt führt. Sie erwähnte übrigens, daß die Vorhänge im Salon erneuert werden müssen. Du kannst nach Newcastle fahren und das Material aussuchen. Dann bleibt dir immer noch Zeit fürs Reiten und Spazierengehen. Deine Tage wären ausgefüllt.«

Wieder war sie sprachlos, die Wut erstickte sie beinahe. Sie begriff, wie ihrer Mutter zumute gewesen war. Kein Wunder, daß sie sich andern Männern zugewandt hatte. Am liebsten hätte sie ihn angeschrien: »Ich hasse dich! Ich hasse dich, wie meine Mutter dich gehasst hat!« stürzte jedoch fluchtartig aus dem Zimmer, um sich vor diesem Ausfall zu bewahren.

In der Halle wartete Clive auf sie. Sie faßte ihn am Arm, zog ihn ins Frühstückszimmer, lehnte sich dort an die geschlossene Tür und stieß hervor: »Wir gehen nicht nach London. Den Grund wollte er mir nicht angeben; aber ich vermute, daß Mutter dort ist. Er hat Angst vor einer Begegnung mit ihr... Nach Heidelberg kann ich nicht, weil Tante Helen und Onkel Henry nach Indien reisen. Ich muß den ganzen Winter hierbleiben.« Sie beugte sich vor. »Hast du gehört? Ich muß den ganzen Winter hierbleiben!«

Clive fand das gar nicht tragisch. Er selbst wäre gern den ganzen Winter im Schloß geblieben; er hätte sich das alte Kinderzimmer als Atelier eingerichtet, hätte gemalt, gegessen und geschlafen.

»So sag doch etwas, steh nicht wie ein Ölgötze da!« Isabelle ging im Zimmer auf und ab und fuchtelte mit den Armen. »Ich werde verrückt! In meiner Verzweiflung werde ich etwas anstellen!«

Sie hatte Tränen in den Augen, und dieser Anblick war so ungewöhnlich, daß Clive zu ihr trat und ihr den Arm um die Schultern legte. Aber er fand keine Trostworte.

»Komm mit mir in mein Zimmer«, bat er sie. »Ich habe etwas zu trinken, das dir guttun wird.« Er flüsterte ihr ins Ohr: »Ich habe mir aus dem Keller eine Flasche Brandy geholt. Komm!«

2

Vier Tage lang ritt Isabelle immer vom nördlichen Pförtnerhaus querfeldein. Sie band das Pferd an einen Baum und stieg einen Hang hinauf, wo sie, hinter einem Felsblock versteckt, zuschaute, wie die drei Mauern bei der Höhle allmählich höher wurden. Am fünften Tag wartete sie, bis das Mädchen mit den Kindern fortgegangen war. Nun holte sie ihr Pferd, ritt bis zur Felsenhöhle und betrachtete den Schauplatz: Die Feuerstelle im Freien, die geschwärzten Töpfe, den feuchten Lehmhaufen. Sie wendete das Pferd zum Höhleneingang.

Als es bei der Wendung an die Mauer stieß, bäumte es sich und schlug mit den Hinterfüßen aus; aber als es durchgehen wollte, zügelte sie es und gab ihm die Sporen, um es rückwärts zu drängen.

Ein Teil der Mauer stürzte ein, und das Pferd erschrak so sehr, daß es die Reiterin beinahe abgeworfen hätte. Isabelle bekam es jedoch in die Hand. Über die Schulter begutachtete sie ihr Werk. Die mittlere Mauer mit der Türöffnung war zerstört, die Steine lagen verstreut umher. Schnell lenkte Isabelle das Pferd ein wenig zur Seite und wiederholte das Manöver. Diesmal bäumte sich das Pferd nicht; es schien begriffen zu haben, was von ihm verlangt wurde.

Gerade machte sie sich an die dritte Mauer, als eine Gestalt herbeieilte. Sie sah sich dadurch keineswegs veranlaßt, davonzusprengen, sondern ritt im Schritt auf das Mädchen zu, zügelte das Pferd und wartete. Erst als sich das Mädchen umdrehte und entgeistert zu ihr aufblickte, lachte sie laut und galoppierte davon.

Am folgenden Tag, als Isabelle im Reitkleid die Halle durchquerte, wurde sie von Hatton abgefangen. »Seine Lordschaft wünscht Sie zu sprechen, gnädiges Fräulein. Er ist in seinem Arbeitszimmer.«
Zu ihrer Überraschung traf sie Clive schon beim Vater an. Eben erst hatte sie mit ihm im alten Kinderzimmer gesprochen und vergeblich versucht, ihn zum Ausreiten zu bewegen; er hatte unbedingt malen wollen. Daß ihr Vater erzürnt war, sah sie gleich an seinen verkniffenen Lippen. Sie vermutete, er sei hinter das Geheimnis des heimlichen Trinkens gekommen. Als er ärgerlich sagte: »Was höre ich da? Ein solches Benehmen! Erkläre dich gefälligst«, schaute sie Clive fragend an. Doch dieser sah mit ausdrucksloser Miene vor sich hin. »Ich weiß nicht, was du meinst, Vater«, antwortete sie ausweichend.
»Du weißt nicht, was ich meine? Willst du vielleicht leugnen, daß du gestern mit deinem Pferd absichtlich ein Mauerwerk zerstört hast?«
Sie senkte die Augen.
»So etwas tut nur ein elender Wicht!« tobte er. »Wie kannst du vergessen, wer du bist? Oder willst du es leugnen?«
Jetzt blickte sie ihn offen an. »Nein, ich leugne es nicht, Vater.«
Ihre Kühnheit erboste ihn noch mehr; er schlug mit der Hand auf den Schreibtisch und rief außer sich: »Weißt du, daß du beinahe ein Kind umgebracht hättest? Wenn es nach deinem Kopf gegangen und die letzte Mauer auch gefallen wäre, hätte sie ein kleines Kind begraben, das dort im Korb lag.«
Die Tatsache, daß sie um ein Haar ein kleines Kind getötet hätte, regte ihn nicht sehr auf; denn soviel er vom Pfarrer gehört hatte, wimmelte es in der Höhle von Kindern, und eines weniger wäre wohl ein Segen gewesen. Für ihn zählte nur, daß

sich seine Tochter, eine hochgeborene Fischel, dazu erniedrigt hatte, sich an armen Leuten zu rächen.

»Ich tat es, um dem Mädchen eine Lehre zu erteilen«, sagte Isabelle. »Es war weniger grausam, als sie anzuzeigen und ins Gefängnis zu bringen, denn sie hat mich geschlagen.« Mit einem Blick auf Clive fügte sie schnell hinzu: »Außerdem haben sie und ihr Bruder sich der Wilddieberei schuldig gemacht.«

»Das weiß ich alles«, versetzte Lord Fischel mit rauher Stimme. »Das Mädchen hat dem Pfarrer alles erklärt. Sie gab zu, daß ihr Bruder gewildert hat. Aber der Junge ist erst fünf Jahre alt, und du hast ihn mit der Falle gefesselt. Was ist nur in dich gefahren, so etwas zu tun?«

»Sie hat mich geschlagen.«

Clive machte eine Bewegung, er wollte etwas einwenden, doch der Vater kam ihm zuvor: »Das Mädchen sagt, du hättest den Stock gegen sie erhoben, sie hätte ihn dir aus der Hand geschlagen, und dabei seist du rückwärts ins Gebüsch gefallen. Ist das wahr?«

»Nein.« Wieder streifte Isabelle den Bruder mit einem Blick.

»Dann ist auch dein Bruder ein Lügner«, erwiderte der Vater grollend, »denn er hat die Aussage des Mädchens bestätigt. Jetzt paß einmal gut auf: Ich verbiete dir, dich der Wohnung des Mädchens zu nähern, und wenn du dich nicht wie eine Dame benehmen kannst, werde ich Mittel und Wege finden, es dich zu lehren. Ihr könnt beide gehen.«

Als sich die Tür hinter den Kindern geschlossen hatte, stützte Lord Fischel das Kinn in die Hand und tippte nachdenklich mit dem Zeigefinger auf die Lippen. Was sollte er mit einer solchen Tochter beginnen? Wohin konnte er sie schicken? Er dachte an seine Schwester Anna auf der rauhen Hebrideninsel, ließ den Gedanken jedoch wieder fallen, denn er wollte ja Isabelle nicht durch Härte zerbrechen, sondern sie lediglich aus seiner Nähe entfernen.

3

In der folgenden Woche regnete es jeden Tag, und obwohl in sämtlichen Räumen geheizt wurde, herrschte im Schloß ein feuchtmuffiger Geruch. So grau und trübe war es, daß an manchen Tagen schon um drei Uhr die Kerzen auf dem Mittagstisch angezündet werden mußten.
Um sich die Langeweile zu vertreiben, ging Isabelle nach dem Essen oft ins alte Kinderzimmer und sah Clive beim Malen zu. Häufig tranken sie zusammen Portwein oder Rotwein, den sich Clive aus dem Keller geholt hatte. Es fiel ihm nicht schwer, in den Weinkeller zu gelangen: Sobald die Diener beim Essen saßen, nahm er den Schlüssel aus der Waffenkammer und schloß die Seitentür des Gebäudes zu den Kellerräumen auf. Niemand hatte ihn bisher kommen oder gehen sehen, und wenn ein auffallender Schwund auf den Gestellen bemerkt wurde, dann mußte Hatton den Kammerdiener Cunningham verdächtigen und den Butler, denn außer den beiden durfte niemand den Weinkeller betreten.
An diesem Morgen war es Clive gelungen, zwei Flaschen zu ergattern, und nun genoß er mit Isabelle eine Mischung von Brandy und Portwein.
Auf einmal zeigte sich die Oktobersonne und erhellte das Zimmer. Beide sprangen auf und liefen zum Fenster. Sie freuten sich wie Kinder, und Clive rief: »Die Sonne! Endlich wieder Sonne! Die Trübsal hat ein Ende.«
»Laß uns hinausgehen«, schlug sie vor.
»Es ist zu naß draußen.«
»Das macht doch nichts. Mir ist glühend heiß, und du hast auch ein ganz rotes Gesicht.« Isabelle legte die Hände an seine Wangen und schüttelte seinen Kopf hin und her, worauf beide lachten. Doch als sie ihn zur Tür ziehen wollte, riß er sich los.
»Nein, Belle, du glaubst immer, mir befehlen zu müssen.«
»Natürlich.« Kichernd fiel sie ihm um den Hals. »Wenn Vater uns jetzt sehen könnte, bekäme er einen Anfall. Was würde er wohl tun, wenn er es merkte?«

»Darüber mag ich gar nicht nachdenken.« Er drohte ihr scherzhaft mit dem Finger. »Nimm dich zusammen, sonst verrätst du dich.« Mit dramatischer Gebärde warf er sich in die Brust. »Das sakrosankte Atelier des Malers Clive John James Rembrandt, wo er seine Meisterwerke erschafft...«

Isabelle bog sich vor Lachen, aber als er zu singen begann, warnte sie ihn: »Leise! Sonst kommt Mrs. Hatton herauf.«

Auf den Zehenspitzen ging sie zur Tür. »Ich hole schnell den Mantel.«

Als sie die Tür öffnete, versetzt er ihr übermütig einen kleinen Stoß, so daß sie sich schwankend am Geländer festhalten mußte. Dann aber stieg sie in übertrieben steifer Haltung die Treppe zum ersten Stock hinunter.

Beim Durchqueren der Halle lachte sie so unbändig, daß Hatton erschien und den Geschwistern verwirrt und mißbilligend nachblickte. Er fand den jungen Herrn sonst erträglich, konnte aber seine Schwester nicht ausstehen. Gott bewahre, daß sie jemals Schloßherrin werden könnte!

Hatton öffnete den beiden die Tür, schloß sie aber nicht gleich wieder, sondern schaute zu, wie sie gleich ausgelassenen Kindern über den Rasen hüpften. Sie hätten sich gesitteter benommen, wenn der Lord zu Hause gewesen wäre; aber er wurde erst am Abend zurückerwartet. Wenn es nicht unmöglich gewesen wäre, hätte man meinen können, die beiden seien beschwipst.

Das fand auch Mrs. Thornton, der die Geschwister nach zwei Jahren zum erstenmal wieder einen Besuch abstatteten. Der Bauer befand sich auf dem Markt, und so sah sie sich den beiden ausgeliefert. Richtig kindisch benahmen sie sich, lehnten übers Gatter und zogen die Schweine am Ringelschwänzchen. Das Fräulein war noch schlimmer als der junge Herr.

Mrs. Thornton war froh, als sie gingen. Mit dem gleichen verwunderten Ausdruck wie Hatton blickte sie ihnen vom Tor aus nach. Der junge Herr schritt auf der Straße dahin, aber das Fräulein sprang die Grasböschung hinauf und hinunter wie ein Lamm, das im Frühling den ersten Sonnenstrahl spürt.

Isabelle hätte der Bäuerin den Vergleich mit einem Lamm übelgenommen. Seltsam gemischte Gefühle durchwirbelten sie: Freude, ein starkes Verlangen nach Vergnügen und eine Empfindung, die sie selbst nicht recht verstand, der Drang nämlich, mit einem Menschen handgemein zu werden und ihn zu beherrschen.
Die beiden gingen über das Moorland, dann am Berghang entlang, auf dessen anderer Seite ein Gehölz war. Den schmalen Hohlweg dazwischen hatten Schafe ausgetreten. Auf diesen Hohlweg tanzte Isabelle zu, Clive dicht auf ihren Fersen. Plötzlich gewahrte sie das Mädchen, das sie nie ganz aus ihren Gedanken hatte verbannen können. Es trug in der einen Hand einen Milchkessel, und ein kleines Kind folgte ihm.
Alle schienen gleichzeitig stillzustehen. Isabelle machte die erste Bewegung. Sie schwang ihren Spazierstock, verzog angeekelt das Gesicht und rief schneidend: »Aus dem Wege!«
Der Pfad war so schmal, daß er nur einem Menschen Raum bot; man konnte unmöglich aneinander vorbei. Cissy war zwei Meter vom Ende entfernt, hinter ihr lagen etwa zwanzig Meter. Sie hatte das Vortrittsrecht. Trotzdem wäre sie umgekehrt, wenn nicht jenes schlechte Geschöpf vor ihr gestanden hätte, das ihre Schutzmauern zerstört und Nellie in Lebensgefahr gebracht hatte. »Wenn man einer Gefahr entgegentritt, ist es nur noch eine halbe Gefahr«, hatte der Vater sie gelehrt. »Ich habe nur noch ein paar Schritte vor mir«, sagte Cissy. »Wenn Sie bitte zurücktreten wollen...«
»Was! Ich soll dir Platz machen!« Die Spitze des Spazierstocks traf Cissy mitten auf die Brust.
»Kehr doch um. Du ersparst dir damit viel Ärger.« Das sagte der junge Mann über die Schulter seiner Schwester. Sein Gesicht war gerötet, und er lachte.
»Ich will nicht. Ich bin im Recht.« Fest blickte Cissy in die dunklen Augen ihrer Feindin. »Und lassen Sie gefälligst Ihren Stock ruhen!«
»Im Recht? Was unterstehst du dich!« Der Stock sauste nieder, und der Milchkessel flog zu Boden.

Zum zweitenmal stürzte sich Cissy auf Isabelle. Diese war besser genährt und kräftiger als Cissy, aber Cissys Magerkeit bedeutete Zähigkeit, so daß sie sich nicht ohne weiteres unterkriegen ließ. »Hört auf, hört auf!« schrie Sarah. »Laß sein, Cissy, laß sein!« Clive, der hinter Isabelle ins Freie zurückwich, hielt sich die Seiten vor Lachen. Doch das Lachen verging ihm, als die kämpfenden Gestalten auf gleicher Höhe mit ihm waren und er das Gesicht seiner Schwester sah. Mit den Händen hatte sie den Hals des Mädchens umklammert.

»Belle, Belle, laß sie los!« rief Clive erschrocken. Er sprang zwischen die beiden, und stieß Isabelle zur Seite. Eine der beiden rutschte aus. Später dachte er, es müsse Cissy gewesen sein, denn als sie alle hinfielen, lag Cissy auf dem Rücken, er auf ihr und Isabelle daneben.

Cissy rührte sich nicht, sie schien benommen. Auch Clive rührte sich nicht, auch er war benommen, jedoch aus einem anderen Grunde. Die eine Hand lag auf ihrer wogenden Brust, die andere faßte den nackten Schenkel. Aus den Augenwinkeln nahm er Isabelle wahr, die an einem Baum lehnte; die Wut war aus ihren Gesicht gewichen, sie lachte schadenfroh. Als ob sie seine Gedanken gelesen hätte, rief sie: »Warum tust du's nicht? Los!«

Unwillkürlich hatte seine Hand den entblößten Schenkel gestreichelt. Er betrachtete Cissys Antlitz und sah es sekundenlang mit dem Auge des Künstlers. Die Haut war schön, die Wimpern bogen sich seidig an den geschlossenen Lidern, und die Lippen waren leicht geöffnet. Ein unerträgliches Verlangen ergriff ihn, er glaubte, sterben zu müssen, wenn er keine Erlösung von dieser Qual fand. Vergeblich suchte er zur Besinnung zu kommen. »Los! Warum tust du's nicht?« vernahm er die Stimme seiner Schwester. »Du hast Angst! Du hast es wohl noch nie getan?«

»Scher dich weg! Hast du gehört? Geh weg!«

Isabelle lachte und entfernte sich vom Baum, aber in einiger Entfernung blieb sie stehen und ließ die beiden Gestalten auf dem Boden nicht mehr aus den Augen, auch dann nicht, als

das kleine Mädchen aus dem Hohlweg herbeilief und rief: »Cissy! Cissy! Was hast du?«
Die streichelnde Hand brachte Cissy zu Bewußtsein. Zuerst wußte sie nicht, wo sie sich befand. In der nächsten Sekunde schrie sie laut, und eine Zeitlang wehrte sie sich mit Händen und Füßen, um sich zu befreien. Als sie gegen das Gewicht nicht aufkam, schien alles Leben sie zu verlassen, und sie lag wie eine Tote. Mit aufgerissenen Augen betrachtete sie den blonden Kopf, der in ihrer Armbeuge ruhte; aber sie hatte keine Kraft, den Körper wegzustoßen. Auch als eine Donnerstimme ertönte, rührte sie sich nicht. Der Körper wurde von ihr fortgehoben, als ob eine mächtige Hand eine Fliege wegfegte. Sie schloß die Augen wie gegen einen unerträglichen Schmerz, und als sie sie aufschlug, sah sie einen Mann vor sich stehen. In der einen Hand hatte er eine Reitgerte, mit der andern hielt er den jungen Mann fest, der hastig seine Kleider in Ordnung zu bringen suchte.
Cissy drehte sich um und verbarg das Gesicht in den Armen. Als sie sich einige Minuten später auf die Knie raffte, war niemand mehr zu sehen außer Sarah. Auf der Straße setzte sich die Equipage eben in Bewegung. Sie hob den Milchkessel auf, ging aber nicht zum Bauernhof, sondern kehrte durch den Hohlweg zurück. Sarah folgte ein paar Schritte weinend hinterdrein.

4

Wenn Lord Fischel jemals Zweifel gehegt hatte, daß es den Teufel auf Erden gab, so hatte es damit jetzt ein Ende, denn er glaubte fest, seine Tochter sei vom Teufel besessen. Daß sein Sohn ein Mädchen aus dem Volke zu seinem Vergnügen mißbrauchte, war ganz in Ordnung – Gott ließ es zu, daß der Fleischeslust Genüge getan wurde, und das Volk mußte eben zu Diensten sein. Nur hätte er es auf keinen Fall im Freien tun dürfen. Ein gewisser Anstand mußte auch unter solchen

Umständen gewahrt werden. Daß aber seine Tochter danebengestanden und zugeschaut hatte, das fand er so unnatürlich, so schlecht, daß ihm beim Gedanken daran übel wurde.
Sie stand nun vor ihm mit bleichem Gesicht, in dem die dunklen Augen kohlschwarz glühten und der rote Striemen anzeigte, wo seine Gerte sie getroffen hatte. Er hatte sich nicht in der Gewalt, seine Hand fuhr ein zweitesmal in die Höhe und sauste auf ihre andere Wange nieder, so daß sie taumelnd in den großen Ledersessel neben dem Feuer fiel. »Du bist ein schlechter Mensch, Abschaum bist du, und so mußt du auch behandelt werden. Mit deinem widernatürlichen Benehmen heute hast du deine Zukunft besiegelt. Du wirst zu Tante Anna nach Schottland gehen und dort bleiben, bis du erzogen bist.«
»Nein, nein!« Isabelle rutschte an den Rand des Sessels. Ihre Hand bedeckte die schmerzende Wange. »Bitte nicht zu Tante Anna, bitte nicht, Vater«, bat sie nun »Es lag nur daran, daß wir getrunken hatten...«
»Was hattet ihr?«
»Wir...wir hatten uns Wein aus dem Keller beschafft. Wir wußten nicht, was wir taten.«
Lord Fischel ließ die Entschuldigung nicht gelten. »Du wußtest, was du tatest, als du die Behausung des Mädchens zerstörtest. Du wußtest, was du tatest, als du ihren kleinen Bruder fesseltest. Auch heute wußtest du, was du tatest. Du hättest Clive abhalten können.«
Isabelle erhob sich, und jetzt flehte sie nicht mehr. »Ich gehe nicht nach Schottland. Ich warne dich, Vater, ich gehe nicht hin.«
Er zog an einem Glockenstrang. »Du wirst hingehen. Hatton und seine Frau bringen dich übermorgen zu deiner Tante. Morgen benachrichtige ich sie durch einen Boten.« Er überlegte keinen Augenblick, ob sich seine Schwester über den Besuch der Nichte freuen würde, sondern beabsichtigte nur, es so lohnend für sie zu gestalten, daß es in Anbetracht ihrer knappen Verhältnisse töricht wäre, die Pensionärin abzulehnen. Da sie keine Kinder hatte, begrüßte sie vielleicht sogar die

Gelegenheit, Tugend und Strenge an einem jungen Mädchen zu erproben.
Als Hatton erschien, erteilte ihm Lord Fischel ohne Umschweife seine Anweisungen: »Richten Sie Ihrer Frau aus, daß Fräulein Isabelle in ihrem Zimmer eingeschlossen wird und die Mahlzeiten dort einnimmt. Die Zofe soll entlassen werden. Als Entgelt für die fristlose Entlassung erhält sie den Lohn für vierzehn Tage und ein Zeugnis. Beides finden Sie morgen auf meinem Schreibtisch. Und dann, Hatton...«
»Ja, Mylord?«
»Bereiten Sie sich vor, meine Tochter übermorgen nach Schottland zu begleiten. Ihre Frau wird mitfahren.«
Er wandte sich zu seiner Tochter um. Isabelle hielt die Hände am Hals, als ob sie nach Luft ringen müßte; aber er fühlte nicht das geringste Mitleid.

Am Morgen nach Isabelles Abreise wurde Clive ins Arbeitszimmer seines Vaters gerufen. Als er vor dem Schreibtisch stand, hätte Lord Fischel ihn am liebsten angebrüllt: »Halt dich gerade, Junge!« Aber er enthielt sich der Ermahnung, weil er wußte, daß seinem Sohne dort, wohin er ihn zu schicken gedachte, die stramme Haltung schon beigebracht würde, deshalb sagte er nur: »Laß dir einen Koffer packen, und mach dich bereit, in einer halben Stunde abzufahren.«
»Darf ich fragen, wohin die Reise geht?«
»Du fährst nach Newcastle, und von dort geht die Reise zum Kap, nach Ostindien und Malakka. Die späteren Fahrten richten sich nach Kapitän Spellmans Charterung. Du fährst als gemeiner Matrose auf der ›Virago‹. Manch ein Mann ist aus dieser Stellung zum Kapitän aufgestiegen, es hängt also ganz von dir ab.«
Einen Augenblick lang glaubte Lord Fischel, sein Sohn breche über dem Schreibtisch zusammen, so daß er sich veranlaßt sah, hinzuzufügen: »Kapitän Spellman ist ein guter Mann, gerecht und ehrlich. Er gehört zu den besten Kapitänen der Compton-Schiffahrtslinie, bei der wir, wie du weißt, Aktien haben.«

»Vater…«
»Ja?«
»Ich liebe das Meer nicht, ich werde immer seekrank. Könntest du mich nicht anderswohin schicken?«
Betrübt musterte Lord Fischel seinen Sohn. Der Junge hatte keinen Kampfgeist; die Wesensarten waren bei den Zwillingen verwechselt worden. Seltsam, dachte er, daß er seiner Tochter einen Peitschenhieb und eine Maulschelle versetzt, gegen den Sohn aber die Hand nicht erhoben hatte. Anfänglich hatte er ihn überhaupt nicht bestrafen, sondern einfach ins Schulinternat zurückschicken wollen. Den wahren Grund, weshalb er ihn und seine Schwester weit verbannte, gestand er sich zu diesem Zeitpunkt noch nicht ein.
Als er auf dem Kai von Newcastle stand und zuschaute, wie die »Virago« mit gesetzten Segeln und lebhaftem Gewimmel an Deck flußabwärts fuhr, fühlte er sich so vereinsamt, daß ihm die Wahrheit dämmerte. Trotzdem mochte er sich selber gegenüber nicht einräumen, daß er sich mit seiner angeblichen Gerechtigkeit vom Zusammenleben mit seinen Kindern befreit und sich gleichzeitig vergewissert hatte, daß sie ihrer Mutter nicht begegnen konnten. Statt dessen betrachtete er ihre Abreise und die Ereignisse, die dazu geführt hatten, als eine Fügung Gottes.

DRITTER TEIL: Das Kind

I

»Hast du gehört, was ich sagte, Jimmy?«
»N...nein, Matthew.«
»Ich sagte, dir, warum man die Radnabe in heißem Wasser einweichen muß. Nun paß einmal auf, Jimmy.« Matthew hockte sich nieder, um in gleicher Augenhöhe mit dem Knaben zu sein. »Wenn du dir nicht alles genau merkst, wirst du dieses Gewerbe weder in sieben noch in siebzehn Jahren lernen. Zuerst warst du so eifrig, hast du jetzt keine Lust mehr?«
»O doch!« Jimmy war es, als müßte er sich von einem Traum losreißen. »Ich möchte es gern lernen, nichts lieber als das. Es tut mir leid, daß ich nicht aufgepaßt habe. Ich habe mir gemerkt, was du vom Radstutz sagtest, daß man die Zapfenlöcher erproben muß, und ich weiß auch noch, was du mir gestern über die Dübel gesagt hast.«
»Es genügt aber nicht, wenn du es nur im Kopf behälst, Jimmy, du mußt es auch in den Fingern haben. Heute früh haben wir eine Speiche verdorben, weil du nicht kräftig genug gekurbelt hast. Na, na, nimm dich zusammen.« Matthew legte ihm die Hand auf die Schulter. »Du brauchst nicht zu weinen. Du meine Güte, ich spreche ja in aller Ruhe mit dir. Du bekommst von mir keine Prügel.«
Jimmy verbarg das Gesicht hinter dem vorgelegten Arm, und seine Schultern zuckten. Matthew zog ihn sanft an sich.
»Irgend etwas fehlt dir doch, Junge. Sag mir, was es ist. War meine Mutter böse zu dir?«
Jimmy schüttelte den Kopf, und nach einer Pause forschte Matthew weiter: »Ist...ist bei deinen Geschwistern etwas nicht in Ordnung?« Als er keine Antwort erhielt, zwang er sich zu der Frage: »Hat es mit Cissy zu tun?«

Jimmy nickte mit gesenktem Kopf. Er wischte sich schniefend die Nase. Matthew erhob sich, nahm den Jungen bei der Hand und führte ihn in einen kleinen Raum neben der Werkstatt. »Ich weiß, daß Cissy unglücklich ist«, sagte er. Fast hätte er hinzugefügt: »Sie ist nicht die einzige«, enthielt sich aber dieser Bemerkung und fuhr statt dessen fort: »Aber sie ist jung und wird es überwinden. Weißt du...« er rieb sich das Kinn, »es gibt Dinge, die du noch nicht verstehst, Dinge, die man als Mann tun muß...«

»Mit dir hat es nichts zu tun, Matthew«, unterbrach ihn Jimmy hastig, »mit dir gar nichts.« – »Was ist es denn?«

Jimmy nagte an der Unterlippe und legte die Hand an den Hinterkopf. »Sie wurde vergewaltigt.«

Matthew glaubte, nicht richtig gehört zu haben. »Was sagst du da?«

»Sie wurde vergewaltigt«, wiederholte er flüsternd.

Unwillkürlich wich Matthew zurück. Krampfhaft fuhr er sich mit den Fingern durch das dichte Haar. Er wollte sprechen, brachte aber kein Wort hervor.

»Es war, als sie mit Sarah Milch holen wollte«, erklärte Jimmy. »Sie trafen die Dame vom Schloß...das Fräulein, das Joe mit dem Kaninchen erwischte und unsere Mauern zerstörte...und den jungen Herrn...auf dem schmalen Weg in der Nähe von Thorntons Hof. Das Fräulein befahl Cissy umzukehren, aber sie wollte nicht, weil sie fast draußen war, und da ging das Fräulein mit dem Stock auf sie los. Cissy wollte weglaufen, und der junge Herr warf sich dazwischen, und Cissy fiel hin.« Jimmy ließ den Kopf hängen. »Er vergewaltigte sie, und das Fräulein lachte, und jetzt weint Cissy jede Nacht.«

Matthew setzte sich auf eine Kiste und blickte auf die Sägen und Werkzeuge an der Wand. Er schien zu leiden. Lange Zeit verging, bevor er den Jungen, der ihn verwirrt anschaute, leise fragte: »Wann war das?«

»Vorige Woche, ich erfuhr es erst am Samstag. Cissy ist ganz anders als früher, und sie gibt sich nicht mehr mit den Mauern ab.«

Matthew stand langsam auf und ging durch die Werkstatt auf den Hof. Nachdem er das Pferd angespannt hatte, kehrte er zurück und beauftragte Jimmy:
»Wenn Walter kommt, richte ihm aus, ich hätte fortmüssen. Ich bleibe nicht lange weg. Du machst inzwischen den Stall sauber, verstanden?«
Als Metthew auf dem Weg unterhalb der Höhle hielt, war von der Wohnstätte kein Lebenszeichen wahrzunehmen. Erst als er über die Mauerreste kletterte, sah er Cissy. Sie putzte Pilze; neben ihr lag Nellie im Korb. Annie und Charlotte saßen daneben.
Sekundenlang begegnete sie seinem Blick und errötete. Er betrachtete ihren gesenkten Kopf, und als Annie und Charlotte auf ihn zusprangen, nahm er sie in die Arme, wandte aber die Augen nicht von Cissy. »Guten Tag.«
»Guten Tag.« Cissys Stimme klang heiser, als ob sie erkältet wäre. Matthew entledigte sich der beiden Mädchen und sagte: »Geht zum Bach und sucht mir einen Glückskieselstein, ja? Aber es muß ein großer, flacher, glänzender Kieselstein sein. Wenn ihr ihn findet, bekommt ihr einen halben Penny.«
Charlotte jubelte, nahm Annie bei der Hand und lief mit ihr begeistert los. Matthew war mit Cissy allein.
Er setzte sich neben sie, und während er zuschaute, wie ihre Hände die Pilze sortierten und putzten, formte sich vor seinem geistigen Auge Jimmys Bericht zu einem klaren Bild. Er knirschte hörbar mit den Zähnen. Ohne lange zu überlegen, wie er das Thema anschneiden sollte, begann er: »Jimmy hat mir alles erzählt.«
Diese Worte taten ihre Wirkung. Cissy sprang auf und stürzte in die Höhle. Matthew starrte auf die Pilze; erst nach einer Weile richtete er sich auf und folgte ihr. Sie saß auf dem Bett, die Hände in den Achselhöhlen vergraben und wankte vor und zurück. »Mach dir keine Gedanken«, beschwichtigte er, »du wirst entschädigt. Dafür werde ich sorgen, Gutsherr hin oder her.«
»Dich geht das nichts an, laß es sein«, erwiderte sie hart.

»Jemand muß sich für dich einsetzen.«
»Dich geht es aber nichts an.« Sie stand auf und wollte an ihm vorbeigehen, doch er hielt sie an der Schulter fest und sagte ruhig: »Ja, vielleicht geht es mich nichts an, aber wer soll sonst für dich eintreten, wenn nicht ich?«
»Du wirst nur Ärger bekommen, wenn du dich einmischst«, entgegnete sie tonlos.
»Das ist dann eben mein Pech.« Er ging auf den Vorplatz hinaus, blickte sich um und sprach, als ob er in seiner Werkstatt Anweisungen erteilte: »Such bis Sonnabend so viele Steine wie möglich zusammen, ich komme dann mit Walter und Jimmy her. Wenn uns das Wetter keinen Streich spielt, können wir am Sonntagabend die Mauern und das Dach fertig haben.« Cissy stand beim Höhleneingang und preßte die Hände vor die Brust. Sie antwortete nicht. Matthew stieg den Hang hinunter zu seinem Wagen, kletterte auf den Bock und fuhr zum Pfarrhaus.
Pfarrer Hedley freute sich offensichtlich, Matthew zu sehen. »Was führt dich zu mir, Matthew? Doch hoffentlich nichts Schlimmes. Geht es dem Vater schlechter oder...«
»Nein, nein, Herr Pfarrer, zu Hause ist alles in Ordnung. Ich möchte bloß mit Ihnen sprechen.«
Hedley führte den unerwarteten Besucher in ein spärlich eingerichtetes, ungeheiztes Zimmer. »Nimm bitte Platz. Möchtest du eine Tasse Tee?«
»Nein, danke, ich habe eben erst gegessen.« Er kannte den Tee des Pfarrers. Tee konnte man das schwache Gebräu kaum nennen; aber er ließ es sich nie nehmen, das Getränk seinen Abc-Schülern im Abendkurs anzubieten. Matthew wußte, daß das Pfarrersgehalt in der Woche nur zehn Shilling betrug, und bestimmt ging ein Drittel davon für Notdürftige in kleiner Münze drauf. Es war eine Schande, daß ein Mann wie Hedley so wenig verdiente und an Heizung sparen mußte, wogegen Pfarrer Bainbridge, der nur sechs Kilometer entfernt wohnte, ein Pfund erhielt. Das kam daher, daß zu dessen Kirchspiel drei große Güter gehörten, darunter Schloß Houghton.

»Und was kann ich für dich tun, Matthew? Steckst du in der Klemme?«
»Nein, Herr Pfarrer, nichts dergleichen.« Matthew lächelte. »Ich habe meinen Aufsatz fertig, obwohl mir die Rechtschreibung manchmal Kopfzerbrechen macht.«
»So ergeht es jedem.«
Matthew rieb sich die Bartstoppeln. »Es handelt sich um Cissy Brodie, Herr Pfarrer. Ihr ist etwas zugestoßen.«
»Ach so, deswegen kommst du.« Hedley nickte und blickte zu Boden.
»Sie wissen Bescheid, Herr Pfarrer?«
»Ja, leider.«
»Was läßt sich tun, Herr Pfarrer?«
Hedley erhob sich und schritt im Sprechen auf und ab. »Was getan werden kann, ist schon getan, Matthew. In solchen Dingen geht es meistens ungerecht zu, aber Lord Fischel ist ein gerechter Mann, ein Mann der Grundsätze, und das hat er bewiesen.«
Matthew stand ebenfalls auf. »Er...wird also etwas für sie tun?«
Hedley blieb stehen und zog die Brauen in die Höhe. »Für Cissy? Nein. Aber er hat die Schuldigen bestraft. Sonderbar, daß du nicht davon gehört hast. Er hat seinen Sohn und seine Tochter verbannt. Sie ist zur Strafe weit fort zu den Hebriden geschickt worden, zu einer Verwandten. Den Sohn hat Lord Fischel als gemeinen Matrosen auf dem Handelsschiff, das in den Fernen Osten reist, anheuern lassen. Du mußt zugeben, Matthew, es geschieht selten, daß Untaten an den Armen so hart vergolten werden. Aber allen kann man es nicht recht machen, denn wie ich gehört habe, wird er nun in seinen Kreisen hart verurteilt, denn im allgemeinen findet man ja derartige Vorfälle nicht weiter schlimm.«
Matthew wußte, daß es sich so verhielt, und wenn er auch froh war, daß Lord Fischel seine Tochter, die für Cissy so etwas wie ein böser Geist geworden war, verbannt hatte, machte er sich doch Sorgen wegen der möglichen Folgen.
»Und wenn sie ein Kind kriegt, Herr Pfarrer?«

»Ach, Matthew...« Hedley schloß die Augen und schüttelte den Kopf. »Denk nicht an derartige Folgen, wenn sie immer noch für sechs zu sorgen hat! Das wäre eine Katastrophe. Noch dazu in der Höhle. Wenn sie alle den Winter überleben, ist es fast ein Wunder.«
»Ganz meine Meinung, Herr Pfarrer, und darum wiederhole ich: Was soll werden, wenn sie ein Kind kriegt? Die Leute im Schloß müßten zur Verantwortung gezogen werden.«
»Aber Matthew!« Hedley war erstaunt, daß Matthew, der doch praktisch und besonnen dachte, so naiv war zu glauben, die Familie Fischel könne für die Folgen eines flüchtigen Vergnügens zur Verantwortung gezogen werden. Der Schloßherr hatte bereits etwas Ungewöhnliches getan; kein Mensch würde sich unterstehen, mehr von ihm zu verlangen. Augenblicklich empfand Pfarrer Hedley weitaus mehr Mitleid mit Lord Fischel als mit Cissy, denn hatte dieser gütige, gottesfürchtige Mann nicht seine sündhafte Frau ohne eigenes Verschulden verloren und jetzt auch noch seine beiden sündhaften Kinder?
Hedley schlug einen leichteren Ton an. »Gestern hatte ich eine freudige Überraschung. Rate einmal, was mir mein Bruder aus London geschickt hat!«
Matthew war so erbost, daß er nicht sogleich antwortete. Trotzdem wollte er nicht unhöflich sein, Hedley war ja ein guter Mensch. »Keine Ahnung«, erwiderte er kurz. »Ein Faß Butter?«
»Hoho, ein Faß Butter! Nein, etwas, das mir viel mehr wert ist als ein Faß Butter.« Hedley ging zum Pult und ergriff ein Buch. »Eine neue Ausgabe von James Boswells ›Tagebuch einer Reise zu den Hebriden mit Samuel Johnson‹.«
»Das freut mich für Sie, Herr Pfarrer.«
»Wenn du so weitermachst, Matthew, kannst du nächstes Jahr um diese Zeit das ganze Buch in einem Zuge lesen, und ich verspreche dir, ich werde es dir leihen, wenn du soweit bist. Ist das nicht wundervoll?«
»Ja, gewiß, Herr Pfarrer.«
Als Matthew das Pfarrhaus verließ, blickte ihm Hedley von der

Tür aus nach. Ein merkwürdiger junger Mann, dieser Matthew, dachte er. Dieses kostbare Buch hatte ihn nicht sonderlich interessiert. Es war natürlich richtig, an andere Menschen zu denken, sich um ihr Wohlergehen zu kümmern; aber er ging doch etwas zu weit, wenn er sich so um Cissy sorgte...denn war er nicht mit der Müllerstochter Rosa Watson verlobt?

2

Als Cissy drei Tage nacheinander morgens Übelkeit fühlte, wurde ihr klar, daß das schlechte Befinden weder von den Pilzen noch von den Steckrüben herrührte, auch nicht von den sauren Äpfeln, die Joe irgendwo aufgelesen hatte. Sie lag zwischen Charlotte und Annie, betrachtete den Korb, in dem Nellie schlief, und dachte: Mein Gott, sie wird erst zwei Jahre alt sein, wenn es kommt.

Bevor das Unglück geschehen war, hatte Cissy im stillen gehofft, Matthew würde trotz seines Eheversprechens Rosa Watson nicht heiraten, sondern sie und die Kinder zu sich nehmen. Sie hatte sich ausgemalt, wie er mit dem Wagen angefahren kam und sagte: »Steig mit der ganzen Bande ein, Cissy, ich nehme euch zu mir.« Dieser Traum war nun ausgeträumt, denn sie trug ein Kind.

In den letzten vier Wochen hatte Matthew mehr für sie getan als in den vorhergehenden vier Monaten. Die Höhle war zu einer richtigen, geschützten Unterkunft geworden. Den Vorplatz mit den Mauern und dem Dach, das selbst bei stärkstem Regen keinen Tropfen durchließ, konnte man als Wohnküche bezeichnen. Vorige Woche hatte er eine große Matte, auf der die Kinder beim Feuer sitzen konnten, mitgebracht.

Cissy stand leise auf und zog sich die Stiefel über die bloßen Füße an. Sie fühlte sich wie zerschlagen, aber nicht wegen der Schwangerschaft. Sie fürchtete, die Familie könnte auseinandergerissen werden, und hatte Angst vor der Tochter des Schloßherrn.

Zuerst dachte Cissy, ihre Angst vor dem Mädchen rühre davon her, weil es die Macht hatte, Joe wegen Wilddieberei ins Gefängnis zu bringen; aber diese Angst war zu Entsetzen geworden, als sie die Hände des Mädchens an ihrem Hals gefühlt hatte.

Der Vater hatte ihr gesagt, Gott habe das Böse einigen Menschen ins Herz gelegt, daß dadurch die Heiligen von den Sündern unterschieden werden könnten. Nun, Gott hatte der Tochter des Schloßherrn das Böse entschieden ins Herz gelegt, wer aber konnte sagen, ob sie selbst eine Heilige oder eine Sünderin war?

Es fiel Cissy ein, daß heute Sonntag war. Sie blickte auf die Uhr, die als einziges Schmuckstück auf der Kommode stand. Matthew hatte sie zurückgebracht.

Die Uhr zeigte fünf Minuten nach acht; um neun sollten die Buben hier sein. Cissy fragte sich, was »sie« – in dieser Form dachte sie an Rosa Watson – diesmal William mitgeben würde. Sie erhoffte sich Hafermehl; dann konnte sie den Tag mit etwas Warmem im Magen beginnen und vier Pence einsparen.

Sie legte ihre langen Zöpfe um den Kopf und schaute in den Morgen. Die Felshänge sahen kahl und verlassen aus, hatten aber eine gewisse Frische, weil leichter Frost sie versilberte und die Sonnenstrahlen, die durch niedriges Gewölk brachen, sie erglänzen ließen.

Früher hätte ein solcher Morgen Cissy mit Freude erfüllt, denn seit ihrer Kindheit besaß sie die Fähigkeit, sich zu freuen. So war es gewesen, als sie an der Hand des Vaters durch den Schnee stapfte oder wenn sie mit den Geschwistern im warmen Bett lag und draußen der Sturm heulte. Und welche Freude, wenn die Mutter ein so großes Stück Fleisch auftrug, daß es mit dem Messer zerteilt werden mußte! Freude kam auf jede mögliche Art, aber in diesem Augenblick bezweifelte Cissy, sie jemals wieder erleben zu können.

Kurz nach neun keuchten Jimmy und William herbei, jeder mit einem Sack. Die Kinder liefen ihnen entgegen und nahmen ihnen die Säcke für das letzte Stück des Weges ab.

Cissy zwang sich zu einem Lächeln. »Wie geht es euch?«
»Gut«, antworteten sie wie aus einem Munde.
»Schau, was ich mitgebracht habe!« William holte aus dem Sack einen Schinkenknochen hervor, an dem noch eine gute Menge Fleisch saß, und eine Pastete und erklärte: »In dem Teig ist ganz viel Fleisch.«
»Was für ein Sonntagsessen!« staunte Cissy.
Jimmy hatte danebengestanden, die Hand auf seinem Sack. Als sich die Kinder um ihn drängten, sagte er obenhin: »Ach, es ist bloß Brot drin.«
»Bloß Brot?« wiederholte Cissy und sah ihn verwundert an. Jimmy brachte selten etwas mit. Matthews Mutter schien sogar das Wasser abzuwägen, und deswegen hatte er sich bei der sonntäglichen Heimkunft immer ein wenig zurückgesetzt gefühlt, obwohl er der großen Schwester sechs Pence mehr als William für den Haushalt brachte. Diesmal aber hatte er etwas für Cissy, etwas viel Wichtigeres als eine gute Mahlzeit.
Als sich die Aufregung gelegt und Cissy Ordnung geschaffen hatte, ließ Jimmy die anderen vorausspringen und hielt sich neben Cissy, die Nellie auf dem Arm trug. »Ich habe dir etwas zu sagen«, begann er langsam.
Erschrocken verhielt sie den Schritt, und als er ihr bleiches Gesicht gewahrte, fügte er schnell hinzu: »Nein, nein, es ist etwas Gutes. Ich glaube, ich habe eine Stellung für unsere Bella.«
»Oh, wirklich?«
»Es kam dadurch, daß Matthew für den Kohlenhändler in Shields einen neuen Wagen machen mußte. Dieser Mann fährt nämlich in Westoe herum und kommt in alle reichen Häuser. Dabei hörte er, daß in einem Haus ein drittes Waschmädchen gesucht wird. Es ist ein großes Haus, das merkt man ja schon daran, daß die Leute drei Waschfrauen brauchen. Ich erzählte dem Kohlenhändler von uns, als er Matthew und mir eine Tasse Tee vorsetzte, und sagte ihm, Bella müsse als nächste arbeiten gehen, sie wäre bald acht. So kam es zu der Sache. Du sollst sie morgen hinbringen, damit sie sich vorstellen kann.«

Cissy legte ihm die Hand auf die Schulter und zog ihn an sich. Er vergaß, daß er ein zehnjähriger Arbeiter war, schlang die Arme um ihren Leib und verbarg den Kopf an ihrer Brust. Während sie so dastanden, beschloß sie, ihn einzuweihen.
»Deine Nachricht hätte zu keiner besseren Zeit kommen können. Ich muß dir nämlich auch etwas sagen, Jimmy.«
Verwundert schaute er sie an, aber sie blickte geradeaus. Als sie ohne Umschweife sagte: »Ich glaube, ich bekomme ein Kind«, blieb er jäh stehen und ließ sie allein weitergehen.
Als sie seinen Gesichtsausdruck sah, schüttelte sie den Kopf.
»Ich kann nichts dafür. Du weißt, daß ich nichts dafür kann.«
Ja, er wußte, daß sie nichts dafür konnte; aber er erinnerte sich an einen Vorfall, der sich vor zwei Jahren zugetragen hatte. Damals war Aggie Holland von den Weibern des Weilers mit Steinen beworfen worden, weil sie ein Kind bekam und keinen Mann hatte. So ganz hatte er das nicht verstanden, nur gehört, sie habe die Männer beim Heuen herausgefordert. Aggie Holland war dann fortgezogen, und nie hatte man mehr von ihr gesprochen.
Als er wieder an Cissys Seite ging, ließ er den Kopf noch tiefer hängen. »Wie willst du das schaffen?« fragte er leise.
»Irgendwie, ich muß ja, nicht wahr?«
Nach einer Weile erkundigte er sich zögernd: »Darf ich...soll ich...ich meine, möchtest du, daß ich es Matthew sage?«
Ja, sie wünschte, daß Matthew es erfuhr.

»Bist du verrückt geworden? Willst du alle deine Aussichten zuschanden machen?«
Matthew war soeben eingetreten, hatte seinen Rock ausgezogen und hängte ihn auf. Er wandte sich seiner Mutter zu.
»Wovon redest du? Was für Aussichten meinst du?«
»Spiel mir nicht den Einfältigen. Du weißt, was ich meine. Du warst doch wieder bei der Höhle, oder etwa nicht?«
»Ja, ich war wieder dort«, antwortete er gelassen. »Und was hast du dazu zu bemerken?«
»Ich sagte es schon, du bist verrückt, es sei denn...« sie machte

eine Pause, »es sei denn, du hältst es für deine Pflicht, hinzugehen.«
»Meine Pflicht?« wiederholte er erstaunt.
»Ja, das sagte ich, deine Pflicht.« Wieder machte sie eine Pause. »Wie ich hörte, erwartet sie ein Kind.«
Die Haut über Matthews Wangenmuskeln wurde weiß, so sehr spannte sie sich, aber Nancy ließ sich durch dieses Anzeichen nicht zurückhalten, sondern fuhr fort: »Na, mich würde es ebensowenig wundern wie die Leute meilenweit in der Gegend, denn du steckst ja fortwährend dort oben. Und die phantastische Geschichte, der junge Fischel habe sie vergewaltigt, oh, das ist das unglaublichste Märchen, das jemals herumgeboten wurde.«
Matthews Hand schnellte vor und packte sie an der Schulter. »Laß mich los! Was ist bloß in dich gefahren?« stammelte Nancy erschrocken.
»Willst du etwas wissen?« Sein Gesicht kam dem ihren ganz nahe. »Manchmal frage ich mich, ob du wirklich meine Mutter bist.«
Er sah ihren veränderten Ausdruck und merkte, daß er sie zum erstenmal in seinem Leben verletzt hatte. Dennoch sprach er weiter: »Du bist ein häßliches Geschöpf, nicht nur äußerlich, auch innerlich. Meinen Vater hast du immer unter der Fuchtel gehabt, aber ich will dir etwas sagen: Mich bringst du nicht unter deine Fuchtel. Treib es nicht zu weit, ich warne dich, sonst hole ich die ganze ›Bande‹ hier ins Haus, und du wirst dich damit abfinden oder wegziehen.«
Er stieß sie so unvermittelt von sich, daß sie gegen die Wand sank. Wie benommen blieb sie so, während er den Hemdkragen einrollte, die Ärmel aufkrempelte und Wasser in einen Zuber goß. Nachdem er sich gewaschen und abgetrocknet hatte, wollte er aus der Waschküche gehen, aber sie hielt ihn zurück.
»Ich sagte es nur zu deinem Besten«, begann Nancy versöhnlich, »denn Rosa hat von der Sache Wind bekommen. Sie war vor einer Stunde hier und sprach davon, zu der Höhle zu

gehen und sich die armen, hungernden Kinder selbst anzusehen. Aber ich weiß, daß sie sich nicht die hungernden Kinder ansehen will, sondern das Mädchen.«
Ohne zu antworten, ging Matthew durch die Küche und dann die Treppe hinauf zum Zimmer seines Vaters.
Der Vater schien ihn erwartet zu haben.
»Was du auch gehört haben magst, ich habe ihr das Kind nicht gemacht«, sagte Matthew.
»Und wenn du es getan hättest, ich würde es dir nicht verargen, mein Junge.«
Matthews Zorn verebbte; er trat zum Fensterchen und blickte auf die Dorfstraße.
»Wenn man hier so liegt«, sagte der Vater, »bekommt man sozusagen das Zweite Gesicht. Ich weiß, daß du Rosa nur nimmst, weil das gewisse Vorteile mit sich bringt; dein Herz ist nicht dabei, sonst hättest du nicht so lange gewartet.«
Matthew biß sich auf die Lippe und schloß die Augen.
»Wie ist sie eigentlich, die junge Brodie?«
Ja, wie war Cissy eigentlich? Wie ein heller Frühlingsmorgen, wie ein Waldboden voller Anemonen. Er sah im Geist ihre zarte Haut, ihre weichen Lippen, ihre tiefen Augen, und voller Bewunderung dachte er daran, wie sie für ihre Geschwister kämpfte. Er drehte sich um und antwortete leise: »Sie ist ein feiner Mensch.«

Als Matthew den Müllershof betrat, trug er den Kopf wieder hoch. Watson betätigte gerade die Zugvorrichtunq, und vielleicht lag es daran, daß er nicht wie sonst wirkte.
Matthew klopfte an die Tür, bevor er die Küche betrat. Rosa war gerade dabei, die Lampe anzuzünden; sie blickte nur kurz auf, setzte den Glaszylinder ein und sagte: »Guten Tag. Was führt dich am Abend hierher?«
Er stellte sich auf die andere Seite des Tisches und schaute ihr ins Gesicht. »Ich muß mit dir sprechen, Rosa.«
»So? Nun, dann setz dich.« Sie deutete auf den Schaukelstuhl neben dem Kaminfeuer.

»Nachher«, erwiderte er, »zuerst möchte ich etwas klarstellen. Du hattest heute nachmittag einen Schwatz mit meiner Mutter.«
»Ja, ich kam bei euch vorbei.« Rosa schob die Lampe ans Ende des Tisches, nahm ein Hemd von einem Stuhl, setzte sich und begann zu nähen.
»Du hast gehört, daß Cissy Brodie ein Kind bekommt, und wahrscheinlich hast du auch gehört, daß ich öfters dort war, um ihr beim Bau der Wohnstätte zu helfen. Obwohl du weißt, daß der junge Fischel auf See geschickt worden ist, weil er sie vergewaltigt hat, mußt du dir wie alle übrigen deinen eigenen Reim darauf machen.«
»Ach, Matthew, ich ...«
Er hob die Hand, um sie zum Schweigen zu bringen. »Ich weiß, ich weiß, das hast du nie gesagt. Aber du hegst einen Verdacht. Also, ich bin hergekommen, um dir zu sagen, daß die Geschichte, die du vom Sohn des Gutsherren gehört hast, die Wahrheit ist. Das Kind ist nicht von mir.«
»Gott gebe, es wäre von mir!« Sekundenlang hatte Matthew das Gefühl, diese Worte laut ausgesprochen zu haben; aber Rosa blickte ihn im Lampenlicht liebevoll an. »Jetzt kannst du dich doch zu mir setzen, nicht wahr?« sagte sie.
»Bist du nun zufriedengestellt?«
»Ja, Matthew, ich bin ganz zufriedengestellt.«
Er setzte sich ihr gegenüber. Sie beugte den Kopf über ihre Näharbeit und bewegte mechanisch die Nadel. »Ich würde es dir nicht übelnehmen, Matthew, wenn du sie genommen hättest, denn sie ist ein hübsches Mädchen, und ich ...« Rosa zuckte leicht die Schultern, »oh, ich weiß, wie ich aussehe. Ich habe dir nichts zu bieten außer der Mühle ...«
Hätte sie sich mit den ersten Worten begnügt, wäre Matthew für sie eingetreten und hätte gesagt: »du bist eine gute Frau, Rosa, und eine solche Frau wünsche ich mir«, aber sie hatte die Zugabe erwähnt, den Preis, der ihm winkte. Darauf konnte er nicht antworten.
Scheinbar zusammanhanglos, doch unbewußt im selben

Gedankengang fuhr sie fort: »William macht seine Sache sehr gut. Vater meint, er wird einen prächtigen Müllerburschen abgeben.« Matthew wußte nur zu gut, daß er Cissy nur helfen konnte, wenn er Rosa heiratete. Wenn die Eheschließung aus irgendeinem Grunde nicht zustande kam, dann würde William entlassen, und er selbst könnte Jimmy nicht als Lehrling behalten, weil sein Verdienst nicht genügte – Rosas Mitgift war notwendig. Rosa hatte gesagt, er solle sich zu ihr setzen, und er hatte sich zu ihr gesetzt; an diesen Stuhl war er fürs Leben gebunden.

3

Der November näherte sich dem Ende. Die Tage waren kurz und kalt, die Nächte lang und kalt, aber in der Höhle herrschte eine gewisse Behaglichkeit. Das Feuer ging nie aus, die Temperatur innerhalb der Felsenwände war auch an den kältesten Tagen erträglich, und der Anblick der Reisig- und Holzstöße auf dem geschützten Vorplatz verlieh Cissy ein Gefühl der Sicherheit.

Vor zwei Wochen hatte Matthew die letzte Holzladung gebracht. Cissy fragte sich, ob seine Anwesenheit wohl mit dem Vorfall zusammenhing, der sich das letztemal zugetragen hatte. Als Matthew den Karren ablud und ihr das Holz hinunterreichte, kamen zufällig zwei Frauen aus dem Dorf vorbei, die im Walde Reisig gesammelt hatten. Sie blieben stehen und betrachteten den Holzhaufen auf dem Karren, und als die eine laut und vernehmbar »Aha!« sagte, entging Cissy nicht, daß Matthew die Zähne zusammenbiß.

Durch Sarah hatte sie erfahren, daß die Robinsons ein Schwein schlachteten. Sie war zum Weiler gegangen, um Gekröse zu holen. Robinson befand sich im Schuppen, wo er gerade daran war, das Tier zu zerteilen. Er blickte nur kurz auf, als Cissy nach Abfällen fragte. Ehe er antworten konnte, mischte sich seine Frau ein. »Es ist alles schon versprochen.« Mit harten

Augen fügte sie hinzu: »Wenn ich gewußt hätte, daß ihr knapp daran seid, hätten wir etwas für dich aufbewahrt; aber wir dachten, du hast nichts mehr nötig.«
Enttäuscht verließ Cissy den Hof. Unterwegs begegnete sie den beiden Frauen, die Matthew beim Holzabladen gesehen hatten. Mrs. Proctor und Mrs. Smith. Mrs. Proctor war die Witwe des Schreiners, der früher die Särge gemacht hatte. Sie war kinderlos und lebte jetzt mit Mrs. Smith zusammen. Cissy grüßte und ging an ihnen vorbei, doch nach einigen Schritten wurde sie am Rücken von einem Lehmkloß getroffen. Sie wandte sich um und sah, daß Mrs. Smith sie beworfen hatte und daß sich Mrs. Proctor eben bückte, um eine Handvoll Lehm aufzulesen. Mrs. Proctor richtete sich auf und setzte zum Wurf an, ließ den Arm jedoch sinken, als sie Cissys Blick gewahrte.
Cissy weinte, als sie unbeobachtet war, wischte aber vor der Höhle alle Tränenspuren fort.

Bella war seit einem Monat in Haus Kiefernhain in Westoe bei Shields tätig. Die Familie Braithwaite beschäftigte fünfzehn Angestellte; Herrn Braithwaite gehörte unter anderem eine Brauerei. Bella hatte Cissy erzählt, allein beim Anblick der Kleider könnte einem schwindlig werden. Fräulein Catherine, die im gleichen Alter wie Bella war, trug nie weniger als vier Unterröcke, und die beiden oberen waren mit mehreren Reihen Spitzen besetzt. Und was für ein Leben in dem Hause herrschte! Immerzu Gäste, die Wagen kamen und gingen. Oh, es war wundervoll. Das heißt, wie Bella nach einer Weile einräumte, abgesehen von der Arbeit. Von sechs bis zwölf stand sie am Spültrog und an der Mangel, mit einer kurzen Frühstückspause, und von zwölf bis halb sieben bügelte sie fast ohne Unterbrechung die Sachen der Dienerschaft. Frau Weir, die Wäscherin, hatte ihr versprochen, sie dürfe bald die Taschentücher der Töchter des Hauses bügeln, und darauf freute sie sich.
Marys Besuche spielten sich anders ab. Mary sah abgespannt

aus; sie war still, wich aber nicht von Cissys Seite. Auf die Frage, ob es ihr gute gehe, antwortete sie betrübt: »Darf ich mir etwas anderes suchen, wenn ich vierzehn bin und mehr Erfahrung habe?«
»Ja, natürlich, vielleicht schon früher«, tröstete sie Cissy.

Mitte Dezember hörte der Brechreiz auf, und Cissy fühlte sich wieder wohl, wenigstens körperlich. Ihr Leib zeigte eine kleine Wölbung, auf die sie nachts die Hand legte; aber sie empfand weder Kummer noch Groll. Es war geschehen und konnte nicht mehr ungeschehen gemacht werden; sie mußte sich damit abfinden. Sie hatte dieses Kind nicht gewollt, aber es wuchs in ihr und würde geboren werden und ein Teil von ihr sein.
Am Sonntag vor Weihnachten kamen Jimmy und William nicht zu Fuß über den hartgefrorenen Boden, sondern auf dem Wagen mit Matthew, und sie brachten nicht nur wie üblich Hafermehl, Brot und Käse, sondern außerdem einen Sack mit Zwiebeln, einen Rosinenkuchen und eine Schüssel mit Erbsenbrei. Rosa hatte vom Speicher die Kleider ihrer Mutter und ihrer Großmutter mitgegeben, aus denen Cissy für die Kinder etwas schneidern sollte. Obwohl Cissy den Grund von Rosas Freundlichkeit nicht wußte, empfand sie tiefe Dankbarkeit.
Beim Wiedersehen nach so langer Zeit brachte sie es nicht über sich, Matthew anzublicken, und ihm erging es ebenso. Er widmete sich ausschließlich Sarah, Charlotte und Annie, die ihn umdrängten, während sich Joe mit seinen älteren Brüdern spielerisch balgte.
»Möchtest du eine Tasse Tee, Matthew? fragte Cissy scheu, als sich der Trubel gelegt hatte. Er war nahe daran, abzulehnen, besann sich jedoch anders und antwortete: »Ja, gern, unterwegs war es kalt, und etwas Heißes könnte mir guttun.« Er brauchte keine Hemmungen zu haben, ihr Tee wegzutrinken, denn er hatte ein Viertelpfund mitgebracht, das er unbemerkt auf die Kommode legen wollte, dazu ein Pfund Zucker, der für Cissy unerschwinglich war.
Nachdem alle Tee getrunken hatten, beschloß der altkluge

Jimmy, Cissy und Matthew ein paar Minuten des Alleinseins zu gönnen. Er hielt ein Stück Gerstenzucker in die Höhe und rief: »Kommt, wir wollen Reisig suchen. Wer am meisten findet, kriegt eine Belohnung.« Er versetzte William einen Klaps und fügte lachend hinzu: »Du bist von dem Wettbewerb natürlich ausgeschlossen.

Cissy ging zu der Kommode, auf der die Geschenke lagen. Sie befühlte die Kleider und sagte über die Schulter: »Richte ihr bitte meinen Dank aus.«

»Wie ist es euch ergangen?« erkundigte sich Matthew nach einer Pause.

»Gut.« Lächelnd drehte sie sich zu ihm um. »Ohne das Holz wäre es schlimm gewesen.«

»Es wird wohl noch für einen Monat reichen?«

»Oh, länger. Ich sammle weiter im Wald, damit es länger reicht.«

»Bei dieser Kälte solltest du das lassen. Wie...wie geht es dir? Ich meine, wie fühlst du dich?«

»Sehr gut.« Cissy reckte sich.

Matthew schritt auf und ab, blieb vor dem kleinen Kamin stehen und streckte die Hände gegen das Feuer. »Weißt du, wo du Hilfe suchen mußt?«

»Hilfe?«

Er fühlte ihren Blick auf sich, sah sie aber nicht an. »Ich meine, wenn es soweit ist, brauchst du doch eine Hebamme.« Cissy wich zum Eingang zurück, als ob sie flüchten wollte, aber er fuhr unangefochten fort: »Bei Rosiers Zeche gibt es eine. Sie heißt Hannah Bellamy.«

Warum muß gerade er mir das sagen? dachte Cissy. Matthew hatte ihr nicht den Rat gegeben, sich bei den Frauen im Weiler nach einer Hebamme zu erkundigen, was ganz natürlich gewesen wäre. Offenbar wußte er, daß die Weiber sie mit Schmutz beworfen hatten.

»Ich muß jetzt gehen«, sagte er. »Ich soll meine Mutter zur Kirche fahren, sie wartet sicher schon.«

Cissy trat zum Tisch, stützte sich darauf und betrachtete ihre

Hände. »Du warst immer so gut...Ich bitte dich ungern, mir noch einen Gefallen zu tun, aber könntest du...könntest du wohl...«

»So sag es doch!«

Sie schaute zu ihm auf. »Ich wäre ruhiger, wenn ich die Kinder einschließen könnte. Immer wenn ich fortgehe, ängstige ich mich.«

»War jemand hinter ihnen her?«

Sie nickte. »Vorgestern kam ein Mann, der Joe kaufen wollte.«

»Du meine Güte!«

»Er bot zuerst drei Guineen und ging bis auf fünf. Er sucht Schornsteinfeger. Ich wage Joe kaum aus den Augen zu lassen, aber er ist so flink, daß ich nie weiß, wo er steckt.«

Matthew holte tief Atem. Es gab ein paar einsichtsvolle Männer, die sich bemühten, im Parlament ein Gesetz durchzubringen, daß Kinder unter zehn Jahren nicht mehr arbeiten durften. Trotzdem gaben manche Eltern ihre kleinen Kinder freiwillig her, wenn es bedeutete, fünf Guineen einzustecken und einen Mund weniger zu füttern. Erst vor einem Monat war in Newcastle ein kleiner Junge qualvoll gestorben, weil er vor Erschöpfung ins Feuer gefallen war. Dagegen mußte etwas unternommen werden. Pfarrer Hedley sagte, auf die Dauer könnten nur Erziehung und Bildung etwas nützen.

»Ich komme morgen und bringe ein Schloß an. Gib gut auf Joe acht. Wenn ich dem Kerl begegne, der ihn kaufen wollte, dann gnade ihm Gott!«

Er wußte jedoch, daß er nichts auszurichten vermochte. Der Richter würde die Buße für den Mann aus der eigenen Tasche zahlen. So wurde es stets gehandhabt, denn die reichen Leute behaupteten, ohne die kleinen Schornsteinfeger bestünde die Gefahr, daß ihre Häuser abbrannten.

Am Tag vor Weihnachten fiel so dichter Schnee, daß man in der Höhle nur etwas sehen konnte, wenn das Feuer nachgelegt wurde und das Holz aufflammte. Aber die Kinder froren nicht, denn Cissy hatte ihnen warme Kleider genäht. Es fehlte ihnen

auch nicht an Nahrung. Joe hatte ein Kaninchen gefangen, das mit Kartoffeln für die Feiertage reichte.
Wie einst ihr Vater hatte Cissy dafür gesorgt, daß sich die Kinder am Weihnachtsabend gründlich wuschen. Dabei war es lustig zugegangen, doch als alle im Bett lagen, fühlte sich Cissy rechtschaffen müde. Sie setzte sich ans Feuer, zog die Stiefel aus und betrachtete die Frostbeulen an ihren Füßen – seit Monaten hatte sie keine Strümpfe mehr getragen.
Sie wußte nicht, wie tief und wie lange sie geschlafen hatte, als ein Pochen an der Tür sie aufschreckte. »Wer ist da?« fragte sie ängstlich.
»Ich – Matthew.«
Sie schob den Riegel zurück, den er angebracht hatte, und öffnete die Tür. Matthew klopfte den Schnee von Mütze und Mantel.
Cissy sah ihn verwundert an. »Wie bist du bei dem Schnee mit dem Wagen durchgekommen?«
Er stellte die Laterne auf den Tisch. »Mit dem Pferd wäre es nicht gegangen. Ich bin zu Fuß gekommen.«
»Zu Fuß?« Schon tagsüber war es bei solchem Wetter schwierig, querfeldein und in die Berge zu gehen, sollte aber dem Wanderer in der Dunkelheit etwas zustoßen, war er verloren.
»Bei dem Schnee hättest du das nicht tun sollen«, sagte sie.
Er schaute auf ihre bloßen Füße. «Und du solltest nicht barfüßig auf den Steinen stehen, du kannst dir ja den Tod holen.«
»Ach, das bin ich gewöhnt«, erwiderte sie leichthin. »Willst du nicht den Mantel ausziehen, damit er trocknen kann?«
»Ja, du hast recht.« Matthew hängte den Mantel über einen Stuhl, den Cissy ans Fenster gerückt hatte. »Ich war heute in Shields auf dem Markt.«
»Oh! Dort war ich noch nie. Vater wollte mich einmal mitnehmen, aber dann kam es nicht dazu.«
»Dort gibt es einiges zu sehen«, sagte er. »Und die vielen Leute! Man kann sich kaum rühren.« Er machte sich daran, einen Sack auszuleeren. »Ein paar Weihnachtsgeschenke für die Kinder.« Es waren Apfelsinen, Äpfel und ein Säckchen

Nüsse. Zum Schluß reichte er Cissy ein größeres und ein kleineres Paket und sagte: »Frohe Weihnachten, Cissy.«
Sie sah ihn sprachlos an.
»Hoffentlich passen sie dir. Ich mußte deine Größe erraten.«
Da sie stumm blieb, fuhr er fort: »Na, willst du nicht auspacken und sehen, was es ist?«
Cissy machte das kleinere Paket auf und entdeckte ein Paar lange braune Wollstrümpfe. Das größere Paket enthielt ein hellgraues Schultertuch mit rosa Fransen. Sie breitete es aus und staunte wie ein Kind, das vor einem Wunder steht. Sie hob die Augen zu Matthew, und Wärme erfüllte sie. Noch nie hatte sie etwas Farbiges besessen, immer nur schwarze oder dunkelbraune Kleider, und noch nie etwas Neues getragen. Einmal im Jahr hatte der Vater auf dem Altwarenmarkt in Newcastle mit fünf ersparten Schilling ein Bündel alte Kleider gekauft, welche die Mutter dann laufend umänderte.
Sie drückte das hellgraue Tuch mit den rosa Fransen an die Brust und senkte den Kopf. Tränen rannen ihr über die Wangen.
»Aber, Cissy, warum weinst du denn?« Matthew faßte sie an den Schultern. »Ich dachte, du würdest dich darüber freuen.« Seine Hände glitten von den Schultern über ihren Rücken; sachte zog er sie an sich, und sein Kinn ruhte auf ihrem gebeugten Kopf.
Cissy hielt immer noch das Tuch unter den verschränkten Armen. Matthew legte es auf den Tisch, hob ihren Kopf, blickte in das verweinte Gesicht und murmelte: »Ich liebe dich, Cissy. Das weißt du doch, nicht wahr? Ich habe dich lieb, aber...aber ich muß die andere nehmen.« Er schüttelte sie sanft. »Du verstehst, warum? Verstehst du, warum?«
Sie schloß die Augen und nickte.
Eindringlich sprach er weiter: »Wenn ich könnte, wie ich wollte, würde ich dich und alle deine Geschwister zu mir holen. Auch für dein Kind würde ich sorgen. Aber ich habe schon eine Familie, zu Hause sind sie alle von mir abhängig, und das Geschäft wirft nicht genug ab.« Er hätte ihr sagen

können, daß Walter nur noch halbtags bei ihm angestellt war, damit er Jimmy behalten konnte, und daß es reiner Wahnsinn von ihm gewesen war, für das Tuch siebzehn Shilling und sechs Pence auszugeben. Aber vielleicht war dieses Tuch das einzige, was er für Cissy aus seiner eigenen Tasche jemals kaufen konnte.

»Sag mir, daß du verstehst, warum ich so handeln muß. Bitte sag es mir, Cissy.«

Sie räusperte sich und wischte sich mit den Fingern die Wangen ab. »Ich verstehe dich, Matthew.«

Sein Gesicht näherte sich dem ihren. »Willst du mir noch etwas sagen? Liebst du mich?«

Sie schaute ihm in die Augen, antwortete jedoch nicht. Plötzlich schmiegte sie sich an ihn, und er küßte sie. So standen sie eine Weile. Matthew ließ sich auf einen Stuhl nieder, zog Cissy auf seinen Schoß, legte die Arme um sie und sagte mit belegter Stimme: »Laß uns so eine Weile bleiben. Vielleicht muß es uns fürs ganze Leben genügen.«

Anfang Mai war Cissy hochschwanger; sie brachte ihren Rock nicht mehr zu, obwohl sie ihn erweitert hatte. Das Kind schien kräftig zu sein und ungeduldig auf seine Geburt zu warten, denn es strampelte lebhaft. Aber noch dauerte es sechs Wochen. Cissy wünschte sich das Ende der Schwangerschaft herbei; die Bürde wurde ihr schwer, sie kam sich ungelenk vor. Glücklicherweise war der Frühling schön.

Es hatte wieder einen Streik gegeben. Man hatte Bergarbeiter aus Irland geholt und die einheimischen aus ihren Wohnstätten verjagt. Aus diesem Grund bekam Cissy eine Zeitlang Nachbarn, wenn auch ziemlich weit entfernt. Ihre Anwesenheit stimmte sie besorgt, denn sie bauten sich Steinbaracken. Cissy befürchtete, der Adel könnte ein neues Gesetz erlassen und die Bebauung des ganzen Gebiets verbieten.

An diesem Tage schien die Sonne hell, aber es wehte ein scharfer Wind. Auf dem Wege vom Bauernhof kam Cissy immer am Nordtor von Lord Fischels Gut vorbei, und wie stets beschleunigte sie hier ihren Schritt. Gerade als sie von der Straße abbiegen wollte, rumpelte eine Equipage daher. Rasch erkletterte Cissy die Böschung und betrachtete außer Atem die flink trabenden Pferde. Durchs Fenster erhaschte sie einen Blick auf das Gesicht eines Mannes, den sie wiedererkannte, obwohl sie ihn erst einmal gesehen hatte.
Auch Lord Fischel hatte Cissy wiedererkannt und gesehen, daß sie hochschwanger war.
Während der Wagen durchs Nordtor und durch den Park rollte, saß er kerzengerade und ließ die Augen über die Knöpfe im Lederpolster ihm gegenüber gehen, als müßte er sie zählen.
Auf der Freitreppe wurde er von Hatton erwartet, der stets um seinen Herrn besorgt war, sich jedoch niemals herausgenommen hätte, ihn zu fragen, ob er gut gereist sei.
Diese Frage blieb dem Kammerdiener Cunningham vorbehalten. »Hoffentlich ist alles gutgegangen, Mylord?«
»Durchaus, Cunnings, durchaus«, lautete die Antwort.
Da der dreisilbige Name für einen Diener zu vornehm klang, wurde er abgekürzt, wogegen Cunningham nichts einzuwenden hatte. Er zeigte das ruhige, zurückhaltende Benehmen, das von einem Herrschaftsdiener erwartet wurde, nahm aber insofern eine Sonderstellung ein, als er das besondere Vertrauen seines Herrn genoß.
Während Lord Fischel einen Fuß nach dem anderen hob, um sich die Strümpfe ausziehen zu lassen, sagte er: »Du erinnerst dich doch daran, weshalb ich meinen Sohn wegschickte, nicht wahr, Cunnings?«
»Jawohl, Mylord.« Das ganze Haus, ja die ganze Gegend kannte den Grund, und Cunningham wußte auch, daß man es übertrieben fand, den Sohn so hart zu bestrafen. In adligen Kreisen war es selbstverständlich, daß sich die jungen Herren auf diese Weise die Hörner abliefen. Blieb die Sache ohne Folgen, wurde die Person eben mit einem Geschenk abgefer-

tigt, sonst fristlos entlassen. So oft vermischte sich die Nachkommenschaft der Reichen und der Armen, daß Cunningham sich wunderte, weshalb sich dies nicht stärker bemerkbar machte. Aber vielleicht zeigte sich der Anfang darin, daß jetzt immer mehr Männer ihre Existenz aufs Spiel setzten, indem sie lesen und schreiben lernten. Manchmal wurden sie auf diese Weise Pamphletisten, die gegen das Blut schrieben, das wahrscheinlich in ihren Adern kreiste.

Cunningham fand das Leben recht sonderbar, war aber mit seinem Los zufrieden, war es während seiner dreißigjährigen Dienstzeit bei Lord Fischel eigentlich immer gewesen. Er hatte den Lord zur Hochzeit eingekleidet und ihn auf seiner Hochzeitsreise begleitet, hatte mit ihm unter der unglücklichen Ehe gelitten und wie er eine Abneigung gegen die Zwillinge gehegt.

»Ich möchte dich bitten, Cunnings«, sagte der Lord jetzt, »morgen einen Spaziergang in die Berge zu unternehmen und die Bekanntschaft einer Person zu machen, die dort in einer Felsenhöhle haust. Sie heißt Brodie und ist schwanger. Ich wüßte gerne, wann das Kind erwartet wird.«

»Jawohl, Mylord.« Die Stimme des Kammerdieners verriet keine Verwunderung über einen derartigen Befehl.

Während sich Lord Fischel mit Kölnischwasser einreiben ließ, dachte er: Das Kind könnte von irgendeinem sein, diese Leute leben ja wie die Kaninchen. Er fragte sich nicht, weshalb er sich für die Nachkommenschaft dieses Mädchens so sehr interessierte, denn er hatte ja seine Kinder nie geliebt, war froh gewesen, sich ihrer entledigen zu können. Das Zusammenleben mit ihnen hatte ihn belastet, doch ohne es sich einzugestehen, sehnte er sich jetzt nach seinem Sohn. Wenn es möglich gewesen wäre, hätte er vielleicht den Kurs der »Virago« geändert.

Der Herr, der Cissy unterwegs ansprach und den Weg nach Brockdale wissen wollte, trug einfache schwarze Kleidung.

»Nach Brockdale?« Sie schüttelte den Kopf. »Da gehen Sie in

der falschen Richtung. Brockdale liegt dort drüben.« Sie deutete mit der Hand hinüber. »Ungefähr sechs Kilometer entfernt.«
»Ach, noch so weit? – »Ja.«
Er hob den Kopf und schaute zum Himmel. »Es wird bald regnen. So weit werde ich heute nicht mehr kommen. Hier oben ist es schön.«
»Ja, im Frühling und im Sommer«, antwortete Cissy, »aber die Erde ist unfruchtbar.«
Als er die entgegengesetzte Richtung einschlug und neben ihr schritt, ließ sie ihn gewähren. Er erinnerte in seiner gemessenen Art an Pfarrer Hedley, und seine sauberen, gepflegten Hände verrieten, daß er kein Arbeiter war.
Auf dem Weg unterhalb der Höhle wurden sie tatsächlich vom Regen überrascht. »Oh, Sie werden naß werden!« rief sie, und da er keinen Mantel trug, wies sie ihn zur Höhle. »Dort oben sind Sie geschützt.«
So seltsam war der Anblick der Wohnstätte, daß Cunningham beinahe seine unerschütterliche Haltung verlor. Vier kleine Mädchen saßen auf einer groben Matte vor einer primitiven Feuerstelle. »Wo ist Joe?« fragte Cissy besorgt.
»Beim Bach. Wir liefen nach Hause, als wir den Regen kommen sahen«, gab Charlotte Bescheid.
Cissy rannte in den Regen hinaus und rief: »Joe! Joe!« Seufzend kehrte sie zurück. »Er kommt.« Dem Fremden erklärte sie: »Joe ist mein kleiner Bruder.« Sie schien sich sehr um ihn zu sorgen, aber als der blonde kleine Junge erschien, traf sie keine Anstalten, ihn umzuziehen.
»Wollen Sie sich nicht setzen?«
»Nein, danke.« Er lehnte den Stuhl ab, den einzigen, den es hier gab. Die primitive Einrichtung dieser Wohnstätte ließ ihn innerlich erschauern. Aber es fiel ihm angenehm auf, daß hier kein unangenehmer Geruch herrschte. Lord Fischel holte sich seine Bedienten immer aus ferngelegenen Ortschaften, damit sie ihre Verwandten nur einmal im Jahr besuchen konnten und nicht Gestank und Ungeziefer ins Schloß brachten.

Cunningham stand eine Weile schweigend da, während die Kinder ihn anstarrten. »Ich könnte ihnen eine Tasse Tee machen«, sagte Cissy schließlich.
»Nein, danke. Sehr freundlich von dir. Der Regen hat nachgelassen, ich muß weiter.«
Er setzte seinen Hut auf und ging zur geöffneten Tür. »Die Sonne kommt schon wieder hervor.« Er wandte sich um. »Vielen Dank für die freundliche Aufnahme. Vielleicht komme ich wieder einmal dieses Weges. Darf ich dann meine Aufwartung machen?«
»Ja, gern«, antwortete sie lächelnd, wagte aber nicht, diesem vornehmen Fremden eine Frage zu stellen.

Einige Zeit später stand Cunningham im Herrenzimmer vor Lord Fischel und erstattete Bericht. »Ich hatte keine Gelegenheit, mich nach dem Geburtsdatum zu erkundigen, aber ich habe es so eingerichtet, daß ich sie wieder besuchen kann.«
Lord Fischel wandte den Blick vom Kammerdiener weg auf ein Papier, das er gerade beschrieb, und antwortete: »Schon gut, Cunnings. Übrigens, wie fanden Sie die Person?«
»Höflich und adrett. Ungewöhnlich unter diesen Umständen.«
»Unter was für Umständen?«
»Ich meine die Behausung, Mylord.«
Lord Fischel spielte mit der Feder. »Ich wünsche, daß Sie den Besuch in regelmäßigen Abständen wiederholen, bis Sie erfahren haben, was ich wissen möchte. Danach werden Sie Ihre Spaziergänge bis zum Tag der Geburt fortsetzen.«
»Sehr wohl, Mylord.«
Mit einer Handbewegung wurde der Diener entlassen. Als die Tür ins Schloß fiel, lehnte sich Lord Fischel in den Sessel zurück. Er war sich immer noch nicht klar darüber, weshalb ihm die Geburt dieses Kindes keine Ruhe ließ, freute sich jedoch über die Auskunft, daß das Mädchen höflich und sauber war.

5

Mitte Juni glaubte sich Cissy mit ihrer Kraft am Ende, aber sie mußte sich immer noch zwei Wochen gedulden. Es hatte drei Tage hintereinander geregnet, doch endlich klarte es wieder auf.
Sarah und Charlotte pflückten Beeren im Wald, sie hatten Annie mitgenommen. Joe durfte nicht mit, weil der Mann, der ihn kaufen wollte, wieder aufgetaucht war. Er hatte gesagt, Joe wüchse so schnell, daß er bald nichts mehr wert wäre, und Cissy hatte ihm mit dem Gericht gedroht. Und jetzt war Joe hinausgeschlüpft, und sie wußte nicht, wo er stak.
In der letzten Zeit hatte sie sich einsam gefühlt und manchmal nachts verzweifelt geweint.
Immer wieder versuchte sie den Gedanken an Matthew zu verdrängen. Sie dachte mit Bitterkeit an ihn, denn nach seinen Worten am Weihnachtsabend hatte sie erwartet, er würde sie öfters besuchen kommen, vielleicht einmal in der Woche. Aber seither war er nur viermal erschienen. Sie verstand ihn nicht. Sie wußte, daß er Rosa heiraten mußte; aber hatte er nicht gesagt, er liebe nur sie? Wenn der fremde Herr nicht mitunter gekommen und ein Weilchen geblieben wäre, hätte sie mit keinem Erwachsenen ein Wort wechseln können, denn seit die Geburt näher gerückt war, schickte sie Sarah und Charlotte nach Brockdale für die Einkäufe, weil sie eine Wiederholung des Vorfalls im Weiler befürchtete.
Mühsam erstieg sie eine Anhöhe, von der sie den fernen Waldrand sehen konnte, und rief nach Joe. Panische Angst ergriff sie; wenn Joe geraubt wurde, ertrug sie das Leben nicht mehr. Im Geiste sah sie das fröhliche Kerlchen mit dem Spitzbubengesicht eingeklemmt in einem Schornstein und verbarg vor Entsetzen das Gesicht in den Händen.
Da vernahm sie ein Hüsteln, und als sie herumfuhr, sah sie unten am Hang den schwarzgekleideten Herrn stehen.
Vielleicht hatte er Joe gesehen, dachte Cissy. Von diesem Gedanken besessen, eilte sie schlitternd den nassen Hang

hinab, rutschte jedoch auf dem feuchten Gras aus und fiel seitwärts zu Boden. Zuerst war sie wie benommen. Der Fremde faßte sie am Arm, um sie in die Höhe zu ziehen, aber ein heftiger Schmerz durchzuckte sie, und ihr wurde schwarz vor den Augen.

Als sie einige Minuten später auf den Füßen stand, vermochte sie sich nicht aufzurichten.

»Ach, du meine Güte, du hättest nicht rennen dürfen«, sagte Cunningham. Er schien sehr besorgt zu sein. »Kann ich dir nach Hause helfen?«

»Es wird gleich wieder gut sein«, ächzte sie. »Es sticht nur.« Cunningham wußte jedoch, daß die Sache ernst war.

Cissy holte tief Atem, richtete sich etwas mehr auf und lächelte. »Es geht.« Sie fragte rasch: »Haben Sie meinen kleinen Bruder gesehen? Sie kennen ihn ja – Joe?«

»Nein. Leider nicht. Ist er schon länger fort?«

»Ungefähr eine Stunde. Das ist nicht sehr lange, aber hier treibt sich ein Mann herum, der Schornsteinfeger sucht. Er wollte Joe kaufen. Ich habe Angst.«

Sie gingen nebeneinander, Cissy immer noch gebeugt, und während Cunningham beobachtete, wie langsam sie vorwärts kam, staunte er über ihre Fürsorglichkeit. Unter den gegebenen Umständen wäre es doch nur gut gewesen, einen weniger füttern zu müssen, zudem hätte der Junge Geld eingebracht. Er fand das Mädchen sonderbar, aber es gefiel ihm. In den vergangenen Wochen war es ihm ans Herz gewachsen, so sehr, daß er seinem Herrn lange Berichte zu Cissys Gunsten geliefert hatte.

Als sie nahe der Wohnstätte waren, kam Joe unversehens hervorgelaufen. Cissy blieb stehen und rief: »Wo warst du? Oh, du bist ein schlimmer Bengel!« Mit vergnügtem Lachen lief er auf sie zu; sie schloß ihn in die Arme und drückte ihn an sich. Plötzlich sank sie stöhnend in die Knie.

»Cissy, Cissy, was hast du?« Joe lachte nicht mehr, sondern blickte erschrocken auf seine Schwester.

Cissy faßte ihn am Arm. »Lauf...lauf schnell nach Rosier. Dort

wohnt Frau Bellamy. Sag ihr...sag ihr, ich glaube, meine Stunde ist gekommen. Bring sie her! Hast du verstanden?«
Joe nickte und wollte losrennen. »Warte!« stieß sie hervor. »Denk daran, daß du mit keinem Menschen auf der Straße reden darfst. Wenn du dem Fänger begegnest, lauf vor ihm weg! Hast du gehört?«
»Ja, Cissy, ja.« Wie ein Hase rannte er mit wirbelnden Beinen über das nasse, unebene Gelände.
»Laß mich dir helfen.« Cunningham zog sie in die Höhe und stützte sie auf dem Wege zum Vorplatz. Hier setzte er sie auf den Stuhl.
»Solltest du nicht besser zu Bett gehen?«
»Ja, das will ich tun.« Schwerfällig erhob sie sich. »Es fehlt mir nichts. Ich danke ihnen vielmals.«
Damit war Cunningham entlassen, aber er blieb auf dem Vorplatz und wartete, bis sie die Höhle betreten hatte. Er ließ ihr etwas Zeit, und als er annahm, sie liege im Bett, rief er: »Ist alles in Ordnung?« und sie antwortete: »Ja, ja, alles in Ordnung.«
Vom Eingang aus schaute er nach. Cissy lag auf einem Holzgestell mit Strohmatratze und war noch immer angekleidet. »Kann ich etwas für dich tun?« erkundigte er sich. Sie schüttelte den Kopf. Er wunderte sich selbst über seine Ergriffenheit; sein Auftrag hatte sich ganz anders als vorgesehen entwickelt.
Im Laufe der Jahre hatte er sich seinem Herrn so sehr angeglichen, daß er die Leute, die außerhalb des Schlosses arbeiteten, fast auf die gleiche Stufe mit Tieren stellte.
»O Gott! O Mama, Mama!«
Cissy Körper krümmte sich so stark, daß ihre Schenkel sich entblößten. Verlegen wandte er sich ab. Der Anblick des Mädchens rührte Empfindungen in ihm auf, die er um seines Seelenfriedens willen längst vergraben hatte.
Eine Zeitlang blieb alles still. Schließlich prüfte er das Wasser in einem Eimer, stellte fest, daß es sauber war, und schöpfte einen Becher voll. »Trink etwas Wasser«, sagte er.

Sie stützte sich auf den Ellenbogen, leerte den Becher und bedankte sich.
Schweiß perlte auf ihrem Gesicht. Mit geschlossenen Augen lag sie da. Er holte ein makellos weißes Taschentuch hervor und wischte ihr das Gesicht ab. Sie schlug die Augen auf und schaute ihn an wie ein Reh in Todesnot. Ein Reh in Todesnot hatte er schon gesehen, denn manche Jagdherren waren schlechte Schützen.
Zwei Stunden später war er immer noch bei ihr. Er stand vor der Höhle und beobachtete den Weg, auf dem der Junge und die Hebamme kommen mußten. In der letzten halben Stunde waren die Wehen einander fast pausenlos gefolgt; er wußte, daß es bis zur Geburt nicht mehr lange dauern konnte.
Ein wilder Schrei ließ ihn herumfahren. Beim Eingang der Höhle hielt er im Lauf inne. Cissy umklammerte die Seiten des Bettes, ihr Körper wölbte sich, und ihr Stöhnen übertönte jedes andere Geräusch. Er hörte weder den Jungen noch die Frau kommen. »Wer sind Sie? Was tun Sie hier?« wurde er unversehens angeschrien. »Machen Sie, daß Sie hinauskommen!«
Sprachlos starrte er sie an. »Weg mit Ihnen!« schimpfte sie weiter. »Sie haben hier nichts zu suchen! Was wollen Sie überhaupt?«
Cunningham gehorchte nicht sofort. Wie gebannt blieb er stehen. Die Frau beugte sich mit schmutzigen Händen über das Bett. Beim Zusehen erfüllten ihn Bitterkeit und Zorn, denn genauso ein Weib, grobschlächtig, schmutzig, nach Schnaps riechend, hatte den Tod seiner Frau und seines Kindes verschuldet. Zweiundzwanzig Jahre zählte er, als seine Frau in Qualen starb, und damals hatte das Leben für ihn aufgehört bis zu dem Tage, da er als Schneidergeselle einem jungen Mann Maß genommen hatte, dem Sohn eines Lords, der Fischel hieß.
Das Weinen des kleinen Jungen riß ihn aus seinen Gedanken. Er legte ihm die Hand auf den Kopf und führte ihn hinaus. Beim Abschied fiel ihm ein, daß er vergessen hatte, sich nach dem Geschlecht des Neugeborenen zu erkundigen. Er kehrte in die Höhle zurück. Hier erklärte die Hebamme eben, weshalb

sie getrunken hatte. »In der Mühle war ich, wo Hochzeit gefeiert wurde. Die Müllerstochter hat den Wagner aus Benham geheiratet. Er hat eine gute Partie gemacht. Aber sie ist nicht nach jedermanns Geschmack. Wer gratulieren kam, der wurde freigehalten.«
»Ist es ein Knabe oder ein Mädchen?« unterbrach Cunningham den Redefluß.
Sie nahm das schreiende Neugeborene auf, streckte es ihm entgegen und rief: »Da! Sind Sie zufrieden? Wer sind Sie überhaupt?«
Er beachtete die Frau nicht, sondern blickte vom Kind zur Mutter. Cissy sah aus wie eine Tote, aber ihre Brust hob und senkte sich.

6

Wenn das Kind vierzehn Tage nach dem mutmaßlichen Datum zur Welt gekommen wäre, hätte Lord Fischel keine Bedenken gehabt; aber zwei Wochen früher...das konnte bedeuten, daß man auch das Datum der Empfängnis vorverlegen mußte. Trotz diesen Überlegungen gefiel ihm der Gedanke besser, die Geburt sei durch den Sturz vorzeitig ausgelöst worden.
Die Zweifel verließen ihn aber nicht, und eines Tages beschloß er, sich Klarheit zu verschaffen. »Vielleicht gehst du wieder einmal zu der Person in der Felsenhöhle, Cunnings, und siehst dir das Kind an. Ich wüßte gerne, ob irgendeine Ähnlichkeit festzustellen ist.«
Cunningham blickte auf den Rücken seines Herrn und gab keine Antwort, bis Lord Fischel ihn anfuhr: »Na?«
»Es besteht eine starke Ähnlichkeit, Mylord. Ich habe mir nämlich die Freiheit genommen, die Person nach der Geburt ein paarmal zu besuchen. Die Ähnlichkeit bezieht sich auf die Nase, Mylord. Ein Kindergesicht ändert sich ja, aber augenblicklich hat der Kleine ganz die Nase Ihres Herrn Vaters. Auch die Kopfform scheint mir ähnlich zu sein.«

Lord Fischel räusperte sich. »Was meinst du, wie könnte ich mir das Kind einmal ansehen?«
»Wenn Sie auf die Jagd gingen und zufällig dort vorbeikämen...?«
»Du weißt, daß es dort nichts zu jagen gibt«, antwortete er ungeduldig. In einem Ton, der keinen Widerspruch zuließ, fuhr er fort: »Sag ihr, daß ich das Kind zu sehen wünsche. Sie soll es morgen nachmittag zum nördlichen Pförtnerhaus bringen...sagen wir, um vier Uhr.«
Das »Aber« blieb dem Diener in der Kehle stecken. Er konnte nur antworten: »Sehr wohl, Mylord.«

Bisher war Cunningham auf seine Stellung als Lord Fischels Kammerdiener immer stolz gewesen, jetzt aber, bei der Ausführung dieses Auftrags, schämte er sich. »Verstehst du«, sagte er zu Cissy, »seine Lordschaft hat mich hergeschickt. Ich bin sein Kammerdiener, und so muß ich seinen Befehl befolgen. Verstehst du das?«
Cissy war vor ihm zurückgewichen, sie begann sich vor ihm zu fürchten. Sie hatte diesen Mann gern gemocht, hatte in ihm einen freundlichen Helfer in der Not gesehen, der ihr Mitgefühl und Besorgnis entgegenbrachte; nun aber entpuppte er sich als ein Spitzel, bestenfalls als ein Lakai, der nur Befehle ausführte. »Es ist mir gleich, wer und was Sie sind«, erwiderte sie schroff, »es ist mein Kind, und ich bringe es nicht zum Pförtnerhaus. Ich wollte es nicht, aber jetzt ist es mein Kind, und ich will es behalten.«
»Bitte hör mich an. Du mußt mir glauben, wenn ich dir sage, daß ich dir das Leben auf keinen Fall erschweren möchte. Im Gegenteil, ich hoffe, es dir zu erleichtern.«
»Indem man mir das Kind wegnimmt? Nein!«
Cunningham faltete die Hände über der schmalen Brust, und wieder wurde Cissy an Pfarrer Hedley erinnert. »Die großen Herren sind mächtig«, sagte er, »sie können alles erreichen, was sie wollen, und du in deiner Lage vermagst nichts gegen sie. Verstehst du?«

Ja, Cissy verstand es durchaus, und ihre Angst nahm zu. Die großen Herren konnten sie ohne weiteres aus ihrer Wohnstätte verweisen oder sie zu einem liederlichen Frauenzimmer erklären und ihr das Kind wegnehmen.
»Es wird nur einen Augenblick dauern«, beschwichtigte Cunningham, »du brauchst den Kleinen nicht aus den Armen zu lassen. Und außer seiner Lordschaft wird niemand dabeisein.«
»Wird er auch nichts tun, daß ich das Kind hergeben muß?«
»Nein, nein, er ist ein gütiger, gerechter Mensch. Denk doch nur, was er getan hat, als...Er hat seinen Sohn und seine Tochter weggeschickt. Von ihm hast du nichts zu befürchten. Allerdings...« Cunningham wiegte den Kopf, »liebt er es nicht, wenn man sich ihm widersetzt.«
»Um wieviel Uhr?« fragte sie mit tonloser Stimme.
»Um vier. Es ist noch nicht drei, du hast also Zeit, das Kind zurechtzumachen und dich anzuziehen.«
»Ich bin angezogen.«
Er musterte den fadenscheinigen Rock und die Schürze aus Sackleinwand. »Ach so«, antwortete er verlegen.
Sie nahm das Kind aus dem Korb und wickelte es frisch. Dann holte sie das farbige Tuch aus der Kommode und spielte nachdenklich mit den rosa Fransen, bevor sie das Kind hineinhüllte.
Nachdem sie sich Hände und Gesicht gewaschen und die Schürze abgebunden hatte, rief sie Joe, der gerade Holz hackte, zu sich und befahl ihm, sich ebenfalls zu waschen. »Wir machen einen Spaziergang«, erklärte sie kurz.
»Wozu muß ich mir Hände und Gesicht waschen, wenn wir einen Spaziergang machen?« fragte er erstaunt.
»Tu, was ich dir gesagt habe, und beeil dich!« Zu Cunningham, der draußen geduldig gewartet hatte, bemerkte sie: »Ich muß ihn mitnehmen, weil die Mädchen beim Ährenlesen sind.«
Fünf Minuten später brachen sie auf. Der Pförtner erwartete sie bei dem kleinen Tor. Cunningham bedeutete Cissy mit einer Handbewegung, einzutreten, während er mit der andern Hand

Joe zurückhielt. Der Pförtner eilte voraus, öffnete die Tür und schloß sie hinter ihr.
Cissy befand sich in einem kleinen Raum, wo es nach Zwiebeln roch und nicht halb so sauber war wie in ihrer Höhlenwohnung. Sie nahm diesen Eindruck nur flüchtig wahr, denn ihre Augen richteten sich auf den gutgekleideten Herrn, der mit dem Rücken zum Fenster stand. Keiner seiner Bedienten hätte gewagt, ihn so anzusehen, wie Cissy das jetzt tat, dachte Lord Fischel. Ihre Miene war herausfordernd und abweisend. Er forderte sie auf, Platz zu nehmen.» Mit geradem Rücken, das Kind fest in den Armen haltend, setzte sie sich auf einen Stuhl. Seine Frage, ob das Kind gesund sei, bejahte sie kurz.
»Hast du dich mit irgendwelchen Männern eingelassen, bevor mein Sohn sich vergaß?« fragte er ohne Umschweife.
Ihr Kinn zitterte, und sie mußte leer schlucken. Sie schüttelte den Kopf. »Niemals. Mein Vater konnte lesen und schreiben und wir wurden streng erzogen.«
Offensichtlich kostete es Lord Fischel einige Überwindung, zum Wesentlichen zu kommen. Beinahe abrupt kam es über seine Lippen: »Ich möchte das Kind sehen.«
Sie stand nicht auf, sondern schlug das Tuch zurück und wartete, so daß er gezwungen war, zu ihr zu treten.
Er erschrak beim Anblick des Kindes. Die Nase wirkte übergroß in dem Gesichtchen, und so unheimlich war die Ähnlichkeit mit seinem Vater, daß er ihn in verkleinerter Ausgabe vor sich zu haben glaubte. Ohne die Augen von dem Köpfchen zu wenden, fragte er: »Hast du ihm schon einen Namen gegeben?«
»Richard. Das war der zweite Name meines Vaters.«
Lord Fischel konnte den Zufall kaum fassen – Richard war auch der zweite Vorname seines Vaters gewesen.
Seine Überzeugung, daß dieses Kind zu seinem Leben gehörte, festigte sich. Er ging wieder ans Fenster. Ohne sich umzuwenden, fuhr er fort: »Würdest du dich von dem Kind trennen?«
»Nein. Um nichts in der Welt«, antwortete Cissy schnell und entschieden.

Langsam wandte er sich ihr zu. »Du würdest reichlich entschädigt werden.«
»Ich will nichts, nur mein Kind.« Sie drückte es noch enger an sich. »Ich lasse es mir nicht wegnehmen.«
Lord Fischel hätte es ihr durch richterliche Verfügung ohne weiteres wegnehmen können. Es war sein Enkelkind, und der Mutter fehlten die Unterhaltsmittel. Aber er bevorzugte eine private Regelung.
Er versuchte es von neuem: »Würdest du mir das Kind überlassen, wenn ich dir während dieser Zeit jede Woche zehn Shilling zahle?«
Sie schüttelte den Kopf.
»Ich verdopple die Summe. Soviel ich weiß, mußt du für deine Geschwister sorgen. Solange du mir das Kind überläßt, bekommst du jede Woche ein Pfund.« Darauf mußte sie eingehen. Ein derartiges Angebot bedeutete für einen Menschen ihres Standes, von ihrer Notlage ganz zu schweigen, ein unermeßliches Glück.
Ein Pfund in der Woche! So sehr wünschte er sich das Kind, daß er dafür ein Pfund in der Woche bezahlen wollte. Wenn sie beweisen konnte, daß sie eine wöchentliche Rente von einem Pfund bezog, konnte sie sogar in der Stadt ein Haus mieten. Aber was wäre ein sorgenfreies Leben ohne das Kind?
Als Lord Fischel ihr weiches Gesicht sah, glaubte er, gesiegt zu haben, aber da sagte sie unerwartet: »Es tut mir leid, ich kann mich von dem Kind nicht trennen. Um nichts auf der Welt könnte ich mich von ihm trennen.« Seltsam, daß es ihr wirklich leid tat, das Kind nicht hergeben zu können, denn sie fühlte Mitleid mit dem alten, einsamen Herrn von Schloß Houghton.
Er schwieg.
Cissy erhob sich. »Erlauben Sie mir zu gehen.« Sie verabschiedete sich, hüllte das Kind wieder in das Tuch ein und verließ das Pförtnerhaus.
Auf der Straße fragte Joe: »Was hattest du dort zu tun?«
»Ich wollte mit dem Gutsverwalter wegen einer Stellung sprechen«, antwortete sie.

»Und?«
»Ich habe sie nicht bekommen.«
»Weil du ein Kind hast?«
»Ja, weil ich ein Kind habe.«

Bella kam außer Atem den Pfad herauf, ihr Gesicht strahlte, und sie kündigte sich mit lautem Hallo an. Joe lief ihr entgegen.

Cissy empfing sie auf dem Vorplatz, umarmte und küßte sie, hielt sie auf Armeslänge von sich und sagte bewundernd: »Du siehst gut aus.«

»Oh, aber die Beine tun mir weh«, erwiderte Bella mit einer Grimasse. »Anderthalb Stunden dauert der Weg. Vor der Dunkelheit muß ich zurück sein. Die Köchin wird böse, wenn man zu spät kommt.« Sie warf sich auf einen Stuhl und seufzte.

»Hast du uns nichts mitgebracht?« fragte Joe enttäuscht.

»Immer willst du etwas haben, Joe! Du weißt doch, daß ich nichts mitbringen kann.«

Joe tauschte mit Charlotte und Sarah einen bedeutsamen Blick aus, und die drei verließen enttäuscht die Höhle.

Cissy hatte Bella des Lohnes wegen sehnsüchtig erwartet. »Ich mache dir eine Tasse Tee«, sagte sie. Während sie den Kessel aufsetzte, erkundigte sie sich: »Wie ist es dir ergangen?«

»Ach, ganz gut.« Bella rümpfte die Nase. »Aber man wird immerzu angeschnauzt.« Sie betrachtete das Kind im Korb. »Er ist groß und dick geworden.« Mit ihrer üblichen Sprunghaftigkeit fragte sie: »Bekommst du jetzt mehr aus der Mühle, seit Matthew dort lebt?«

»Nein, ungefähr das gleiche«, antwortete Cissy und blies das Feuer an.

»Cissy...«

»Ja?«

»Ich habe den Lohn bekommen.«

»Ja, ich weiß.«

Bella entnahm der Tasche ihres Unterrocks ein Beutelchen und ein Päckchen. Der Beutel enthielt zwei Shilling und sechs

Pence. Sie reichte Cissy die Münzen und sagte ein wenig verlegen: »Das ist alles, was mir geblieben ist. Du mußt wissen...», sie warf den Kopf zurück, »wenn der Hausierer kommt, kaufen ihm alle etwas ab. Ich...ich habe einen neuen Unterrock.« Sie hob die Röcke und zeigte Cissy ihren zweiten Unterrock aus dünner rosa Baumwolle mit grobem Spitzenbesatz. »Er hat drei Shilling gekostet. Und hier die Brosche...«
Cissy wurde von solchem Zorn erfaßt, daß sie Bella am liebsten geohrfeigt hätte. Bella war gut untergebracht und wohlgenährt, aber sie dachte überhaupt nicht an ihre Geschwister, sondern gab ihr Geld für Putz aus. Cissy überwand jedoch ihre Wut. Bella konnte nichts dafür, sie hatte von Natur aus ein selbstsüchtiges Wesen.
Bella spürte, daß der Kampf beinahe gewonnen war, und drückte Cissy das Päckchen in die Hand. »Das habe ich dir mitgebracht, Cissy.«
Cissy wickelte ein hübsches besticktes Batisttaschentuch aus. »Woher hast du das?« frage sie erstaunt.
Bella beschrieb mit dem Zeigefinger Kreise auf dem Tisch und sagte: »Vom Fräulein. Sie ist nett, so alt wie ich, und sie trägt sehr schöne Kleider. Du solltest ihre Kleider einmal sehen, aus Seide und Samt.«
»Hat sie dir das wirklich geschenkt?«
»Ja. Weil ich im gleichen Alter bin, sagte sie. Alle anderen sind älter.«
Cissy betrachtete das Taschentuch. Das war keine gewöhnliche Ware, sondern feiner Batist, in zwei Ecken bestickt mit dem Buchstaben C, dem Anfangsbuchstaben ihres eigenen Namens.
Cissy war noch kindlich genug, sich über ein derartiges Geschenk zu freuen. Sie vergaß für eine Weile, daß sie sich für den Rest der Woche einschränken mußte, und gab Bella einen Kuß. »Vielen, vielen Dank, Bella. Aber möchtest du es nicht doch gern behalten?«
»Nein, nein, du sollst es haben. Wenn ich viel Geld hätte, würde ich dir lauter schöne Sachen kaufen.«

Cissy goß den Tee auf. Das Schlimme hat auch immer etwas Gutes, dachte sie.
Tags darauf wäre ihr diese Theorie wohl fraglich erschienen. Über das steinige Gelände kam der Mann, der für sie »der Kerl aus dem Schloß« war. In letzter Zeit sah sie ihn in gleich düsterem Licht wie den Anwerber, der kleine Kaminfeger suchte.
Obwohl ein schneidender Wind wehte, ließ sie ihn draußen stehen, und bevor er etwas sagen konnte, fuhr sie ihn unwirsch an. »Es ist zwecklos, darüber zu reden. Was er mir auch anbietet, ich gehe nicht darauf ein.«
Cunningham fühlte Mitleid mit ihr. »Du weißt doch, wenn seine Lordschaft die Sache vor Gericht bringt, wirst du alles verlieren.«
»Es ist mein Kind!«
»Ja, aber es ist auch der Sohn des jungen Herrn Clive und der Enkel seiner Lordschaft. Selbst wenn du das abstreiten wolltest, würde die Ähnlichkeit es beweisen. Er braucht nur ein Porträt in der Ahnengalerie vorzuzeigen, und die Blutsverwandtschaft ist erwiesen.«
»Das ist mir gleich, ganz gleich! Ich will mein Kind behalten. Ich kann es nicht hergeben. Es ist alles, was ich habe.«
»Du wirst heiraten.«
»Nein! Und ich habe meine Gründe!«
Sein nachsichtiges Lächlen verschwand; er runzelte die Stirn. Offenbar mußte er sie doch ernst nehmen.
Ein Windstoß riß ihm beinahe den Hut vom Kopf. Er beugte sich vor und sprach auf Cissy ein. »Seine Lordschaft hat das Angebot erhöht. Er will fünfundzwanzig Shilling in der Woche geben und dir eine Wohnung beschaffen.«
Das war märchenhaft: fünfundzwanzig Shilling in der Woche und eine Wohnung! Aber sie schüttelte den Kopf. »Und wenn er mir fünfunddreißig oder fünfundvierzig geben wollte, ich behalte mein Kind. Richten Sie ihm das bitte aus.«
Betrübt verabschiedete sich Cunningham.
Cissy lehnte sich an die geschlossene Tür und blickte auf die

Kinder, die auf der Matte vor dem Feuer saßen. Sie hatten mit dem Kleinen gespielt und ihn zum Lachen gebracht. Er war ein vergnügtes Kind, und darüber wunderte sie sich, denn während der Schwangerschaft hatten Sorgen sie niedergedrückt. Und jetzt wollte man ihn ihr wegnehmen. Er würde von Leuten gepflegt werden, die dafür bezahlt waren, aber würden sie das Kind deshalb lieben? Liebe konnte man nicht kaufen. Mit allem Gold der Welt ließ sich das Gefühl nicht kaufen, das sie für ihr Kind empfand.

Sie nahm das Kind auf, drückte es an sich und wünschte inbrünstig, es an einem sicheren Ort bewahren zu können.

»Was wollte der Mann, Cissy?« fragte Joe.

»Ach, er kam wieder wegen der Anstellung.«

Er schaute sie prüfend an. Seine Miene verriet, daß er ihr nicht glaubte.

7

In bestimmten Zeitabständen kam Cunningham immer wieder zur Höhle, aber er erwähnte weder das Kind noch seine Lordschaft, sondern erkundigte sich nur nach Cissys Ergehen. Seine Besuche beängstigten sie, und nie ließ sie ihn eintreten, wie das Wetter auch sein mochte.

In den beiden ersten Novemberwochen sammelte Cissy jeden Tag Holz, aber sie wußte, daß sie mit dem Reisig den Winter nicht durchstehen konnten. Matthew hatte sich seit seiner Eheschließung nicht mehr gezeigt.

In der dritten Woche hielt ein Wagen unten auf dem Weg, und zwei unbekannte Männer luden Feuerholz ab. Sie fragten, ob sie es hinaufschaffen könne, worauf sie frohen Herzens bejahte.

Einen ganzen Tag harter Arbeit erforderte es, das Holz auf den Vorplatz aufzustapeln, und als Cissy den Vorrat betrachtete, hätte sie vor Dankbarkeit und vor Sehnsucht nach Matthew beinahe geweint.

Als die Buben am Sonntag kamen, trug Jimmy einen Mantel. Er berichtete, Matthews Mutter habe ihn aus einem alten Umhang ihres Mannes gemacht. Alle lachten, als er schilderte, wie sie ihm Maß genommen und er ahnungslos gedacht hatte, sie wolle ihn verprügeln. Er gestand Cissy, daß er Nancy Turnbull noch immer nicht mochte, weil sie herrschsüchtiger geworden war, seit Matthew nicht mehr bei seinen Eltern wohnte.

Im ganzen wäre das Leben also erträglich gewesen, hätte sich Cissy nicht vor dem Mann aus dem Schloß gefürchtet.

Die Wendung kam unerwartet. Eines Tages erschien Pfarrer Hedley und sagte, Cissy müsse sofort nach Westoe mitkommen, Bella sei in Schwierigkeiten geraten.

»Was für Schwierigkeiten?« fragte sie mit tonloser Stimme. Dem Pfarrer fiel die Antwort offensichtlich schwer. »Sie...sie hat gestohlen.«

»Bella soll gestohlen haben!« rief Cissy entrüstet aus. »Unsere Bella würde niemals stehlen. Vater hat uns dazu erzogen, nichts anzurühren, das uns nicht gehört. Nein, Bella würde niemals stehlen.«

»Sie hat aber gestohlen«, erwiderte Hedley geduldig.

»Was hat sie gestohlen?« fragte Cissy nach einer Weile.

»Wäsche oder Kleidungsstücke. Es fehlen mehrere Sachen, und einiges wurde unter ihrem Bett gefunden, zum Beispiel ein Taschentuch, das einer Tochter des Hauses gehört.«

Ein Taschentuch – o Gott! Unwillkürlich blickte Cissy zur Kommode. Bella, wie konntest du nur! Von allem, was sich in den letzten Jahren ereignet hatte, war dies das schlimmste. »Was wird man mit ihr machen?« fragte Cissy bestürzt. Hedley spreizte die Hände. »Vielleicht kommt sie vor Gericht. Dann wird man sie wohl in eine Besserungsanstalt stecken.«

Besserungsanstalt – lieber Gott! Bella war nicht schlecht, nur leichtsinnig.

Cissy wickelte den Säugling in eine alte Wolldecke und dann in das farbige Fransentuch. Sie mußte ihn mitnehmen, um ihn unterwegs zu stillen. »Laß die Tür verschlossen«, sagte sie zu

Sarah. »Wärm die Suppe auf und gib jedem ein Stück Brot, aber ja nicht mehr. Das gilt vor allem für dich, Joe. Hast du verstanden?«

Joe nickte. Sorgenvoll betrachtete sie die fünf Kinder, während sie sich das Kopftuch umband. »Seid brav, ich bitte euch darum.«

»Ich bringe dich bis zur Kreuzung«, sagte Hedley, als sie im Wagen saß.

Von hier aus hatte sie noch fünf Kilometer zurückzulegen, und als sie auf Haus Kiefernhain zuging, konnte sie kaum mehr einen Fuß vor den andern setzen, so durchfroren war sie. Aber das Kind war warm eingepackt.

Ein Mädchen öffnete ihr die Hintertür. »Ich bin Bella Brodies Schwester«, stellte sich Cissy vor.

In der Küche setzte ihr die kleine, rotwangige Köchin eine Tasse heißen Tee vor. Während sie zusah, wie Cissy begierig den süßen Tee trank, fragte sie: »Wie geht es dem Kind?«

Dankbar für das freundliche Entgegenkommen lächelte Cissy flüchtig. »Gut, danke.«

»Laß dir Zeit«, sagte die Köchin. »Es dauert eine Weile, bis die Wirtschafterin zu kommen geruht.« Sie beugte sich zu Cissy vor. »Bella kann nichts dafür, sie wurde von Fanny Price verführt. Nicht zu glauben, was man alles unter ihrer Matratze gefunden hat! Bei Bella fand man nur ein Taschentuch, aber das genügt schon. Fräulein Christine hat von dem ganzen Dutzend nur noch vier Stück. Durch die fehlenden Taschentücher ist alles ans Licht gekommen. Fräulein Christines Großmutter hat sie nämlich eigenhändig gestickt.«

Die Tür ging auf, und herein kam eine Frau in einem strengen schwarzen Kleid und mit einer gestärkten weißen Haube. Die Köchin machte sich sogleich an ihre Arbeit, und Cissy erhob sich.

»Eine schlimme Sache«, sagte die Wirtschafterin.

»Ja, Fräulein«, pflichtete Cissy schüchtern bei.

»Ich heiße Frau Pain. Du bist dir wohl darüber klar, wie ernst die Sache ist.« Cissy nickte.

»Die Herrin ist zutiefst entrüstet. Sie hat Bella nur aus Mitleid angestellt.«
»Ja, ich weiß.«
»Ist das eine Art, Güte zu vergelten?«
»Ich hätte nie gedacht, daß Bella so etwas tun könnte. Sie wurde zu Ehrlichkeit und Anstand erzogen.«
»Sie ist eine nichtswürdige Diebin! Hier ist ihres Bleibens nicht länger. Du nimmst sie jetzt mit, aber am Montagmorgen um zehn Uhr hat sie vor dem Gerichtshof in Shields zu erscheinen. Du bist dafür verantwortlich, daß sie nicht wegläuft, verstanden?«
Cissy nickte stumm.
»Komm mit.« Frau Pain führte Cissy über den Hinterhof zu einer Falltür. Sie schloß die Tür auf, klappte sie hoch und rief in die Dunkelheit hinunter: »He, Bella! Komm herauf!« Wie ein Tier, das aus der Erde auftaucht, kletterte Bella die Leiter empor. Sie zitterte am ganzen Leib, und ihr Gesicht war verweint. Sie blinzelte gegen das Licht, doch als sie Cissy erkannte, stürzte sie mit einem Schrei auf sie zu und klammerte sich an ihr fest.
Cissy beschwichtigte das schluchzende Mädchen: »Schon gut, schon gut.« Ihr Zorn auf Bella war verebbt. Der Anblick des kleinen Geschöpfes, das da aus dem dunklen Keller hervorkroch, brachte Cissy gegen die unmenschliche Grausamkeit der Herrenleute auf. Und was würde das Kind erst in der Besserungsanstalt erfahren! Obwohl Cissy nur eine unbestimmte Vorstellung von der Gesellschaft dort hatte, war ihr klar, daß Bella keineswegs »gebessert« würde. Sie wollte alles tun, um ihre kleine Schwester davor zu bewahren.
Die Wirtschafterin erlaubte ihnen nicht, das Haus nochmals zu betreten, sondern trug dem Küchenmädchen auf, Bellas Sachen zu holen. Cissy sonderte den spitzenbesetzten Unterrock und die Brosche aus. »Das braucht sie nicht mehr«, sagte sie brüsk, »soll es haben, wer will.« Der Hof verschwamm vor ihren Augen, als sie aufbrach, und Frau Pains Stimme tönte wie aus weiter Ferne: »Nicht vergessen, Montag um zehn Uhr im

Gerichtssaal...« Bella weinte bitterlich und hielt sich an Cissys Rock fest.
Zweimal fühlte sich Cissy auf dem Heimweg einer Ohnmacht nahe; das erstemal blieb sie stehen und bat Bella, das Kind zu halten. Das zweitemal mußte sie sich beim Aufstieg zur Höhle auf einen Felsblock setzen. Hier saß sie mit hängendem Kopf, als Cunningham gerade des Weges kam.
Er beugte sich über sie. »Kann ich dir helfen?«
»Nein, danke, mir fehlt nichts«, murmelte sie. »Es ist nur die Kälte.«
Er blickte auf das verweinte Gesicht des kleinen Mädchens, das sich an Cissy drängte, und sagte: »Macht, daß ihr ins Warme kommte. Ihr könnt euch ja den Tod holen.«
Da sie beim Aufstehen schwankte, streckte er die Hand aus und stützte sie. In der Höhle nahm er ihr das Kind ab und legte es in den Korb. »Laßt eure Schwester jetzt in Ruhe«, gebot er den Kindern, »sie fühlt sich nicht gut.«
Cissy setzte sich erleichtert. Sie schaute zu Cunningham auf. »Vielen Dank für Ihre Hilfe«, sagte sie.
Er verstand, daß er entlassen war, aber ohne seine Botschaft ausgerichtet zu haben, konnte er nicht gehen. Er bedauerte, daß es gerade jetzt sein mußte; doch Lord Fischel wollte die Entscheidung.
Lord Fischel war offenbar von dem Gedanken besessen, seinen Enkelsohn im Schloß aufzuziehen. Er hatte sogar schon den Flügel mit dem Kinderzimmer neu herrichten lassen. Mit guten oder schlechten Mitteln würde er das Kind in seine Gewalt bekommen, darüber war sich Cunningham im klaren.
Um Cissy Zeit zur Erholung zu lassen, knüpfte er ein Gespräch an. »Du bist zu weit gelaufen. Warst du in Brockdale?«
Sie schüttelte den Kopf. »Nein, in Shields.«
»In Shields? Das ist ein weiter Weg, noch dazu bei diesem Wind.« Er warf einen Blick auf Bella, die er noch nie zuvor gesehen hatte; die Ereignisse mußten irgendwie mit ihr zusammenhängen. »Ist das eine Schwester von dir?«
Bella ließ den Kopf hängen, und Cissy erklärte widerstrebend:

»Sie war im Dienst. Ich...ich mußte sie nach Hause holen.«
»Ach!«
Cissy betrachtete den Mann. Er war außer dem Pfarrer der einzige Mensch, der Anteil an ihrem Schicksal zu nehmen schien. Zweifellos kannte er sich in den Gesetzen aus. Sie wollte ihm von Bella erzählen, sie mußte jemandem ihr Herz ausschütten. Sie schickte die Kinder auf den Vorplatz, auch Bella.
Dann bot sie Cunningham einen Stuhl an, und er setzte sich an den Tisch. »Wir sind in Not«, sagte sie geradewegs.
»Das tut mir leid. Darf ich fragen, inwiefern?«
»Bella, meine Schwester, arbeitete bei der Familie Braithwaite in Westoe und...« Cissy schämte sich, kaum hörbar waren ihre Worte: »Sie hat gestohlen.«
»Gestohlen?« wiederholte er entsetzt.
Sie nickte. »Sie wurde durch ein schlechtes Beispiel verführt, soviel ich weiß. Ein älteres Mädchen, mit dem sie die Wäsche besorgte, eignete sich alle möglichen Dinge an und gab ihr ein Taschentuch. Natürlich hätte sie es nicht nehmen dürfen, da sie wußte, daß es dem jungen Fräulein gehörte, aber sie nahm es.« Cissy sagte nicht, daß Bella das Tüchlein ihr gebracht hatte. »Das Mädchen gab Bella noch ein zweites Taschentuch«, fuhr sie fort, »und als man die fehlenden Dinge suchte, fand man ein Taschentuch unter ihrem Bett, und...und deshalb mußte ich hin. Am Montag muß sie um zehn Uhr vor Gericht erscheinen. Was glauben Sie, wird man mit ihr machen?«
Cunningham wollte beschwichtigen und sagen, Bella sei ja noch ein Kind, wahrscheinlich müsse sie für ein paar Wochen in die Besserungsanstalt. Doch da fiel ihm ein, daß sich seine Lordschaft diese Lage zunutze machen könnte. Er nahm an, Cissy würde alles tun, um ihre Schwester vor einer ehrenrührigen Strafe zu bewahren.
Lord Fischel hatte früher dem Magistrat angehört und selbst Recht gesprochen; er wußte in solchen Angelegenheiten Bescheid. Zudem kannte er alle Amtspersonen und stand bei ihnen in hohem Ansehen. Wahrscheinlich konnte er mit einem

Wort an die richtige Adresse die Anklage gegen das Kind niederschlagen, Cunningham wollte ihm die Sache in diesem Sinn unterbreiten. Jetzt aber bereitete er seinem Herrn den Weg, indem er kopfschüttelnd sagte: »Richter und Magistrate haben große Macht. Oft üben sie ungerecht Justiz und bestrafen ein Vergehen viel zu hart. Du sagst, es waren nur zwei Taschentücher, und das andere Mädchen hat noch weitaus mehr gestohlen, aber ich glaube, sie müssen die Schuld gemeinsam tragen.«

Er verabscheute sich selbst, als er ihr blasses Gesicht sah, und beschämt stand er auf. Er wollte das arme Ding in seinem Kummer schmoren lassen und ihr morgen einen Vorschlag unterbreiten.

»Es tut mir leid, daß ich dir nicht helfen kann«, sagte er, »aber ich habe keine Macht. In einem solchen Fall könnte nur ein Mann wie Lord Fischel etwas ausrichten.«

Er hatte die Saat gesät und verabschiedete sich. Als letztes sah er, wie Cissy das schlafende Kind im Korb betrachtete.

In der Nacht fror es, so daß die nassen Hänge zu Eisbahnen wurden, auf denen die Kinder fröhliche Rutschfahrten veranstalteten. Nur Bella nahm daran nicht teil; sie saß beim Feuer und nähte an zwei Mehlsäcken. Das Werk ging jedoch nicht gut vonstatten; immer wieder ließ sie die Hände ruhen, und wenn sie angesprochen wurde, brach sie in Tränen aus.

In der Nacht hatte sie geschrien und Cissy, die ihr gut zuredete, schluchzend gefragt: »Was wird man mit mir machen, Cissy? Wohin werden sie mich schicken?«

Heute war Donnerstag, es blieben also noch drei Tage bis zur Entscheidung. Cissy gingen wirre Gedanken durch den Kopf, und wäre sie von Frau Pain nicht gewarnt worden, hätte sie Bella irgendwo versteckt. So wußte sie, daß man sie zur Verantwortung ziehen würde. Sie wollte kein Unrecht begehen und nicht riskieren, ins Gefängnis zu kommen. Alle ihre Anstrengungen wären vergebens gewesen.

Sie hegte keine Hoffnung, die Richter würden Bellas Alter

berücksichtigen. Mit acht Jahren könne man Recht von Unrecht unterscheiden, würde es heißen. Im vorigen Jahr war ein Mann gehängt worden, weil er ein Schaf gestohlen hatte, und zwei Wilddiebe hatte man zu fünf Jahren Gefängnis verurteilt.

Wenn Cissy nur einen Menschen gehabt hätte in dieser schwierigen Lage... An Pfarrer Hedley konnte sie sich nicht wenden; er befaßte sich mit Sünden, und seiner Ansicht nach mußte jede Sünde bestraft werden. Sie brauchte einen Menschen wie Matthew. Er hätte ihr sicher helfen können. Wenn Jimmy am Sonntag kam und Matthew tags darauf den Vorfall erzählte, war es zu spät. William konnte sie wegen Rosa nicht beauftragen, Matthew einzuweihen; William war nicht so klug wie Jimmy. Die Sorgen machten Cissy ganz krank.

Der Mann kam, als sie den Kindern gerade das karge Essen ausgeteilt hatte. Sie freute sich über sein Kommen. Trotz ihrer Angst erschien er ihr als Freund. »Könnte ich wohl mit dir allein sprechen?« fragte er. »Vielleicht machen wir einen Spaziergang, wenn es dir nicht zu kalt ist?«

Sie runzelte die Stirn und überlegte. »Gut. Ich hole schnell mein Tuch.«

Nachdem sie sich von der Höhle entfernt hatten, blieb Cunningham stehen. »Deine Notlage gab mir sehr zu denken, und ich nahm mir die Freiheit, mit seiner Lordschaft darüber zu sprechen. Wie du weißt, haben nur Leute wie er die Macht, den Lauf des Gesetzes zu ändern. Also...« Er rieb sich die Hände und schien auf ein hilfreiches Stichwort zu warten, doch als sie schwieg, ohne die Augen von ihm zu wenden, fuhr er fort: »Lord Fischel meint, er könnte Herrn Braithwaite dazu bringen, die Anklage gegen deine Schwester fallenzulassen, aber...aber er wünscht dafür eine Gefälligkeit deinerseits. Ich brauche wohl nicht zu sagen, was er zum Entgelt von dir erwartet.«

Sie raffte das Tuch enger um sich; ihre Finger bohrten sich in ihren Hals. Langsam schüttelte sie den Kopf, aber nicht ablehnend, sondern eher in trostloser Verwunderung. Die Saat war

über Nacht aufgegangen, und ein giftiges Gewächs hatte sich entwickelt. Wie um sich zu verteidigen, streckte sie abwehrend die Hände aus und rief: »Nein, ach nein!«
Cunningham stand reglos mit gesenktem Kopf. »Ich habe mein möglichstes getan«, sagte er betrübt. »Ich wollte dir nur helfen. Seine Lordschaft läßt dir sagen, wenn du einwilligst, bleibt das Angebot bestehen. Du bekommst jede Woche fünfundzwanzig Shilling, solange das Kind bei ihm bleibt.« Er wandte sich ab, um zu gehen. »Viel Zeit bleibt dir nicht mehr. Wenn deine Schwester am Montag nicht vor Gericht kommen soll, muß seine Lordschaft die Räder morgen in Bewegung setzen. Du brauchst nur ins Schloß zu kommen. Die Pförtner bei beiden Toren werden dich einlassen.«
Vorsichtig stieg er über den vereisten Boden zum Pfad hinunter. Seine Schultern waren gebeugt, und die ganze Gestalt drückte eine Traurigkeit aus, die sie selbst tausendfach empfand.

Wieder weinte Bella in dieser Nacht. Cissy stand auf und schüttelte sie: »Hör auf! Willst du wohl aufhören!«
Bella klammerte sich an sie. »Ich habe Angst! O Cissy, ich habe solche Angst!« stieß sie schluchzend hervor.
Cissy streichelte ihre Hand. »Schlaf weiter«, sagte sie leise, »es wird alles gut werden. Mir wird schon etwas einfallen.«
Bella fühlte sich getröstet, denn zum erstenmal hatte Cissy angedeutet, sie werde eingreifen, und wie die anderen Geschwister glaubte Bella, daß ihre große Schwester stets alles zum Guten wenden könnte.
Es regnete, als Cissy am folgenden Tag mit dem Kind in den Armen die Höhle verließ. Die Tropfen trafen ihr Gesicht wie Eiskügelchen, und der Wind schlug ihr das Schultertuch von hinten über den Kopf.
Sie begab sich zum Nordtor, weil dieser Eingang näher lag. Der Pförtner ließ sie wortlos durch. Die Stelle, wo sie damals die Mauer überklettert hatte, ließ sie bewußt werden, daß jener Vorfall die Ursache ihres heutigen schweren Ganges war. Sie

ging durch den Park, bis sie das Schloß gewahrte. Die Aufseher und Gärtner hielten sie nicht an. Über eine Freitreppe gelangte sie zu einem messingbeschlagenen Eichenportal. Hier zog sie am Glockenstrang.

Ein Diener in brauner Livree öffnete die Tür. Er musterte sie und trat beiseite. Auch er sprach sie nicht an, so daß sie beim Betreten der Halle zu träumen glaubte. Gleich werde ich aufwachen, dachte sie, und alles wird gut sein.

Die Pracht ringsum verstärkte den Eindruck des Traumhaften. Der Diener führte sie durch einen Flur zu einer Tür, wo er anklopfte. Und dann befand sie sich in einem Raum, der nur Bücher zu enthalten schien.

Als sich die Tür hinter ihr geschlossen hatte, erhob sich Lord Fischel aus seinem Schreibtischsessel und kam auf sie zu. Cissy wußte nicht, daß dies ebenso ungewöhnlich war wie die Tatsache, daß er sie zum Platznehmen aufforderte. Sie wußte auch nicht, daß er diesen Augenblick als den aufregendsten in seinem Leben betrachtete und vor innerer Spannung bebte.

Nach Cunninghams Berichten sollte die Mutter seines Enkelsohnes ungewöhnliche Charakterstärke mit Höflichkeit und Güte vereinen, lauter Eigenschaften, die er seinem eigenen Stande vorbehalten glaubte. Er hatte sich diese Beschreibungen mit leichter Verwunderung angehört.

Obwohl er es gewöhnt war, das Wort zu ergreifen, fiel es ihm jetzt schwer, den Anfang zu machen. Er kehrte zu seinem Sessel zurück, um Sicherheit zu gewinnen, ergriff seine Feder und schrieb das Datum auf ein Stück Papier: »Samstag, den 5. Dezember 1833.« Schließlich sagte er, ohne aufzublicken: »Wie ich höre, ist deine Schwester in Schwierigkeiten geraten?«

Wie aus weiter Ferne hörte sich Cissy antworten: »Ja.«

»Sie war bei Herrn Braithwaite in Westoe in Stellung?«

»Ja.«

»Nun, du brauchst dich wegen dieser unglückseligen Angelegenheit nicht mehr zu sorgen. Ich habe mich schon mit Herrn Braithwaite in Verbindung gesetzt, und er hat sich bereit erklärt, die Anklage fallenzulassen.«

Sie bedankte sich nicht, sondern drückte das Kind enger an sich. Vielleicht hielt sie es allzu fest, denn es begann zu wimmern. Das brachte Lord Fischel auf die Füße; er ging um das Pult herum. »Darf ich ihn sehen?« fragte er.

Sie schlug die Tücher zurück, worauf der Kleine mit den Händchen fuchtelte, als freute er sich seiner Freiheit. Er staunte in das Gesicht über ihm, und plötzlich lächelte er.

Lord Fischel fühlte sich in der Kehle beengt; er mußte sich räuspern, bevor er sprechen konnte. »Du brauchst dich seinetwegen nicht mehr zu sorgen«, sagte er freundlich. »Glaube mir, ich kann mir vorstellen, wie dir zumute ist. Aber er ist mein Enkel, und ich wünsche, daß er bei mir aufwächst.« Es entstand eine Pause, dann fuhr er fort: »Laut Vereinbarung erhältst du von heute an jede Woche fünfundzwanzig Shilling. Hast du noch irgendeine Frage?«

Sie schüttelte den Kopf, obwohl sie gern gefragt hätte, ob sie ihr Kind jemals wiedersehen könne. Sie wußte ja, was geschehen würde: Sobald sie ihren Sohn nicht mehr in den Armen hielt, war er ihr für immer genommen. In dieser Festung war er von unzähligen Menschen umgeben, die eine Annäherung verhindern würden.

Lord Fischel hatte sie eigentlich bitten wollen, eine Art Vertrag mit einem Kreuz zu unterzeichnen, aber da er ihr den inneren Kampf anmerkte, wollte er auf diese endgültige Vereinbarung lieber verzichten. Er läutete, und als Hatton erschien, ersuchte er ihn, seine Frau herzuschicken.

Mrs. Hatton kam bald darauf, und mit einer Handbewegung bedeutete ihr Lord Fischel, das Kind an sich zu nehmen.

Als sie sich mit ausgestreckten Händen bückte, schnitt ihr der Blick der jungen Mutter ins Herz, und es schien ihr, als würde das Kind festgehalten. Aber sie faßte kräftig zu.

»Kann ich bitte das Tuch behalten?« bat Cissy leise.

»Selbstverständlich.« Lord Fischel dachte im stillen, daß ein Gegenstand weniger verbrannt werden mußte, und er sah wohlgefällig zu, wie sie das farbige Tuch sorgsam zusammenlegte. Die Ungeduld trieb ihn, Cissy loszuwerden, weil er das

Kind näher betrachten und selbst in den Armen halten wollte. »Bevor du gehst«, sagte er, »mußt du etwas zu dir nehmen. Hatton wird dich in die Küche führen.«
Während Mrs. Hatton mit dem Bündel hinausging, läutete er abermals und gab dem Diener den Auftrag, Cissy etwas zu essen vorzusetzen.
Cissy stand auf, und im selben Augenblick hatte sie das Gefühl, im Erdboden zu versinken. »Alles für zwei Taschentücher!« schrie sie. Ein gähnendes Loch tat sich vor ihr auf, und sie fiel hin. Sie spürte den verzweifelten Wunsch, Lord Fischel mit in das schwarze Loch zu ziehen.
Zwei Stunden später hielt der Wagen auf dem Weg unterhalb der Höhlenwohnung. Cunningham half Cissy beim Aussteigen und führte sie hinauf. »Sorg für deine Schwester«, trug er dem ältesten Mädchen auf, »sie fühlt sich schlecht und braucht Ruhe.« Er klopfte Cissy mitleidig auf die Schulter und ging.
Die Kinder umringten Cissy. Sie spürten, daß etwas Furchtbares geschehen war, aber nur Annie, die noch keine Hemmungen kannte, wagte zu fragen: »Wo ist Richard? Wo hast du ihn?«
Cissy gab keine Antwort. Sie starrte auf ihre Faust, öffnete sie langsam, und da lagen auf dem Handteller fünf goldene Sovereigns, von den Kindern mit ungläubigem Staunen betrachtet.
Cissy wurde von bösen Erinnerungen gequält. »Wenn Joe den Kniff erst heraus hat, bekommst du so viel Kaninchenfleisch, daß du nichts mehr davon wissen willst«, hörte sie Jimmy sagen.

8

Matthew erfuhr sehr bald, daß Cissy Brodie ihr Kind in Schloß Houghton abgeliefert hatte, und zwar durch den Müllerburschen Straker, der allwöchentlich Mehl hinzubringen pflegte. Straker konnte es kaum erwarten, bis William mit einem Auftrag weggeschickt wurde, so sehr brannte er darauf, seinem Meister die Neuigkeit zu erzählen.

Matthew lud gerade Säcke auf einen niedrigen Rollwagen. Mit dem Sack auf der Schulter ging er von der Waage zum Karren, da vernahm er Strakers Stimme: »Das ganze Schloß redet nur noch davon. Gestern vormittag brachte sie das Kind, und kaum hatte sie es abgeliefert, da fiel sie vor seiner Lordschaft in Ohnmacht. Es soll schon wochenlang darüber verhandelt worden sein. Der Kammerdiener war der Vermittler. Seine Lordschaft hatte längst alles vorbereitet, um das Kind bei sich aufzunehmen. Niemand weiß, warum sie es plötzlich hergegeben hat. Wahrscheinlich wollte sie bloß den Preis erhöhen und ließ ihn deshalb so lange zappeln. Sie soll eine ganz schöne Summe erhalten haben, und sie wurde im Wagen nach Hause gebracht.«

Matthew warf den Sack mit solcher Wucht ab, daß der Karren knackte. Er fuhr aber mit seiner Arbeit fort, denn erst, wenn er damit fertig war, konnte er gehen. Es war vereinbart worden, daß er morgens immer bis halb zehn in der Mühle half; danach durfte er sich seiner Wagnerei widmen. Diese dreistündige tägliche Arbeit wurde als Entgelt für seinen Anteil an der Mühle verbucht. So großmütig und leutselig Müller Watson auch zu sein schien, als Geschäftsmann wußte er seinen Vorteil zu wahren.

Matthew putzte seine Stiefel gründlich ab, bevor er die Küche betrat. Rosa stand beim Tisch und strich Butterbrote. Sie sah Matthew erst an, als sie ihm einen Becher Tee und einen Teller mit Butterbroten vorsetzte. »Sie hat also ihr Kind verkauft?« sagte sie.

Da er keine Antwort gab, beugte sie sich über den Tisch. »Hast du nicht gehört? Ich sagte, sie hat also ihr Kind verkauft. Für eine schöne Summe, soviel ich weiß. Warum machst du ein so entsetztes Gesicht, wenn du sicher bist, daß es nicht von dir ist? Du sagtest doch, es wäre nicht von dir. Sagtest du nicht, du wüßtest nicht, von wem es ist...von dir, von ihm oder von wem sonst?«

Weiter kam sie nicht, denn Matthew warf den Becher durch die Luft, und der Tee ergoß sich über ihre Hand. Er war aufge-

sprungen und hielt sich am Tischrand fest. »Ich sage dir nochmals, es ist nicht von mir, aber bei Gott, wenn ich gewußt hätte, was ich jetzt weiß, dann wäre es von mir gewesen ... Hörst du mich? Es wäre von mir gewesen!«
»Ich werde Vater sagen, daß du mir gegenüber nicht deine Pflicht tust«, fauchte sie ihn an.
»Tu was du willst.« Er wandte sich ab.
»Wohin gehst du?«
»Es wird Zeit für mich. Ich habe meine Arbeit getan.«
»Du weißt, was ich meine, Matthew! Du weißt es genau!«
Ja, er wußte, was sie meinte. Sie war seine Frau, und er fühlte sich schuldig. Aber er konnte es nicht ändern. Er hatte es versucht, er hatte sich bemüht; aber er konnte ihr nicht geben, was sie begehrte. Nach der ersten Woche schon stieß ihr Anblick ihn im Bett ab. Aber er schwieg und schob die Schuld sich selbst zu.
»Wenn ich es meinem Vater sagte, würde er dich entlassen«, fuhr sie fort. »Es besteht keine schriftliche Abmachung, er könnte dich jederzeit deinem schlechtgehenden Geschäft überlassen. Und dann müßtest du mich aus deiner eigenen Tasche erhalten. Außerdem würde er William auf die Straße setzen, jawohl, das würde er tun.«
Matthew lachte freudlos. »Das wäre für sie jetzt nicht weiter schlimm, nachdem sie ihr Kind gut verkauft hat.« Aus Bitterkeit wurde er grausam. »Wenn man bedenkt, daß ich dich geheiratet habe, weil sie ihre Geschwister nicht bei sich behalten konnte...«
Er ertrug ihren tiefverletzten, bösen Ausdruck nicht und stampfte hinaus, ohne einen Bissen zu sich genommen zu haben. In aller Eile spannte er das Pferd an und fuhr davon. Daß er mit dem Müller kein Wort gesprochen hatte, war nicht weiter ungewöhnlich; aber daß der Müller kein Wort zu ihm gesagt hatte, das war ungewöhnlich.
Matthew fuhr nicht nach Hause, sondern schlug den Weg zu den Bergen ein. Je weiter er kam, desto trostloser wurde die Landschaft. Kalt und trostlos war es auch in seiner Seele.

Als er den Hang zu Fuß erklomm, wurde ihm noch schwerer ums Herz, und nur zögernd klopfte er an. Cissy machte ihm auf; sie war überrascht, verbarg aber ihre Enttäuschung nicht. Seinen Gruß gab sie nicht zurück, aber sie trat beiseite und ließ ihn ein. Die Kinder – außer Sarah und Bella - drängten sich um ihn. Sarah mochte ihn nicht mehr, weil er die Müllerstochter und nicht Cissy geheiratet hatte; und Bella war noch immer eingeschüchtert und vermochte es nicht zu fassen, daß sie der Besserungsanstalt entgangen war.
Cissy kniete vor dem Feuer und legte Kartoffeln in die Glut. Ihr Herz schlug heftig. Zum erstenmal sah sie Matthew seit seiner Verheiratung. Als an der Tür geklopft wurde, dachte sie an Cunningham, der gekommen wäre, sie ins Schloß zu holen, weil Richard unaufhörlich weinte. Die ganze Nacht hatte sie gebetet, er solle aus Sehnsucht nach ihr weinen. Sie hatte sechs Kinder um sich, für die sie sorgen mußte, aber ohne Richard schienen sie ihr fremd. Sie hoffte, dieses Gefühl würde vergehen, so daß sie ihre Geschwister wieder lieben konnte wie vor dem Gang zum Schloß.
Obwohl ihr Herz heftig schlug, freute sie sich nicht über das Wiedersehen mit Matthew. Er stand jetzt neben ihr, aus den Augenwinkeln sah sie seine Stiefel. Als er fragte, ob sie einen Augenblick mit ihm hinausgehen könne, setzte sie sich auf die Fersen, klopfte die Asche von den Händen und sagte: »Nein.«
Eine Weile herrschte Stille. Dann drängte Sarah die Kinder in die Höhle, obwohl Annie widersprach, sie wolle im wärmeren Vorraum bleiben.
Matthew setzte sich neben Cissy. »Ich hörte es vorhin, und ich bedaure es«, sagte er leise.
Sie preßte die Hände zwischen die Knie und schaukelte sachte vor und zurück.
»Was hat dich dazu veranlaßt? Wenn du in Bedrängnis warst, hättest du mir durch William Bescheid geben können. Du weißt doch, daß ich dich nicht im Stich gelassen hätte.«
Sie schaukelte weiter.
»Cissy!« Er packte sie an den Schultern. »Du darfst mir nicht

böse sein. Ich mußte so handeln. Und wenn es dir eine Genugtuung ist, so wisse, daß ich jetzt schwer dafür bezahle.«
Ihre Augen füllten sich mit Tränen, die langsam über die Wangen rannen. Matthew kniete vor ihr und ergriff ihre Hände. »Könntest du dein Kind nicht zurückholen?« fragte er sanft.
Sie schüttelte den Kopf.
»Weshalb hast du es überhaupt hergegeben?«
»Wegen Bella«, antwortete sie betrübt. »Sie hat gestohlen und sollte Montag vor Gericht kommen. Man hätte sie in die Besserungsanstalt geschickt. Und der Mann aus dem Schloß ...wochenlang war er hinter dem Kind her, aber ich gab es nicht her. Dann...dann erklärte er mir, Lord Fischel könnte Bella freibekommen, aber er würde es nur tun, wenn ich ihm meinen kleinen Richard gäbe...« Die Tränen erstickten ihre Stimme.
Sie wandte sich dem Feuer zu und drehte die Kartoffeln. »Er hätte Richard sonst auf andere Weise bekommen«, sagte sie seufzend. »Er wäre vor Gericht gegangen, um seinen Anspruch zu erheben.« Sie blickte auf Matthew und ahnte nicht, daß ihre Worte ihn wie Messerstiche trafen. »Ich liebte ihn so sehr, und jetzt fehlt er mir. Es ist mir, als hätte ich ihn nicht nur fünf Monate gehabt, sondern mein ganzes Leben lang. Nun habe ich nichts mehr, wofür ich lebe.«
In Matthews Gesicht zuckte es. Er hatte das Kind nie gesehen, und im tiefsten Grunde seines Herzens war er froh, daß sie es nicht mehr hatte. Doch ihr Kummer bereitete ihm Qualen. Er hätte sie gerne getröstet, hätte sie am liebsten gestreichelt und an sich gedrückt, begnügte sich aber mit den Worten: »Ich werde dich ab und zu besuchen. Vielleicht wird es spät werden, bis ich fort kann, aber irgendwie wird es mir schon gelingen.«
Ihre Reaktion erschreckte ihn. Sie sprang auf, lief in die Höhle und kehrte mit einem Holzkästchen zurück. Sie öffnete es und schüttelte den Inhalt auf ihre Handfläche: fünf Sovereigns. »Wir brauchen nicht mehr hier zu bleiben, damit könnten wir

eine Wohnung bekommen. Schau, so viel kriege ich jeden Monat, solange Lord Fischel mein Kind hat. Es ist ein Vermögen, nicht wahr?« Ihre Stimme klang bitter, und ihre Augen blickten anklagend.

Um drei Uhr kam William keuchend in die Wagnerei. »Rosa sagt, du sollst sofort kommen«, stieß er hervor, »dem Meister geht es schlecht.«

Im Nu hatte Matthew angespannt, und mit William zusammen fuhr er holterdiepolter zur Mühle.

Der Müller lag auf dem Bett; Rosa saß daneben auf einem Stuhl. Sie sah verweint aus, aber ihre Augen waren trocken. »Er ist tot«, sagte sie zu Matthew. »Er kam herein und beklagte sich über Schmerzen in der Brust. Er könne sie nicht ertragen, sagte er, und legte sich hin...und dann war er auf einmal tot.«

Matthew erschrak. Er betrachtete den Müller, dessen Haare und Gesicht noch weiß von Mehl waren. Er kann doch nicht tot sein, dachte Matthew benommen. Heute morgen war er noch ganz gesund. Da er es nicht zu glauben vermochte, legte er das Ohr auf die mehlbestäubte Brust, aber kein Herzschlag war zu vernehmen. »Ich will den Arzt holen«, sagte er freundlich zu Rosa.

»Dafür ist es zu spät«, erwiderte sie mit belegter Stimme.

»Trotzdem müssen wir ihn kommen lassen. In solchen Fällen ist es wichtig. Komm, setz dich ins Wohnzimmer, ich werde für alles sorgen.«

Fünf Tage später wurde der Müller zu Grabe getragen. Dem Sarg folgte ein großer Trauerzug, denn er war weit und breit beliebt und geachtet gewesen. Nach dem Leichenmahl lungerten die Leute herum, weil sie gern erfahren hätten, was Müller Watson seiner Tochter hinterlassen hatte. Aber der Justitiar verlas das Testament erst, als die Trauergäste gegangen waren. Watson hatte sein Testament vor sechs Jahren aufgesetzt und den gesamten Besitz seiner Tochter vermacht: die Mühle, zwei Morgen Land, sieben Häuser in Shields, mehrere Hütten in

Jarrow und – für Rosa eine Überraschung – die Häuser in Newcastle an der Mosley-Straße, wo das Königliche Theater und das Postamt lagen. Diese drei Häuser stellten einen größeren Wert dar als alles übrige zusammen, und der Justitiar beglückwünschte Frau Turnbull zu ihren günstigen Lebensumständen.

Nach dem Fortgang des Justitiars herrschte Stille im Haus. Matthew nahm eine Laterne und machte einen Rundgang um die Mühle. Dann ging er ums Haus herum und betrachtete die Fassade mit den acht Fenstern, schritt auf den vereisten Wegen das Grundstück ab und begab sich schließlich in das kleine Kontor, wo Watson Rechnungen und Quittungen aufbewahrt hatte sowie eine Kassette, deren Inhalt er vierteljährlich auf der Bank in Newcastle ablieferte. Mit der hochgehobenen Laterne beleuchtete Matthew den Sekretär, den Ledersessel, den leeren Kamin, über dem ein Pfeifenständer hing, und die Wand ihm gegenüber. Sie war frei, wie geschaffen für ein Büchergestell. Hier wollte er seine Bücher unterbringen.

Er war jetzt der Müller, der Hausherr, dem alles unterstand. Er, Matthew Turnbull, war nun ein reicher Mann. Mochte Watson auch alles seiner Tochter vermacht haben, die Tochter war seine Frau, und das Eigentum der Ehefrau ging in den Besitz des Gatten über.

Er stellte die Laterne ab und setzte sich in den Sessel. Die Freude verließ ihn. Im Geiste sah er Cissys Hand mit den fünf goldenen Sovereigns.

Watson war zu spät gestorben.

VIERTER TEIL: Rückkehr

1

»Großvater...«
»Ja, Richard?«
»Du sagtest, mein Vater wäre auf einem großen Schiff...«
»Ja, das stimmt.«
»Wann kommt das große Schiff zurück?«
»Genau weiß ich es nicht, aber bald, sehr bald. Gefällt dir dein neues Schaukelpferd?«
»O ja, Großvater. Schau, ich kann galoppieren. Wann kann ich ein richtiges Pferd bekommen, Großvater?«
»Laß mich überlegen. Wenn du fünf Jahre alt bist, bekommst du ein Pony.«
»Wie lange dauert das noch, Großvater?«
»Nicht lange, zwei Jahre.«
»Zwei Jahre? Wie lang ist ein Jahr, Großvater?«
»Ein Jahr hat dreihundertfünfundsechzig Tage. Wenn du dreihundertfünfundsechzigmal schlafen gegangen bist, ist ein Jahr um.«
»Wann besuchen wir Elizabeth einmal, Großvater?«
»Vielleicht nächste Woche.«
»Elizabeth hat eine Mutter und einen Vater. Wo ist meine Mutter, Großvater?«
Lord Fischel holte tief Atem. Diese Frage hatte er schon lange erwartet. Vielleicht war es unklug gewesen, Bellinghams Tochter mit ihrem Kind herkommen zu lassen, aber die Höflichkeit hatte es geboten. Sie weilte bei ihrem Vater zu Besuch, und da ihr Töchterchen Elizabeth im gleichen Alter war wie Richard, wurde die Kleine mit eingeladen. Nach ihrem Besuch hatte Richard wenig über Elizabeth gesprochen, um so mehr aber über ihre Eltern, besonders über ihre Mutter.
Er streckte die Arme aus, um sich vom Schaukelpferd helfen zu

lassen. »Nannie ist nicht meine Mutter, nicht wahr, Großvater?«
Lord Fischel hielt ihn eine Weile in den Armen und betrachtete sein Gesicht. Dieses Kind hatte ihm neues Leben geschenkt, neue Anteilnahme und eine Liebe, die er nie zuvor empfunden. Es war die Liebe, wie sie ein Vater dem eigenen Sohn entgegenbrachte.
Das Kind sah unverkennbar wie ein Fischel aus. Aber dem Wesen nach war es kein Fischel, denn es hatte ein frohes, warmherziges, liebevolles Gemüt. Er erlaubte sich nie, darüber nachzusinnen, woher es diese Eigenschaften hatte, oder gar an die Mutter in der Felsenhöhle zu denken. Früher hatte er sich daran gestoßen, daß sie dort geblieben war, obwohl sie mit den Alimenten, die sie von ihm erhielt, eigentlich eine bessere Wohnstätte hätte finden können. Wenigstens hatte sie nie versucht, den Handel rückgängig zu machen. Darauf wäre er ohnehin nicht eingegangen. Das Kind gehörte ihm und sollte ihm immer gehören; dafür bürgte ihre gegenseitige Zuneigung und Liebe.
Richard betupfte den weißen Schnurrbart des Großvaters.
»Sag doch, wo ist meine Mutter?«
Wie sollte er diese Frage beantworten? Er stellte den Kleinen auf den Boden und nahm ihn an der Hand. »Komm mit, Richard!«
»Gehen wir in den Park, Großvater?«
»Nachher, erst möchte ich dir ein Bild zeigen.«
»In einem Buch?«
»Nein, es hängt an der Wand.«
Er führte seinen Enkelsohn in den ehemaligen Festsaal und deutete auf ein grosses Bild. »Siehst du die Gestalten mit den Flügeln? Das sind Engel, und sie leben im Himmel. Den Himmel kennst du doch, nicht wahr?«
»O ja.« Richard wandte den Blick zum Fenster. »Da draußen ist der Himmel.«
»Und erinnerst du dich an deinen kleinen Hund, der gestorben ist und den wir zusammen begraben haben?« »Ja, Großvater.«

»Wenn die Menschen sterben, kommen sie in den Himmel und werden Engel. Deine Mutter ist gestorben, und nun ist sie ein Engel im Himmel.«
Das Kind legte den Kopf zurück und betrachtete aus weitgeöffneten braunen Augen die Auferstehung Christi. Es stieß einen langen Seufzer aus. »Werde ich sie niemals sehen?« fragte er leise.
»Nein, Richard, erst wenn du selbst in den Himmel kommst, und das wird noch sehr, sehr lange dauern.« Lord Fischel zog sachte an der kleinen Hand. »Nun komm. Du mußt noch deine Milch trinken, bevor wir ausfahren. Es ist schon elf Uhr.«
»Bitte, Großvater, laß uns die Schiffe ansehen, ja?«
»Gut, wenn du willst.«
Lord Fischel überließ Richard der Kinderfrau und trug ihr auf, ihn für die Ausfahrt umzuziehen.
Gleich darauf erschien Hatton mit einem grossen Umschlag. »Ein Kurier aus Newcastle hat diesen Brief gebracht, Mylord.«
Es geschah öfter, daß ein Kurier Post aus Newcastle brachte, meistens geschäftliche Nachrichten, doch sowie Lord Fischel diesen Brief in der Hand hielt, ahnte er Unheil. Rasch begab er sich ins Herrenzimmer und setzte sich ans Pult.
Er hatte die Handschrift auf dem Umschlag nicht erkannt, doch als er die Anrede »Mein lieber Schwager« las, wußte er Bescheid. Seine Gesichtszüge spannten sich.
Der Brief enthielt die Mitteilung, daß seine Schwester gestorben war. Man hoffe, er könne rechtzeitig zum Begräbnis erscheinen. Am Schluß stand der Satz: »Zweifellos wirst Du Isabelles Zukunft besprechen wollen.«
Auf den Brief starrend, dachte Lord Fischel nicht an seine Schwester Anna, sondern an Isabelle. Und wenn sie darauf bestand, heimzukehren? Bisher hatte er die Augen vor dieser Möglichkeit verschlossen, denn der Gedanke an ein Zusammenleben mit ihr war ihm unerträglich. Er durfte hoffen, daß sie sich inzwischen gebessert hatte, aber gleichviel, jetzt, da er für seinen Enkelsohn lebte, wünschte er ihre Anwesenheit nicht.

In den letzten drei Jahren hatte er mehr Freude erlebt denn je zuvor. Nicht nur er war duch das Kind verwandelt worden, sondern bis zum geringsten Bedienten schienen alle glücklicher, heiterer zu sein. Das lag nicht nur an der äußeren Umgestaltung und der neuen Einrichtung, sondern am Wesen des Kindes. Wie würde Isabelle den kleinen Jungen beeinflussen, welche Wirkung er auf sie haben?
Er gestand sich in diesem Augenblick ein, daß er gehofft hatte, Isabelle würde in ihrer jetzigen Umgebung eine Verbindung eingehen – mit wem, das kümmerte ihn nicht weiter, da er sich auf die strengen Ansichten seiner Schwester verließ. Die neue Lage kam unerwartet und beschwor lästige Sorgen herauf.
Er hatte eigentlich mit einer Nachricht von der »Virago« gerechnet. Als letztes war vor Monaten der Bescheid eingetroffen, das Schiff befinde sich auf dem Wege nach Indien. Er wußte, daß Clive eines Tages zurückkehren würde. Die Heimkunft seines Sohnes war teilweise erwünscht, weil Clive bestimmte Papiere unterzeichnen sollte, damit Lord Fischels Enkel rechtmäßiger Erbe der Besitztümer und des Titels wurde.
Jetzt aber stand ihm die lange Reise nach Schottland bevor, und er befürchtete, auf der Rückfahrt die Gesellschaft seiner Tochter erdulden zu müssen.

Es war zwei Wochen später, an einem warmen, stillen Tag Anfang August. Die Kinderfrau spielte mit Richard Verstekken. Das Spiel gestaltete den langweiligen Spaziergang durch den Park etwas munterer; aber sie achtete stets darauf, nicht über die Stelle hinauszugelangen, wo das wirre Dickicht begann. Es war ihr verboten, mit dem Kind den Weg zum Nordtor zu betreten.
Auch heute befolgte sie die Anordnungen genau, obwohl sie sicher war, vom Observatorium auf dem Dach des Ostflügels nicht beobachtet zu werden, weil Lord Fischel und Cunningham verreist waren. Doch als sie mit ihrem Schützling den terrassierten Rasen vom Garten her hinaufstieg, rollte eine

Droschke heran und hielt vor dem Schloßportal. Richard, der hinter dem Fenster das Gesicht des Großvaters erspäht hatte, riß sich von der Hand der Kinderfrau los und rannte zu dem Wagen. Er stürzte auf Lord Fischel zu. »Großvater, o Großvater!« rief er. »Wo warst du? Du warst so lange fort!«
Lord Fischel nahm ihn wortlos bei der Hand und zog ihn beiseite, und da sah das Kind, daß der Kutscher einer Dame aus der Droschke half. Sie blieb einen Augenblick stehen, betrachtete das Schloß und dann das Kind. Sie war groß, hatte dunkle Augen und ein bleiches, scharfgeschnittenes Gesicht. Sie lächelte nicht, aber er lächelte zu ihr auf, und nach einem Blick auf den Großvater tat er, was er erziehungsgemäß zu tun hatte, wenn Besuch kam: Er trat auf sie zu, verbeugte sich vor ihr und sagte: »Guten Tag.« Er erwartete die freundliche Begrüßung, die ihm daraufhin immer zuteil wurde, aber diese Dame streichelte ihn nicht, kein Wort gönnte sie ihm, sondern wandte sich ab und stieg mit raschelnden Röcken die Freitreppe empor.

Das Essen war aufgetragen, die Diener hatten sich entfernt, und sie waren allein wie in der Postkutsche. Lord Fischel legte die Hände neben seinen Teller und neigte sich ein wenig vor. »Dieses trotzige Schweigen wird dir nichts nützen, Isabelle«, sagte er.
Ihre Augen blitzten, aber sie antwortete ruhig: »Worüber soll ich denn reden?«
Er nagte an der Unterlippe, doch sie beachtete dieses Zeichen des Unmuts nicht. »Du mußt verstehen, daß ich es verlernt habe, Konversation zu machen. Ich kann mit dir über jede Bibelstelle diskutieren... nein, das stimmt nicht, nicht über jede. Das Hohelied Salomonis las Tante Anna niemals vor. Sie hätte es nicht über sich gebracht, laut zu sagen: ›Er küsse mich mit dem Kuß seines Mundes, denn deine Liebe ist lieblicher...‹«
»Schweig, Mädchen! Wie kannst du dich unterstehen!«
»Ich unterstehe mich, Vater.« Sie beugte sich zu ihm vor und

verbarg ihre Wut nicht. »Auf etwas möchte ich dich gleich aufmerksam machen: Ich bin kein Mädchen mehr, ich bin eine Frau. Ich bin zum Wohle meiner Seele mit der Bibel gefüttert worden, und die Nahrung, die mein Körper erhielt, hätte dein Küchenmädchen dir ins Gesicht geworfen. Ich schulde dir nichts, weder Achtung noch sonst etwas, denn du hättest mich dort oben verfaulen lassen, wäre Tante Anna nicht gestorben. Du hast mich dorthin geschickt, um meine Seele zu retten, aber daß mein Körper Schaden nehmen könnte, hast du nicht bedacht. Vor dir tat Tante Annas Mann so, als wäre er froh, mich loszuwerden, aber in Wirklichkeit sehnt er sich jetzt das Herz aus dem Leibe nach mir. Ich war nämlich eine große Versuchung für den Onkel...«

»Verlaß den Tisch!«

Sie blickten einander haßerfüllt an.

»Hast du gehört?«

Isabelle schob den Stuhl zurück und erhob sich langsam. »Was hast du mit mir vor?« fragte sie spöttisch lächelnd.

»Verlaß gefälligst das Zimmer!« stieß er hervor.

Mit hocherhobenem Kopf ging sie hinaus. Als sich die Tür hinter ihr geschlossen hatte, verbarg Lord Fischel das Gesicht in den Händen.

Isabelle ging, ohne einen Blick nach rechts oder links, in ihr Zimmer hinauf. Es war ihr altes Zimmer, aber nicht mehr langweilig und düster, sondern hell und freundlich mit grünen Vorhängen, mattgrauer Tapete und rosa Bettüberwurf. Vor vier Jahren hätte sie sich an dem Zimmer gefreut, jetzt betrachtete sie es kaum, denn im Geiste weilte sie immer noch in dem grauen Haus auf der Insel, wo Gottesfurcht und Haß walteten. Sie haßte Onkel und Tante; die Tante ihrerseits haßte sie, weil ihr Mann die Nichte begehrte, wollte aber auf das Geld nicht verzichten, das die Pensionärin ihr einbrachte. Der Onkel hätte sie am liebsten bei sich behalten, und nur die Drohung, sie werde ihn bei den harten, puritanischen Gemeindemitgliedern anschwärzen, bewirkte, daß er ihren Vater bat, sie nach Hause mitzunehmen. Und jetzt stellte sie sich die Frage, was aus ihr werden sollte. Nach London, um dort einen Mann zu suchen? Sie wußte selbst, daß sich so leicht kein Mann bereit fand, sie zu heiraten. In den vier Jahren strenger Einsamkeit war sie noch zügelloser geworden, und sie vermochte ihre Wesensart nicht zu verhehlen. Wußte nicht jeder Bauer, daß man einen Hund nur an die Kette zu legen braucht, wenn er scharf werden soll?

Irgendwie mußte sie sich ihr Leben neu aufbauen. Sie ging zum Fenster und schaute hinaus. Garten und Park waren schöner denn je. Sie wollte wieder reiten. Herrlich, wieder ein Pferd unter sich zu fühlen...

Plötzlich vernahm sie das Lachen eines Kindes. Natürlich, damit mußte sie sich ja auch abfinden – Clives Sohn, die Ursache ihrer Verbannung.

Sie hatte ihren Vater nicht gefragt, wie er dazu gekommen war, das Kind zu sich zu nehmen, obwohl sie niemals von ihm erwartet hätte, daß er diese Frucht einer weinseligen Eskapade unter seine Fittiche nehmen würde. Sie deutete es als Laune und tat es geringschätzig ab.

Es wurde an der Tür geklopft, und auf ihr kurzes »Herein!« erschien eine junge Magd, die schüchtern erklärte, Frau Hatton habe sie geschickt, dem gnädigen Fräulein aufzuwarten, bis eine Zofe käme.

Eine Zofe! Beinahe hätte Isabelle gelacht. Vier Jahre lang hatte sie sich selbst bedienen müssen, sogar ihre Wäsche eigenhändig gewaschen. Schon wollte sie erwidern, sie brauche keine Bedienung, besann sich aber auf ihre Rechte und ließ sich die Haare bürsten. Die Magd richtete ihr aus, um halb sechs werde der Tee im Salon serviert.

Als Isabelle umgezogen und frisiert war, verließ sie ihr Zimmer. Auf dem Flur traf sie den kleinen Jungen mit der Kinderfrau. Sie erstarrte, als er sie am Rock festhielt und eifrig fragte: »Bist du wirklich meine Tante? Nannie sagt, du bist meine Tante. Ist das wahr?«

Welche Antwort sie dem Kind auch geben mochte, im Nu würde sie sich unter dem Gesinde verbreiten. Eines Tages

würde sie hier die Hausherrin sein, und darauf mußte sie jetzt alles abstellen, ganz gleich, wie sie empfand. »Ja, ich bin deine Tante Isabelle«, antwortete sie.
»Oh!« Der Kleine nahm ihre Hand und obwohl sich alles in ihr gegen die warmen Fingerchen auflehnte, mußte sie mit ihm die Treppe hinuntergehen. »Elizabeth hat keine Tante«, plauderte er munter, »sie hat eine Mutter, aber keine Tante. Meine Mutter ist im Himmel bei den Engeln. Großvater hat mir das Bild gezeigt.«
Seine Mutter im Himmel bei den Engeln! Wieder sah Isabelle wie so oft in den vergangenen Jahren die Gestalt des Mädchens vor sich. Immer wenn Haß und Verzweiflung sie übermannten, sah sie das Mädchen, nicht wie es am Boden gelegen, sondern wie es sich gegen sie zur Wehr gesetzt hatte. Seine Mutter im Himmel... Isabelle verwünschte sie in die Hölle, denn sie, nur sie trug die Schuld an allem, was ihr widerfahren war.
Nach dem Tee gingen sie in den Park, Isabelle, Lord Fischel und das Kind. Es belustigte Isabelle, daß sich ihr Vater über die Zuneigung Richards ihr gegenüber wunderte.
Sie ihrerseits wunderte sich über die Veränderungen im Park. Die Wildnis war zum großen Teil gerodet, und die Mauer des nördlichen Teils war sichtbar. Isabelle wollte in diesen Weg abbiegen, aber Lord Fischel hielt sie zurück. »Weiter gehen wir nicht.«
Sie sah ihn fragend an. »Dort ist es zu unübersichtlich«, erklärte er. »Es ist besser, wenn Richard im Freien bleibt.« Er verschwieg ihr seine Befürchtung, die Mutter des Knaben könnte durch die Gitterstäbe des Nordtors spähen, um einen Blick auf ihr Kind zu erhaschen.

2

Im Verlauf der vier Jahre hatte sich die Höhlenwohnung verändert. Sie wurde immer größer, je mehr sich die Familie verkleinerte. Rechts vom Vorraum war ein Anbau mit Holzfußboden entstanden, der als Vorratskammer diente, und auf der linken Seite das sogenannte Blockhaus, das recht geräumig war und eine eigene Tür aufwies.

Cissy hatte nur noch vier Schwestern zu betreuen: die fünfjährige Nellie, die sechsjährige Annie, die neunjährige Charlotte und die zehnjährige Sarah. Joe arbeitete mit William in der Mühle, Jimmy immer noch in der Wagnerei. Vor zwei Jahren hatte sie Mary und Bella in ein großes Haus am Rande von Newcastle in Dienst gegeben. Dort hoffte sie auch Charlotte bald unterzubringen. Bei Sarah machte sie eine Ausnahme, denn Sarah war von zarter Gesundheit und hustete viel.

Die Wohnung war jetzt mit allem Notwendigen ausgestattet, so daß Cissy oft einen Shilling zurücklegen konnte. Manchmal half sie der Familie Taggart im Weiler mit einem kleinen Geldbetrag aus der Not.

Nach dem Tode des Müllers verging fast ein Monat, bevor Matthew sie wieder besuchte. Er kam nicht mit dem Wagen, sondern hoch zu Roß, sogar mit einem Sattel, als Zeichen seines Wohlstandes. Es herrschte bittere Kälte. Cissy und die Kinder saßen dicht ums Feuer, und mit Matthew wurde fast kein Wort gewechselt.

Aber am Abend darauf kam er später, als die Kinder im Bett lagen. Die Kerze war schon fast abgebrannt, als Cissy draußen ein Pferd hörte. Sie erstarrte und wartete auf das Klopfen an der Tür. »Ich muß mit dir sprechen, Cissy«, sagte Matthew. »Ich bin dem Wahnsinn nahe.« Er sah abgehärmt und kummervoll aus.

»Cissy!« Er nahm ihre Hände. »Ich muß dich ab und zu sehen. Das ist alles, nur sehen will ich dich, mit dir sprechen, bei dir sitzen. So...«Er liess sich auf einen Stuhl nieder und wollte sie auf seinen Schoß ziehen.

Sie widersetzte sich. »Nein, nein!« flüsterte sie. »Ich habe genug. Ich ertrage es nicht mehr. Weißt du, daß man mich eine Dirne nennt? Bei dir sitzen soll ich? Jawohl, und wieder ein Kind bekommen? Wenn das geschähe, würde ich mich

umbringen. Hast du gehört? Ich würde mich umbringen!«
»Cissy!« Er sprang auf und faßte sie an den Schultern. »Ich liebe dich, Cissy. Mit jedem Herzschlag liebe ich dich, und ich könnte dir nichts Schlimmes antun. Niemand weiß besser als ich, was du alles zu tragen hattest. Glaub mir, Cissy, ich könnte dich nicht noch unglücklicher machen. Aber... aber ich möchte hin und wieder in deiner Nähe sein, möchte deine Hand berühren. Wenn ich das nicht darf, weiß ich nicht, was aus mir wird. Zu Hause ist alles noch schlimmer, seit der Müller nicht mehr lebt. Sie will unbedingt die Hosen anhaben, und ich bekomme Mordgelüste.«
Er spürte, daß sie weich wurde. »Nur ab und zu, Cissy, wenn es allzu schlimm wird. Es soll nicht zur Regel werden.« Er küßte sie zum Abschied. »Ich gehe jetzt. Hab Dank, Cissy.«
Sie hob den Kopf erst, als er gegangen war, und da verriegelte sie die Tür und lehnte sich daran. Eine neue Sehnsucht war in ihr geweckt worden...

Matthew hielt sein Wort, daß er es nicht zur Regel machen würde. Bisweilen sah sie ihn zwei bis drei Wochen lang nicht, und nie mehr sprach er seitdem von seiner Frau, nur einmal erwähnte er seine veränderten Lebensumstände. Da saß er auf dem Kutschbock, und sie stand auf dem Weg unterhalb der Höhlenwohnung. Er trug Kniehosen, Gamaschen und einen langen Samtrock. »Fährst du nach Shields?« fragte sie. Er schwenkte die Peitsche und antwortete: »Nein, nach Newcastle zu meiner Bank. Ich muss auch zu einer Versammlung der Müller, und ich will mir Bücher holen. Ich bin ja jetzt ein reicher Mann.« Er lachte, aber seine Stimme klang bitter.
Kurz danach erschien Rosa zum erstenmal.
Cissy hielt Waschtag, weil ein starker Wind ging, der die Sachen gut trocknete. Sie bückte sich über den Zuber, als plötzlich eine breite Gestalt die Türöffnung verdunkelte. Die Frau trug einen braunen Umhang und eine schwarze Haube. Cissy erschrak, als sie Rosa erkannte, denn sie dachte, Matthew wäre etwas zugestoßen.

Rosa blickte sich um. »So ist das also«, sagte sie.
Cissy hatte sich wieder gefangen. »Sie wünschen...?«
»Was ich wünsche?« Rosa trat zu ihr. »Ich will meinen Mann wiederhaben. Ich bin gekommen, um dir einen guten Rat zu geben. Wenn du nicht aufhörst, ihn mir abspenstig zu machen, lasse ich dich hier verjagen. Wo ist er? Schläft er sich da drinnen aus?«
»Matthew ist nicht hier.« – »Du lügst!«
Cissy reckte sich. »Schauen Sie doch selbst nach.«
Bevor Rosa der Aufforderung nachkommen konnte, tauchte Matthew plätzlich hinter ihr auf. Cissy faßte sich erschrocken an die Kehle, denn es schien, als wolle er Rosa schlagen. Aber er sagte nur: »Geh nach Hause.«
»Geh du selbst nach Hause!« fuhr ihn Rosa an, ohne sich von der Stelle zu rühren.
»Ich warne dich, Rosa. Vergiß nicht, was ich dir gestern abend gesagt habe. Ich werde es tun. Hast du gehört? Ich habe das Verfügungsrecht über jeden Penny, und ich werde es tun.«
Matthew sprach in einem Ton, den Cissy an ihm nicht kannte.
Rosa preßte die Lippen zusammen, und ihre böse Miene machte sie noch häßlicher. Wortlos ging sie an ihm vorbei und den Hang hinunter zu ihrem Ponywagen.
Matthew sah Cissy verlegen an. »Es tut mir leid«, sagte er, »aber ich kann dir versprechen, daß es nie mehr geschehen wird. Sie wird nie mehr hierher kommen.«
Cissy fühlte sich erleichtert, denn gerade eine Wiederholung des Vorfalls hatte sie gefürchtet. Sie umklammerte seine Hand und beschwor ihn: »Tu ihr bitte nichts, Matthew. Es ist doch nicht ihre Schuld.«
Er lächelte flüchtig. »Ich habe eine andere Waffe – das Geld. Ich habe ihr gedroht, alles zu verkaufen und wegzuziehen. Sie hat nach dem Gesetz keine Befugnis über ihre Erbschaft. Ich bin der Herr über die Mühle und alles übrige, und an der Mühle hängt sie mehr als an...« Er brach ab und fügte nach einer Pause hinzu: »Mach dir keine Sorgen. Du hast sie zum letztenmal gesehen.«

Tatsächlich erschien Rosa nie wieder. Aber auch Matthew kam seltener, manchmal verging ein Monat. Jetzt aber nahm er sie in die Arme, wenn er sie besuchte, und küßte sie, und sie ließ es sich gefallen, weil er alles war, was sie für sich hatte.

Und eines Tages geschah es, daß sie das Kind lachen hörte. Sie war auf der Suche nach Joe. Er zählte schon sechs Jahre und versprach, groß und breit zu werden, so daß er für Kindsräuber weniger in Betracht kam; trotzdem wurde Cissy unruhig, wenn er längere Zeit fortblieb. Obwohl sie jetzt genügend Geld hatte, um Fleisch zu kaufen, stellte er immer noch leidenschaftlich den Kaninchen nach.

Die Sorge trieb Cissy zum Loch in der Parkmauer, und in einiger Entfernung davon hörte sie plötzlich das Kinderlachen. Sie wich zurück, als wäre sie gegen einen Zaun geprallt. Wieder erklang das tiefkehlige, lustige Lachen eines spielenden Kindes. Gleich darauf verlor es sich in der Ferne. Von der Straße zum Nordportal führte eine Spur ins Dickicht an der Mauer. Es hätte eine Fuchsfährte sein können, aber Cissy wußte, daß Joe sie gebahnt hatte. Leise rief sie seinen Namen, erhielt aber keine Antwort. Sie erstieg den nächsten Hügel, von wo sie einen guten Überblick hatte. Da sah sie Joe aus dem Gebüsch hervorkriechen, und sie wurde böse auf ihn. Eilig lief sie den Hang hinunter, schüttelte den Bruder und fauchte ihn an: »Wo warst du die ganze Zeit? Warum kamst du nicht, als ich dich rief?«

»Ich konnte nicht, Cissy. Ich tat es nicht absichtlich. Ganz in meiner Nähe waren Leute mit dem Kind, und ich wagte mich nicht zu rühren.«

»Hast du das Kind gesehen?« fragte sie mühsam.

Er nickte. – »Wie kamst du dazu?«

»Von der Stelle aus, wo meine Falle ist, sieht man einen Teil des Weges. Ich befürchtete schon, sie würden das Loch in der Mauer entdecken; aber sie kehrten glücklicherweise um.«

»Hast du das Kind schon früher gesehen?«

»Ja.«

»Und warum hast du mir das nie erzählt?«
Verlegen blickte er von ihr weg. »Wozu auch?«
Zärtlich streichelte sie ihm den Kopf. Joe war frühreif; obwohl übermütig und zu Streichen aufgelegt, war er auch rücksichtsvoll und bedachtsam: Er hatte geschwiegen, um ihr nicht weh zu tun.
»Ist Richard immer zur gleichen Tageszeit draußen?« fragte sie.
»Ja, bei gutem Wetter«, antwortete Joe. »Aber du kannst nicht zu dem Loch kriechen.«
Sie lächelte flüchtig. »Nein, das habe ich auch nicht vor.« Sie faßte ihn an der Hand, und zusammen kehrten sie zur Höhle zurück.
Der Gedanke an das Kind hinter der hohen Steinmauer und an Joes Schlupfloch im Gebüsch verfolgte Cissy. Sie durfte den Pfad nicht vergrößern, um nicht Verdacht zu erwecken. Aber in der Nähe stand eine Eiche, deren Stamm von Efeu umrankt war.
Eines Abends untersuchte sie in der Dämmerung die Stelle. Der Efeu rankte sich ins Gebüsch und ließ sich, wenn auch mit einiger Mühe, wie ein Vorhang zur Seite schieben. Auf diese Weise konnte sie einen Weg zur Mauer bahnen und versuchen, das Mauerloch zu vergrößern.
Damit man sie beim Graben nicht hörte, ging sie jeweils im Morgengrauen an die Arbeit. Einmal erschreckte sie ein Rascheln im Dickicht, worauf sie mit Herzklopfen unter den dornigen Zweigen kauerte, bis sie merkte, daß es nur ein Dachs war.
Erst als das schwierige Werk gelungen war, weihte sie Joe in das Geheimnis ein. »Ich möchte dich um einen Gefallen bitten«, sagte sie zu ihm. »Du hältst draußen Wache, und wenn jemand kommt, gibst du ein Pfeifsignal. Die Kinder dürfen nichts von all dem erfahren, verstanden?«
Joe nickte. An diesem Tage lag Cissy schon kurz nach Mittag auf der Lauer. Als durch das Guckloch zwei Gestalten, eine große und eine kleine, sichtbar wurden, preßte sie vor Erregung die Hand auf den Mund.

Der kleine Junge hatte sich von der Hand der Kinderfrau losgerissen und schien geradewegs auf Cissy zuzulaufen. Die weiten Ärmel flatterten. Knapp zwei Meter von ihr entfernt holte ihn die Kinderfrau ein, nahm ihn in die Arme und drehte sich mit ihm im Kreis. Lachend strampelte er sich frei und rannte davon. Plätzlich fiel er hin und begann jämmerlich zu schreien. Unwillkürlich streckte Cissy die Hände aus. Sie kauerte im Gebüsch, und Tränen rannen ihr über die Wangen.
Dies war der Beginn ihrer Beobachtungen. Nur wenn das Wetter so schlecht war, daß sie annahm, der tägliche Spaziergang Richards mit der Kinderfrau werde ausfallen, verzichtete sie auf den Gang zum Guckloch. Manchmal wartete sie sogar bei schönem Wetter vergeblich, und dann sorgte sie sich, Richard könnte krank sein. An anderen Tagen aber erschien er in Lord Fischels Begleitung.
Daß Lord Fischel das Kind liebte, war deutlich zu sehen. Es zeigte sich an der Art, wie er es anschaute und sich mit ihm abgab, und in die Zärtlichkeit mischte sich ein gewisser Stolz.
Eines Tages ging eine Dame neben ihnen her. Als Cissy sie erkannte, empfand sie eisiges Entsetzen. Erinnerungen überwältigten sie, und sie stöhnte leise vor sich hin. Die Figur war fülliger geworden, aber das kalte, abweisende Gesicht hatte sich nicht verändert.
Die Tochter war also zurückgekehrt.
Cissy wartete, bis die Leute vom Schloß außer Sicht waren, dann kroch sie rückwärts durch den Tunnel.
Auf dem Heimweg zitterte sie. Der Schrecken saß ihr in allen Gliedern. Die Tochter des Schloßherrn ängstigte sie mehr denn je. Wie verhielt sie sich wohl zu Richard? Daß der Kleine glücklich war, mußte Cissy zugeben; aber ob er auch glücklich bleiben würde, wenn Lord Fischels Tochter um ihn war?
Und wenn sie zurückgekehrt war... er auch? Was sollte sie tun, wenn sie ihm jemals wieder begegnete? War es zu spät, das Kind zurückzufordern?

Der Seemann ging am Kai von Newcastle entlang. Er war groß und schlank, sein Gesicht wettergegerbt. Unter der blauen Mütze kam blondes, fast silberweiß gebleichtes Haar hervor. In der einen Hand trug er einen Koffer, mit der anderen hielt er einen geschulterten Sack.

Am Ende des Kais drehte er sich um und blickte auf das Schiff, das er soeben verlassen hatte. Im Vergleich zu den andern Schiffen im Hafen sah es wie ein schmutziger Landstreicher aus.

Er ging durch die engen Gassen der Handwerker zur Brückenstraße, wo drei Droschken auf Fahrgäste warteten. Als der erste Kutscher den Steuermann gewahrte, beeilte er sich, ihm das Gepäck abzunehmen; denn Seeleute, die soeben von einer Fahrt heimkehrten, zeigten sich immer großzügig.

»Wohin?« fragte er.

»Nach Schloß Houghton.«

Der Kutscher glaubte, nicht recht gehört zu haben. »Sagtest du, nach Schloß Houghton?« wiederholte er verwundert.

»Ja. Kennst du den Weg?«

»O ja, aber er ist weit.«

»Du wirst dafür bezahlt werden.«

Der Kutscher ahnte, daß er es nicht mit einem gewöhnlichen Seemann zu tun hatte, und war ihm beim Einsteigen behilflich.

Bei einer Kreuzung zügelte er das Pferd und wandte sich zu seinem Fahrgast um. Er beging nicht mehr den Irrtum, ihn zu duzen, sondern fragte höflich: »Können Sie mir die Richtung angeben? Ich bin nicht ganz sicher.«

»Du mußt links abbiegen«, erhielt er Bescheid. »Noch zwei Kilometer, dann sind wir beim Haupteingang.«

Der Pförtner prüfte mit kritischem Blick die schäbige Droschke und öffnete das Tor. Obwohl er das Gesicht unter der Matrosenmütze vier Jahre lang nicht mehr gesehen hatte, erkannte er Clive sogleich wieder. »Willkommen daheim, junger Herr!« rief er dem vorbeirollenden Wagen nach.

Der Lakai, der auf das Räderrollen herbeieilte, war erst seit drei

Wochen bei Lord Fischel im Dienst. Er wollte den Seemann nicht so ohne weiteres einlassen, wurde aber von Hatton, der in der Halle erschien, aufgeklärt, so daß er sich katzbuckelnd entschuldigte.

»Es freut mich sehr, Sie wiederzusehen, Herr Clive«, sagte Hatton gemessen.

»Wirklich?« Clives graue Augen hatten den verträumten Ausdruck verloren. »Wo ist seine Lordschaft?«

»Oben im Kinderzimmer.«

Clive zog die hellen Braunen zusammen. »Im Kinderzimmer?«

»Ja. Beim jungen Herrn Richard.« Hatton mußte sich bemühen, nicht ins Stammeln zu geraten. »Wenn Sie ins Herrenzimmer oder in den Salon gehen wollen, werde ich seiner Lordschaft melden, daß...«

»Nicht nötig.« Clive winkte nachlässig ab. »Ich glaube, ich kenne mich hier immer noch aus.«

Da er annahm, seine Schwester habe inzwischen geheiratet und »der junge Herr Richard« sei ihr Sohn, ließ er sich Zeit, die Veränderungen im Schloß zu begutachten; alles wirkte heller und freundlicher.

Als er die Treppe zum Kinderzimmer emporstieg, hörte er fröhliches Lachen. Aus der Tür kam eine Kinderfrau, die ihn an seine eigene Nannie erinnerte. Beim Anblick des Seemanns blieb sie vor Verwunderung stehen.

Clive schob sie mit einem ruhigen, aber nachdrücklichen »Erlauben Sie« beiseite und betrat das Zimmer, in dem er als Kind gespielt und in späteren Jahren gemalt und heimlich getrunken hatte.

Aber sein altes Zimmer hatte sich in einen farbenreichen Raum verwandelt. Als erstes fiel ihm ein buntes Schaukelpferd in die Augen, dann eine lebensecht nachgebildete kleine Equipage, von einem Pferd auf Rädern gezogen. Ein Kind, das gerade einsteigen wollte, sah ihn und rief: »Schau, Großvater, da ist jemand!«

Lord Fischel gewahrte seinen Sohn, und sein Herz pochte so heftig, daß er einen Anfall befürchtete.

Clive brach den Bann. »Guten Tag, Vater«, sagte er.
»Clive! Ich... ich hatte keine Ahnung, daß du da bist. Man hätte dich mir melden müssen.« Lord Fischel rieb sich verwirrt die Stirn.
Clives kühle graue Augen musterten ihn. »Hoffentlich bist du wohlauf, Vater?«
»Gewiß doch. Und du... du hast dich sehr verändert. Das Leben auf See hat offenbar einen Mann aus dir gemacht.«
Clive nickte kurz. Er betrachtete den kleinen Jungen. »Du heißt Richard, wie ich gehört habe.«
»Ja. Und wer bist du?«
»Mein Name ist Clive.«
»Willst du mit mir spielen?«
»Eigentlich nicht. Aber das ist ein sehr schöner Wagen.«
»Großvater hat ihn mir zum Geburtstag geschenkt. Ich bin drei Jahre alt.«
Clives helle Brauen hoben sich. Drei Jahre alt? Isabelle mußte also sehr bald geheiratet haben.
»Geht es Isabelle gut?« fragte er gewissermaßen als Einleitung.
»Ja, es geht ihr gut«, antwortete Lord Fischel.
»Wen hat sie geheiratet?«
Statt zu antworten, ging Lord Fischel zur Tür und rief nach der Kinderfrau. Er wies sie an, Richard zu beaufsichtigen, und bedeutete Clive, ihm zu folgen. Erst auf der Treppe gab er Antwort: »Isabelle ist nicht verheiratet.«
Clive verschlug es die Sprache. Er schwieg auch noch, als sie im Herrenzimmer vor den Getränken saßen.
Lord Fischel nippte zweimal an seinem Glas und blickte vom Sohn weg. »Ich muß dir etwas sagen, Clive. Der Junge, den du gesehen hast, ist nicht Isabelles Kind. Er ist dein Kind.«
Clive verschluckte sich und hielt die Hand vor den Mund. Er rang nach Luft, und die Augen tränten ihm. Wortlos starrte er auf seinen Vater.
Lord Fischel fuhr erst fort, als Clive die Fassung wiedererlangt hatte. »Das Kind wäre in Armut und Elend aufgewachsen, das konnte ich nicht zulassen. Aber ich vergewisserte mich erst,

daß es wirklich dein Sohn ist, bevor ich es zu mir nahm. Hast du die Ähnlichkeit mit deinem Großvater nicht bemerkt?«
Da Clive den Jungen für Isabelles Kind gehalten hatte, waren ihm die braunen Augen, die dunklen Haare und die lange Fischel-Nase nicht weiter aufgefallen. Er selbst schlug seinem blonden norwegischen Großvater mütterlicherseits nach.
Mit dieser Nachricht war Clive der Wind aus den Segeln genommen, kaum daß er sich an Bord befand. Tagelang, sogar wochenlang hatte er sich die erste Unterredung mit seinem Vater ausgemalt. Er hatte ihm schildern wollen, was es für einen verwöhnten, verzärtelten Jüngling bedeutete, mit groben Gesellen im stinkenden Bauch eines Schiffes zu hausen, grundlos beschimpft und geprügelt zu werden. Was es bedeutete, drei Monate an Seekrankheit zu leiden; Clive war dem Tode nur dank der persönlichen Hilfe des Kapitäns entgangen. Schadenfroh wollte er erzählen, wie der Obermaat über Bord gespült oder vielleicht auch gestoßen wurde und einem Haifisch in die Zähne geriet, und wie der Steuermann bei einer Schlägerei in einem Bordell erstochen wurde, so daß ihm selbst der Aufstieg erleichtert worden war; und bei all diesen Schilderungen hätte der Haß auf seinen Vater zutage treten sollen, weil das Seemannsleben Eigenschaften in ihm geweckt hatte, deren er sich selbst schämte. Er wollte nachdrücklich erklären, daß die Schandtat, derenthalben er verbannt worden war, im Vergleich zu den Dingen, die er in den vergangenen vier Jahren erlebt hatte, als harmloses Kinderspiel betrachtet werden mußte. Jetzt aber erfuhr er von seinem Vater, daß er einen Sohn hatte. Der Kleine oben im Spielzimmer war sein Kind. Na, und? Er könnte viele Kinder haben, allenthalben im Fernen Osten.
»Hast du nichts zu sagen? Hat dir das Kind keinen Eindruck gemacht?«
»Mir Eindruck gemacht?« Clive lachte rauh. In diesem Augenblick wurde die Tür aufgerissen, und Isabelle erschien.
»Clive!«
Er stand langsam auf. Sie sah forschend in sein Gesicht und

suchte die vertrauten Züge. »Wie geht es dir?« Sie war verlegen, was bei ihr selten vorkam.
»Sehr gut. Und dir?«
»Ach...« Sie lachte. »Ich lebe.«
Das war eine zweideutige Antwort, und er sah, daß sie einen Blick auf den Vater warf, der steif an seinem Schreibtisch saß und das Wiedersehen der Geschwister beobachtete, wohl wissend, daß sie eine Fassade wahrten und sich erst unter vier Augen aussprechen würden.
Clive überlegte, was er seiner Schwester zu sagen hatte, diesem Wesen, das ihm früher Angst eingejagt und von dem er sich am Gängelband hatte führen lassen. Sie war eine schöne Frau geworden, aber von harter Schönheit. Seine Erfahrungen mit Weibern aller Art sagten ihm, von welchem Schlag sie war. Er begriff auch, daß die Leidenschaften, die sich bei ihm nur durch die Umstände entwickelt hatten, ihrem Wesen angeboren waren.
»Hast du Richard schon gesehen?« fragte sie. Als er nickte, fuhr sie mit funkelnden Augen fort: »Richard und ich sind gute Freunde. Er nennt mich Tante, aber gestern sagte er, er wünschte, ich wäre seine Mutter. Ist das nicht lustig?« Sie lachte.
Lord Fischel erhob sich und verließ wortlos das Zimmer.
Clive betrachtete seine Schwester. Mit einem schiefen Lächeln sagte er: »Die Zeit ist etwas Seltsames. Sie kann einem endlos vorkommen, und dann ist es, als wäre sie gar nicht vergangen. Du hast dich überhaupt nicht verändert.«
Ihr Gesicht verhärtete sich. »Du irrst dich, Clive. Die Zeit fordert ihren Zoll, wo man auch sein mag, und auf einer grauen Insel wird jede Minute zu einem Monat, und ein Jahr dehnt sich endlos, und man stirbt langsam.«
Isabelle war sichtlich bewegt. Ihre Lippen zitterten. Er streckte die Hand aus, und sie ergriff seine Rechte so heftig, als müßte sie sich anklammern. »Komm«, bat sie eindringlich, »laß uns aus diesem Zimmer gehen. Wir haben uns viel zu erzählen.«

3

Schon nach einem Monat hatte Clive das Gefühl, auf allen Seiten eingeengt zu sein. Er vertrieb sich die Zeit mit Reiten und Jagen und machte Besuche oder spazierte mit seinem Sohn.

Er stand Richard mit gemischten Gefühlen gegenüber, jedenfalls war er der einzige im Haus, der dem Kind nicht zu Füßen lag. Die Erinnerungen an seine eigene Kindheit bewirkten, daß er die Freiheiten, die sich Richard herausnehmen durfte, mißbilligte. Er selbst war streng gehalten worden. Mit vierzehn Jahren erst durfte er mit seinem Vater an einem Tisch sitzen, und manchmal vergingen Monate, ohne daß er die Eltern sah. Während der sogenannten Saison verschwanden sie nach London und überließen die Kinder ihrer Betreuerin und den Bedienten.

Damals war das Kinderzimmer eine Welt für sich gewesen, abgeschnitten vom übrigen Haus; jetzt war es der Mittelpunkt, um den sich alles drehte. Jeden Morgen ging sein Vater hinauf; bei schönem Wetter machte er mit Richard einen Spaziergang, und dann folgte die Teezeremonie im Salon, bei der das Kind zugegen sein durfte.

Das Verhalten seines Vaters erboste Clive, und die Erbschaftsfrage machte ihm zu schaffen. Er lehnte sich dagegen auf, das Kind gesetzlich anzuerkennen und ihm seinen Namen zu geben; damit hätte Richard als Erstgeborener die Erbfolge antreten können.

»Und wenn ich eines Tages heirate?« gab er seinem Vater zu bedenken. »Glaubst du, eine Frau ließe es sich gefallen, daß ihr Sohn hinter diesem Bastard zurückstehen muß, weil die Erbfolge besiegelt ist?« Doch Lord Fischel ging darauf nicht ein. »Er ist dein Sohn«, antwortete er nur.

Clive stand am Fenster seines Zimmers und blickte auf den Garten. Er sah seinen Vater mit dem Kind, in vorgeschriebenem Abstand folgte ihm die Kinderfrau. Richards Geplauder, das zu Clive heraufdrang, reizte ihn. Dieses Kind durfte unauf-

hörlich reden, es unterstand keinerlei Disziplin. Doch trotz aller vergönnten Freiheit war es nicht ungebärdig, sondern liebenswürdig und anschmiegsam. Wie kam es nur, daß er seinen Sohn nicht liebte?
Clives zwiespältige Gefühle übertrugen sich auf das Kind. Nach der ersten freudigen Begeisterung über die Bekanntschaft mit seinem Vater war es scheu geworden. Ihm bezeigte es keine Freimütigkeit, wie es das dem Großvater und Isabelle gegenüber tat. Clive fand die Zuneigung zwischen Isabelle und dem Kleinen merkwürdig. Richard sah in ihr eine Mutter, und sie ihrerseits, mochte sie sich auch zynisch geben, war von dem Kind ebenso bezaubert wie Lord Fischel.
Ob Isabelle jemals heiraten würde? Bellinghams Neffe fühlte sich zu ihr hingezogen, aber er paßte wahrhaftig nicht zu ihr. Sie brauchte einen Herrn und Meister, aber wo war ein solcher Mann zu finden?
Clive empfand für Isabelle zugleich Mitleid, das der Liebe verwandt war, und Abneigung, die fast an Haß grenzte. Die weichen Empfindungen weckte sie in ihm, wenn sie von ihrem Leben bei dem heuchlerischen Onkel und der lebensfremden, strengen Tante erzählte. Als einzigen Gewinn betrachtete sie die Tatsache, auf der schottischen Insel schießen gelernt zu haben. »Er weckte mich in aller Frühe und ging mit mir auf die Entenjagd, und das war mein einziges Vergnügen«, hatte sie erzählt. »Die Wildenten abknallen... das machte mir Spaß. Und wenn sie gebraten auf den Tisch kamen, hoffte Tante Anna, wir würden daran ersticken.« Sie hatte gelacht, und ihn schauderte, denn ihr Ausdruck und ihr Lachen erinnerten ihn an ein bestimmtes schlimmes Ereignis.
Unwillkürlich schüttelte er den Kopf beim Gedanken daran, daß das Kind dort draußen im Garten nur infolge eines Streites um einen schmalen Hohlweg entstanden war. Er wandte sich vom Fenster ab, blickte sich in seinem Zimmer um und streckte die Arme aus, als wollte er die Wände wegstoßen. Jetzt, da ihm all das zur Verfügung stand, wonach er sich auf See gesehnt hatte – Zivilisation, ein weiches Bett, üppige

Mahlzeiten, eifrig beflissene Lakaien –, langweilte es ihn grenzenlos. Gestern war er nach Shields gefahren und hatte sich in den Kaschemmen des Hafenviertels herumgetrieben; dort hatte er sich heimischer gefühlt als in der steifen Vornehmheit seines Vaterhauses.

Und seine Malerei? Er hatte sich vorgenommen, auf dem Schloß zwischen Essen und Schlafen nur noch zu malen. In den vier Jahren auf See waren lediglich fünf Bilder entstanden, nicht etwa Landschaften, sondern Darstellungen brutaler Seemannsgesichter. Und jetzt, nach der Rückkehr in die Zivilisation, hatte er keinen Pinsel angerührt.

Er ging zum Schrank und holte seine Reithose hervor. Er hatte sich so sehr daran gewöhnt, sich selbst anzuziehen, daß er einen Kammerdiener nicht mehr ertrug. Auf der anderen Seite des Ganges öffnete er ein Fenster. »Micky! Micky!« rief er in den Hof hinunter. Als der Stallbursche erschien, befahl Clive: »Sattle mir Rover!«

Eine Viertelstunde später ritt er durchs Haupttor. Rechts vor ihm lag sechs Kilometer entfernt Bellinghams Haus, aber dorthin konnte er nicht, weil er eine Einladung zur Jagd abgesagt hatte. Die zweite Straße führte nach Jarrow und zur Zeche Rosier, aber diese schmutzige Landschaft lockte ihn nicht. Deshalb wandte er sich nach links, um zum Gasthaus beim Grenzzoll zu reiten und dort vielleicht mit einem »Gewöhnlichen« ins Gespräch zu kommen.

Unterwegs sah er eine Bäuerin querfeldein zur Straße laufen. Er fragte sich flüchtig, vor wem sie wegrenne oder zu wem sie eile, denn in dieser verlassenen Gegend gab es keine Wohnstätte. Seltsamerweise war sie nach der Biegung nirgends mehr zu sehen, obwohl der Weg nun schnurgerade zum Nordtor verlief. Er gab dem Pferd die Sporen und galoppierte ins offene Land.

Wie es kam, hätte er dann selbst nicht zu sagen gewußt, aber plötzlich wurde er abgeworfen. Durch die Luft fliegend, entspannte er den ganzen Körper – wie er es an Deck des Schiffes gelernt hatte –, so daß er sich beim Aufprall am Boden nicht

verletzte. Sein Pferd, das offenbar gestrauchelt war, kam jedoch nicht unversehrt davon. Es lahmte, und Clive stellte eine Fesselzerrung fest. Er fluchte vor sich hin und führte Rover am Zügel zurück.
Von weitem sah er die Frau wieder. Sie tauchte bei einer Eiche aus dem Gebüsch auf. Er beobachtete, daß sie sich vorsichtig umblickte, bevor sie über die Straße huschte und querfeldein den Bergen zulief.
Die Neugier des Unbeschäftigten trieb Clive zu der Eiche. Der Stamm war bewachsen, aber auf der einen Seite war der Efeu abgestorben.
Clive ließ den Zügel los und griff mit den Händen in das Gewirr. Erstaunt merkte er, daß es sich wie ein Vorhang teilen ließ und einen schmalen Pfad freigab, der aussah, als hätte man ihn geordet. Dahinter war ein Teil der Mauer sichtbar. Clive spitzte die Lippen, als wollte er pfeifen. Er untersuchte die Sache nicht weiter, weil er eine Falle befürchtete. Aber wozu eine Falle so nahe beim Weg? Nein, dieser Tunnel hing irgendwie mit der Mauer zusammen, die den Park abschloß. Nachdenklich verdeckte er ihn wieder.
Er wäre der Sache nachgegangen, hätte er beim Sturz vom Pferd nicht doch etwas abbekommen. Er ließ sich am folgenden Tage vom Kutscher nach Newcastle fahren, wo er den Klub seines Vaters aufsuchte. Obwohl er hier keine Gesellschaft fand und allein trinken mußte, behagte ihm die Atmosphäre mehr als zu Hause.
Tags darauf stand er spät auf und beschloß, einen Spaziergang zu machen. In der Halle traf er Isabelle. »Ist es Absicht oder Zufall, daß du deine eigenen Wege gehst?« fragte sie stirnrunzelnd.
»Weil ich gestern in Newcastle im Klub war?«
»Ich möchte mit dir sprechen«, sagte sie kurz.
»Gern, jederzeit. Worüber?« Er steckte die Hände in die Taschen seiner Reithose, und diese Haltung ärgerte sie.
»Über Richard. Komm in mein Zimmer.«
»Immerzu Richard!«

»Was hast du nur?« Sie faßte ihn am Arm. »Du mußt dich damit abfinden. Er ist dein Kind, und er sollte deinen Namen tragen. Das ist ungefähr der einzige Punkt, in dem ich mit Vater übereinstimme.«

»Ach, wirklich?« Clive schüttelte ihre Hand ab, und das geschah so abrupt, als ob das Band das sie von Geburt an verknüpft hatte, zerrissen würde.« Dann werdet ihr eben beide enttäuscht werden«, sagte er zähneknirschend, machte auf dem Absatz kehrt und verließ das Haus.

Isabelle biß die Zähne zusammen. Was war aus dem geliebten Bruder geworden? Der schwache, lenksame Knabe hatte sich zu einem Mann entwickelt, den sie beinahe verabscheute. Daß er seinen Sohn nicht mochte, konnte ihr nur recht sein; um so eher bekam sie das Kind in ihre Gewalt.

Hätte man ihr vor einigen Wochen vorausgesagt, sie würde das Kind dieser Landstreicherin in ihr Herz schließen, mit einer unsinnigen, zwingenden Liebe, so wäre sie in spöttisches Lachen ausgebrochen. In der ersten Zeit hatte sie gegen die keimende Zuneigung angekämpft, aber dann hatte der Kleine eines Tages die Ärmchen um ihren Hals geschlungen und gefragt: »Kann man zwei Mütter haben, Tante Isabelle?« – »Ja, das ist möglich«, hatte sie ohne sich zu besinnen geantwortet. »Wenn die erste Mutter gestorben ist, kann man eine zweite haben.« Er hatte sich noch enger an sie geschmiegt und ihr ins Ohr geflüstert: »Dann bist du meine zweite Mutter, Tante Isabelle.« Damit war der Bann gebrochen.

Clive verbrachte einige Zeit im Stall und untersuchte Rovers Verletzung. Er unterhielt sich mit den beiden Kutschern Morris und Bowmer und mit dem Stallknecht Micky. Mit ihnen verstand er sich gut, und sie wußten seine Art zu schätzen.

Etwas später schlenderte er durch den Park und zum Nordtor hinaus. Wie zufällig schlug er den Weg zur Eiche ein. Nachdem er sich vergewissert hatte, daß niemand ihn sah, zerteilte er den grünen Vorhang und drang ins Gebüsch ein.

In dem Tunnel mußte er sich bücken. Unverkennbar war dieser

Pfad durchs Dickicht gebahnt worden. Schritt für Schritt drang Clive weiter vor und stellte verwundert fest, daß der Tunnel bei einem grossen Loch in der Mauer endete. Kopfschüttelnd starrte er auf das Loch. Schließlich ließ er sich auf die Knie nieder und spähte hindurch. Ringsum war Gestrüpp, das die Bresche in der Mauer verbarg; von diesem Beobachtungsposten aus konnte ein Teil der Parkwege überblickt werden. Plötzlich erinnerte sich Clive: Dies war die Stelle, wo sich damals der kleine Wilddieb versteckt hatte. Aber der Pfad durchs Gebüsch war neu und wurde benutzt. Was hatte die Frau hier zu tun? Soviel er sehen konnte, gab es hier keine aufgestellten Fallen.
Auf einmal begriff er. Durch das Gezweig sah er in der Ferne seinen Vater, Isabelle und das Kind. Er ging in die Hocke und klopfte sich nachdenklich mit dem Zeigefinger auf die Zähne. Von neuem wollte er durch das Loch spähen, da drang ein leises Geräusch an sein Ohr, als ob ein Kaninchen über trockenes Laub huschte. Dann vernahm er deutlich einen tiefen Atemzug, als ob einem Menschen nach raschem Lauf die Luft ausgegangen wäre. Er schlüpfte durch das Loch und legte sich auf die Lauer. Jetzt wußte er, wer die Frau war und weshalb sie hierher kam.
Sehr leise, fast geräuschlos legte Cissy den Weg durch den Tunnel zurück. Sowie sie Kopf und Schultern durch das Loch steckte, ließ Clive den Arm vorschnellen und preßte ihr die Hand auf den Mund, um ihren Aufschrei zu ersticken. Sie wollte sich wehren, wollte zurückweichen, aber er zerrte so gewaltsam, daß sie gegen ihn fiel. Zum zweitenmal lagen sie dicht beisammen; er sah in ihre angsterfüllten Augen und fühlte ihr Herz pochen.
Cissy lag wie erstarrt, und in der Stille, die nur von ihren gemeinsamen heftigen Atemzügen unterbrochen wurde, ertönte eine helle Kinderstimme: »Fang mich, Großvater, fang mich!« Da bewegte sie die Augen.
Clive gab sie frei, bedeutete ihr aber mit einem »Pscht«, sich still zu verhalten. Er richtete sich halb auf und betrachtete sie,

dabei wurde ihm fast elend zumute, denn sie erinnerte ihn an jenen Augenblick, da sein Vater ihn in die Höhe gerissen hatte. Er wies auf das Zweiggewirr, um ihr kundzutun, daß sie hindurchspähen könne; aber sie rührte sich nicht, auch dann nicht, als die Laufschritte und das Lachen des Kindes zu hören waren. Erst als Isabelles Stimme ertönte: »Jetzt komme ich und fange dich!« wandte Cissy den Kopf.

Als sich die Stimmen entfernt hatten, winkte ihr Clive, ihm zu folgen, und kroch durch das Loch. Er mußte jedoch eine Weile warten, bis Cissy erschien. Beide blickten nach rechts und links, ehe sie aus dem Gebüsch hervortraten. Cissy lehnte sich mit dem Rücken an die Eiche und sah auf Clive, als wäre er der Teufel.

Er stand zwei Armlängen von ihr entfernt. »Du brauchst dich nicht vor mir zu fürchten«, sagte er.

Sie war wie versteinert. Vergeblich versuchte er, ihr die Angst zu nehmen. »Du brauchst dich nicht vor mir zu fürchten«, wiederholte er verlegen. »Du kannst hier beobachten, wann du willst, ich werde dich nicht verraten.«

Da sie weiterschwieg, fuhr er fort: »Ich tue dir nichts, schau mich nicht so an. Es tut mir leid, was ich dir damals angetan habe.«

Immer noch blieb sie stumm, und Clive wurde leicht ungeduldig. »Wenn du so sehr an dem Kind hängst, daß du dein Leben aufs Spiel setzt – denn die Aufseher könnten dich erschießen –, warum hast du es dann hergegeben. Warum hast du es verkauft?«

»Ich habe es nicht verkauft.« Das kam so unvermittelt und heftig, daß er erschrak.

»Soviel ich weiß, bekommst du jede Woche fünfundzwanzig Shilling. Das stimmt doch?«

»Ja. Aber ich habe es nicht verkauft.« Cissy löste sich von der Eiche. »Wenn er das sagt, lügt er.«

»Warum hast du es hergegeben, wenn nicht wegen des Geldes?«

»Wegen meiner Schwester Bella«, antwortete sie leise mit

gesenktem Blick. »Sie war im Dienst und geriet in Schwierigkeiten. Wegen zwei gestohlener Taschentücher sollte sie in die Besserungsanstalt kommen, und das ertrug ich nicht, denn sie war erst acht. Und der Kammerdiener sagte, seine Lordschaft würde die Sache bereinigen, aber nur unter der Bedingung, daß ich ihm das Kind gäbe.« Cissys Stimme klang bitter. »Wochenlang setzte man mir zu, aber ich wollte das Kind nicht hergeben... bis Bella... nur für Bella tat ich es, nicht für das Geld.«

Mein Gott, zwei Taschentücher! Das war reine Erpressung. Sein Vater hatte das Kind um zwei Taschentücher eingehandelt; eine Achtjährige wäre sonst in die Besserungsanstalt gekommen... »Richard ist jetzt drei Jahre alt«, erwiderte Clive. »Warum bedeutet er dir immer noch so viel?«

Sie senkte den Kopf, und das braune Haar glänzte in der Sonne. »Er gehört mir. Er ist alles, was ich habe.«

Am liebsten hätte Clive ihre Hand ergriffen, wäre mit ihr in den Park gelaufen, hätte ihr das Kind in die Arme gedrückt und gesagt: »Da, nimm dein Eigentum!« Aber er bezwang sich. »Vergiß nicht, was ich dir gesagt habe: Du brauchst vor mir keine Angst zu haben.« Mit diesen Worten verabschiedete er sich.

4

Lord Fischel nahm an, sein Sohn wolle ihn und das Kind auf dem Nachmittagsspaziergang begleiten, weil Isabelle wegen einer Erkältung in ihrem Zimmer geblieben war.

Seit fast einer Woche war es der erste schöne Tag. Um das peinliche Schweigen zu brechen, bemerkte Lord Fischel: »Vielleicht sollten wir Doktor Stracey kommen lassen, wenn es Isabelle morgen nicht besser geht.«

»Ja, gewiss.«

»Sonst ist sie bei jedem Wetter draußen. Eigentlich unschicklich – ihre Freude am Schießen. So unweiblich. Aber die Zeiten

haben sich geändert.« Lord Fischel seufzte und blickte auf Richard, der fröhlich vorauslief.
Wie so oft in den letzten Wochen dachte er an die Veränderung, die mit seinem Sohn vorgegangen war. Lord Fischel fühlte sich in Isabelles Gesellschaft beinahe wohler. Wäre nicht ihre Leidenschaft fürs Schießen gewesen, hätte er sich fast mit ihr aussöhnen können, zumal sie sich mit Richard gut verstand. Alles hatte sich anders ergeben als erwartet. Die Rückkehr der Tochter hatte er gefürchtet, den Sohn hingegen im stillen herbeigesehnt, und jetzt fiel es ihm schwer, mit Clive ein harmloses Gespräch zu führen.
»Ich möchte mit dir über die Erbfolge sprechen«, sagte Clive unvermittelt. Er deutete auf Richard.
»Ja?«
»Ich habe darüber nachgedacht.«
Lord Fischel betrachtete das Profil seines Sohnes und wartete ab.
»Hast du dir jemals überlegt, seine Mutter könnte Ansprüche erheben?«
»Ach, das ließe sich leicht ordnen«, erwiderte Lord Fischel wegwerfend.
»Wieso? Du hast nichts Schriftliches von ihr.«
»Das stimmt, aber da sie seit drei Jahren Geld von mir angenommen hat, wäre jedes Gericht auf meiner Seite.«
»Nicht unbedingt. Erinnere dich nur an den Fall Dunlop im vorigen Monat. Da wurde das Kind der Mutter zugesprochen.«
»Du liebe Zeit, was für ein Unterschied!« Lord Fischel winkte entrüstet ab. »Sie war eine Dame der Gesellschaft, und wenn er nicht verunglückt wäre, hätte sie den Vater ihres Kindes geheiratet. In diesem Falle konnte die Mutter Ansprüche erheben.«
»Und sie erhielt recht, obwohl der Großvater geltend machte, sein Name würde mit ihm aussterben.«
Lord Fischel blieb stehen. Er ärgerte sich: »Ich verstehe nicht, warum du diesen Fall als Beispiel anführst, wenn du die Absicht hast, Richard deinen Namen zu geben.«
Clive war ein paar Schritte vorausgegangen. Er wandte sich

halb um und sagte mit der gleichgültigen Miene, die seinen Vater jetzt immer so erboste: »Ich wollte dich nur darauf aufmerksam machen, daß Gerichte manchmal andere Urteile fällen, als man von ihnen gemeinhin erwartet. Darum sollte man die Sache in die Hand nehmen. Es ist ja dein Wunsch, sie zu regeln.«

»Ja, selbstverständlich.«

Sie schritten langsam weiter.

Unvermittelt stellte Clive eine indiskrete Frage: »Hat die Mutter jemals versucht, ihr Kind zu sehen?«

»Nein, natürlich nicht.«

»Wie wird ihr das Geld ausbezahlt?«

»Das sagte ich dir doch schon. Immer Anfang des Monats.«

»Ich meine, ob sie herkommt und es sich holt.«

Diesmal verharrte Lord Fischel nur ganz kurz. Von der Seite warf er einen Blick auf Clive. »Was soll das alles? Warum dieses plötzliche Interesse an dem Mädchen?« versetzte er.

»Es ist immerhin die Mutter des Kindes, nicht wahr?«

»Das bestreitet kein Mensch, ich am allerwenigsten.«

»Du hast mir noch immer nicht gesagt, wie sie in den Besitz des Geldes kommt.«

»Cunningham bringt es ihr«, erklärte Fischel kurz.

»Wohin?«

»Natürlich in die Wohnung!«

»Wo wohnt sie denn?«

»Immer noch in ihrer Notbehausung. Das ist ihre eigene Schuld, sie hat genug Geld, um sich eine anständige Wohnung zu mieten.«

»Hast du eine Ahnung, warum sie dort bleibt?«

»Wie soll ich das wissen? Es geht mich auch nichts an. Diese Leute bleiben in ihren Löchern wie die Ratten.«

Es entstand eine Pause. Richard saß weiter vorn in der Hocke. Angespannt beobachtete er etwas, vermutlich einen Käfer. Clives Stimme brach die Stille mit merkwürdiger Bitterkeit: »Für eine Ratte hat sie sich meiner Ansicht nach sehr anständig benommen.« Plötzlich lief er auf Richard zu, hob ihn hoch und

rannte mit ihm voraus. Er bog in den Weg ein, den der Kleine sonst nie betreten durfte, wies aufs Gebüsch und sagte: »Ich glaube, dort ist ein Kaninchen.«
»Wo, wo?«
»Ach, es ist weg. Kaninchen sind flink.«
Lord Fischel war ihm nachgeeilt. »Du solltest ihn nicht ermutigen, hierher zu gehen«, tadelte er. »Es ist nicht ungefährlich. Im Dickicht könnten Fallen aufgestellt sein.«
Clive setzte das Kind ab und erwiderte lachend: »Ich war vorige Woche hier im Dickicht und sah keine Falle.«
Lord Fischel runzelte unwillig die Stirn. »Die Bande wird immer frecher. Wie Ungeziefer machen sich die Kerle in der Gegend breit. Weißt du, daß einer von Bellinghams Aufsehern gefesselt und in den See geworfen wurde? Er wäre ertrunken, wenn der Überfall nicht beobachtet worden wäre. Es ist mir aufgefallen, daß du dazu neigst, dich auf die Seite der Minderwertigen zu stellen, Clive. Liegt es daran, daß du in der Welt herumgekommen bist?«
»Schon möglich.«
»Nun, ich wette, das wird sich ändern, wenn du erst einmal Schloßherr bist.«
»Höchstwahrscheinlich.« Clive nickte nachdenklich. »Doch da fällt mir ein... ich habe es versäumt, meine Angelegenheiten zu ordnen. Sagtest du nicht, daß ich jetzt jedes Jahr viertausend Pfund erhalte?«
»Ja, vielleicht sogar etwas mehr. Unsere Anlagen im Ausland haben guten Gewinn gebracht.«
»Das genügt für Erwerb und Unterhalt eines Hauses, nicht wahr?«
»Ja, es sollte genügen. Was hast du vor?«
»Ich bin noch unschlüssig.«
»Willst du nicht mehr zur See gehen?«
Clive zuckte die Schultern. »Kapitän Spellman möchte mich wieder als Steuermann anheuern, aber das hat noch Zeit. Jetzt macht er eine Küstenfahrt, und im Frühling soll das Schiff mit einer Fracht nach Bergen.«

»Und wenn er inzwischen einen andern Steuermann anheuert?«
»Er wird es schon einrichten«, antwortete Clive leichthin. »Du mußt wissen, Vater, du hast dem Kapitän großen Eindruck gemacht.«
Lord Fischel errötete, und als Richard herbeikam und die Beine seines Vaters umschlang, hoffte er im stillen, sein Sohn werde zur See zurückkehren. Er hoffte es aus mehr als einem Grunde.

5

Es war Anfang November. Seit acht Tagen hatte sich die Sonne nicht mehr gezeigt, alles wurde von einem weißgrauen Nebel verhüllt, aus dem Bäume und Menschen gleich Schemen auftauchten.
In fast jedem Zimmer des Schlosses brannte ein Feuer. Das ganze Gebäude war durchwärmt, sogar die große Halle. Fortwährend trugen Dienstleute Holz und Kohle herbei und schafften große Kupferkannen mit heißem Wasser in die Badestube. Der Schloßherr, Fräulein Isabelle und das Kind nahmen jeden Tag ein Bad. Clive hatte bis vor vierzehn Tagen immer im Fluß gebadet. Nach Ansicht der Dienerschaft war er kein richtiger Edelmann; er wünschte keinen Kammerdiener und hatte die plebejische Angewohnheit, sich für die geringste Dienstleistung zu bedanken.
An diesem Morgen verließ Clive das warme Haus und ging in die beißende Kälte hinaus. Niemand bemerkte ihn. Lord Fischel hatte im Herrenzimmer eine Unterredung mit dem Gutsverwalter, und Isabelle spielte mit Richard.
Draußen vor dem Nordtor bog Clive nach rechts ab und ging bis zu der Eiche. Bestimmt war Cissy tagelang nicht mehr hergekommen. Wie unsinnig mußte ihre Sehnsucht sein, daß sie es überhaupt gewagt hatte, sich den Beobachtungsposten zu schaffen und eine Entdeckung zu riskieren.
Als die Steigung begann, machte ihm der Nebel zu schaffen;

kaum zwanzig Meter weit konnte man sehen, und zum erstenmal seit dem Verlassen des Schlosses, fragte er sich, wie er vor Cissy die Sache zur Sprache bringen sollte.
Schon bevor er in Newcastle das Gesuch unterzeichnet hatte, daß Richard Brodie, sein natürlicher Sohn, den Namen Richard John Horatio Fischel tragen und als sein rechtmäßiger Erbe anerkannt werden sollte, war er sich über den Grund dieses Entschlusses im klaren gewesen. Aber wie sollte er die Mutter des Kindes überzeugen, daß er nichts Böses im Schilde führte, sondern sie für das erlittene Unrecht entschädigen wollte?
Im Geist hatte er die Minuten im Dickicht immer wieder nacherlebt, ihren Leib nahe an seinem Körper gefühlt, ihren Mund unter seiner Hand, und er hatte ihren Geruch wahrgenommen, diesen so weiblichen Geruch, den die schäbigen alten Kleider nicht ersticken konnten.
Plötzlich gewahrte er zwischen Nebelfetzen eine weibliche Gestalt. Zuerst hielt er sie für Cissy, weil er nicht damit rechnete, in dieser Gegend einen anderen Menschen zu treffen; doch Cissy wäre wahrscheinlich vor ihm davongelaufen, diese Frau aber kam auf ihn zu. Sie war dick und häßlich, jedoch nicht ärmlich gekleidet. Als die Frau seiner ansichtig wurde, machte sie kehrt und lief in die Richtung, aus der sie gekommen war.
Clive wunderte sich über ihr Erscheinen ebenso wie über ihr jähes Verschwinden.
Er dachte schon, er hätte sich verirrt, als er auf einmal vor der Wohnstätte stand. Sie schien aus dem Boden zu wachsen und sah der Behausung eines Schiffbrüchigen auf einer Insel ähnlich. Sie war dreiteilig, hatte aber nur zwei Türen und ein Fenster. Er überlegte, an welche Tür er klopfen sollte, als im selben Augenblick die eine geöffnet wurde und Cissy erschien. Bei seinem Anblick sprang sie zurück, warf die Tür zu und schob den Riegel vor.
Du meine Güte, sie fürchtete ihn immer noch.
Er klopfte an die Tür. »Mach bitte auf!« rief er. »Ich muß mit dir sprechen.«

Er vernahm eine Kinderstimme, dann wurde es wieder still. Clive sprach jetzt dicht an der Tür. »Ich gehe nicht fort, bevor ich mit dir gesprochen habe. Ich muß dir etwas sagen... es betrifft Richard.«
Langsam wurde die Tür geöffnet, und da stand Cissy, umringt von vier Kindern, die ihn angstvoll betrachteten. Sie ließ ihn wortlos eintreten.
Er hatte schon manch sonderbare Wohnstätte gesehen, aber dies war wohl die merkwürdigste. Hier hauste sie also mit ihren Geschwistern seit fünf Jahren, hier war sein Sohn geboren und genährt worden. Er musterte die Kinder, lauter Mädchen, und richtete dann den Blick auf Cissy. »Könnten wir uns wohl allein unterhalten?«
Sie gab den Mädchen ein Zeichen, worauf diese den Raum verließen.
»Willst du dich nicht setzen?« Sie schüttelte den Kopf. »Glaube mir doch, ich meine es gut mit dir.«
Sie rührte sich nicht, aber ihr rascher Atem verriet ihm, daß sie sich immer noch vor ihm fürchtete. Er gab es auf, sie allmählich zu überzeugen, sondern wollte sie überraschen. »Hättest du dein Kind gern wieder?«
Cissys Augen wurden groß, und die Angst schien zu weichen. Dann aber ließ sie die Schultern hängen. »Das ist doch unmöglich«, sagte sie resigniert. »Er... er würde es niemals zulassen.«
»Mein Vater hat keine Macht über... dein Kind.« Beinahe hätte er »unser Kind« gesagt. »Von jetzt an habe ich über Richard zu bestimmen.«
Ein Hoffnungsschimmer stahl sich in ihr Gesicht. »Und Sie... Sie meinen im Ernst, ich könnte Richard wiederbekommen?«
»Ja, ich meine es ernst. Aber er müßte in einer anständigen Wohnung aufwachsen.« Clive schaute sich um. »Darf ich dich etwas fragen?« Er wartete die Antwort nicht ab. »Denkst du daran, dich zu verheiraten?«
Diese Frage überraschte sie. »Nein, niemals!« antwortete sie nachdrücklich.
Er lächelte flüchtig. »Ich habe folgendes im Sinn. Ich will dir

eine Summe aussetzen, damit du in gesunder Umgebung leben kannst, vielleicht am Rande von Newcastle; wenn Richard fünf Jahre alt ist, sollst du ihn in eine gute Schule schicken. Er heißt jetzt übrigens Richard John Horatio Fischel, unter diesem Namen ist er standesamtlich eingetragen.«
Cissy hielt sich mit beiden Händen am Tisch fest. »Warum... warum tun Sie das alles?«
»Ist das nicht klar?« antwortete er. »Ich möchte den Kummer, den du durch meine Schuld erlitten hast, wiedergutmachen, und zwar bevor ich wieder zur See gehe.«
Sie blickte ihn an, und zum erstenmal war er für sie nicht ein Dämon, sondern ein junger Mann mit ernstem Ausdruck und freundlichen grauen Augen.
»Und Lord Fischel?« fragte sie scheu. »Ich glaube, er hat das Kind sehr gern.«
Clive hatte ihr die wahre Ursache seines Entschlusses verschwiegen, und auch jetzt konnte er nicht sagen, was er dachte: ›Warum soll es nach dem Kopf meines Vaters gehen? Er hat mich zur Strafe verbannt und mich furchtbaren Unbilden ausgesetzt, und nun soll er die Früchte seiner Untat genießen? Und sich dazu mit einem Heiligenschein brüsten?‹
Clive wurde einer Antwort enthoben, denn die Tür wurde geöffnet, und ein untersetzter, kräftiger Mann trat ein. »O Matthew!« rief Cissy erregt. »Ich hätte nicht gedacht, daß du heute kommen würdest.«
Matthew überging Cissy und musterte Clive. »Was haben Sie hier zu suchen?« fragte er rauh.
»Was ich hier zu suchen habe, geht Sie nichts an«, erwiderte Clive, kein derbbiederer Seefahrer mehr, sondern jeder Zoll ein junger Edelmann, der Achtung und Gehorsam als sein angestammtes Recht forderte. »Wer sind Sie überhaupt?«
»Jeder weiß, wer ich bin. Ich bin der Müller Matthew Turnbull aus Brockdale.«
Clive schaute auf Cissy, die ihrerseits mit flehender Miene auf Matthew blickte. Hatte sie nicht eben gesagt, sie wolle niemals heiraten? Wieso nahm sich dieser Mann heraus, zu tun, als ob

sie ihm gehörte? Nun, das ließ sich leicht herausfinden, wenn er der Müller von Brockdale war. »Du hörst noch von mir«, sagte er zu Cissy. »Auf Wiedersehen.« Ohne sich von dem Müller zu verabschieden, ging er hinaus. Aber das Gesicht des Mannes verfolgte ihn und drängte sich in sein Wunschbild: Er hatte sich selbst gesehen, wie er von der Seereise zurückkehrte und zu dem Haus am Rande von Newcastle ging, um seinen Sohn zu besuchen... und die Mutter seines Sohnes...

»Wer war das?« fragte Matthew.

Cissy sank auf einen Stuhl und verkrampfte die Hände auf dem Schoß. »Das ist...er... Lord Fischels Sohn.«

»Was!« Es schien, als wollte Matthew auf die Tür zustürzen. Sie lehnte sich rasch über den Tisch und hielt ihn am Arm zurück. »Nein, nein, es ist alles gut. Ich will es dir erklären. Er kam nicht her, um mir Schwierigkeiten zu machen... im Gegenteil, er wollte mir sagen, daß ich Richard zurückbekommen kann. Es war nämlich so...« Matthew nahm eine steife Haltung an und ließ sich in das Geheimnis einweihen. Sie erzählte ihm von dem Guckloch, durch das sie ihr Kind beobachtet hatte, schilderte ihm, wie Clive sie ertappt hatte, und schloß mit den Worten: »Er hätte mich verraten können, tat es aber nicht. Statt dessen will er möglich machen, daß ich Richard wiederbekomme.«

»Warum will er das tun?« fragte Matthew.

»Weil...weil er bereut, was er mir angetan hat.«

»Daß ich nicht lache!«

»Doch, doch, Matthew«, ereiferte sie sich. »Es tut ihm aufrichtig leid. Ich hatte Angst vor ihm, entsetzliche Angst, bis vorhin... Jetzt ist er für mich ein ganz gewöhnlicher Mensch.«

»Er ist aber kein gewöhnlicher Mensch, das weißt du recht gut. Und wenn er behauptet, er täte etwas um deinetwillen, dann laß dir sagen, daß er niemals um deinetwillen etwas tun würde. Diese Leute tun nie etwas umsonst. Sei vorsichtig, es könnte eine Falle sein. Ich warne dich.«

»Wie kann es eine Falle sein, wenn er mir mein Kind zurückgibt?«

»Das weiß ich nicht. Ich sage dir nur, du sollst dich vor ihm hüten. Er hat dich ins Unglück gestürzt...vielleicht wird er es wieder versuchen.« Trotzig setzte er hinzu: »Ich traue keinem von ihnen über den Weg.«
Eine Weile herrschte Schweigen. »Wieso bist du mitten am Tage hergekommen?« fragte sie schließlich.
Matthew blickte ins Feuer. »Ich glaube, sie hat den Verstand verloren. Ich bin hergekommen, weil William sagte, er habe gesehen, wie sie das Haus verließ und die Richtung in die Berge einschlug. Da bekam ich Angst.« Er senkte den Kopf und fuhr leise fort: »Ich sorge mich jetzt die ganze Zeit. Warum ziehst du nicht fort, Cissy? Ich kann dir in Jarrow oder in Shields oder sonstwo eine Wohnung verschaffen.«
Sie hatte Tee aufgegossen, und nun blieb sie mit der Kanne in der Hand stehen. »Ich könnte ausziehen. Er sagte, wenn ich Richard wiederbekomme, muß ich in einem anständigen Haus wohnen und ihn in die Schule schicken.«
»Und er wird das bezahlen?« Matthew erhob sich.
»Daß ich es nicht kann, ist doch klar, nicht wahr?« erwiderte sie unwirsch.
Er drohte ihr mit dem Zeigefinger. »Ich warne dich. Nimm dich in acht! Solche Männer versprechen nicht umsonst Häuser.«
»Er will nur seine Schandtat wiedergutmachen!« schrie Cissy beinahe.»
»Das sagt er. Du meine Güte!« Matthew legte die Hand an die Stirn und dachte nach. »Du möchtest also von hier weg?«
»Ach, Matthew, mir graut vor dem Winter.«
Er trat nahe zu ihr. »Dann laß mich die Sache in die Hand nehmen und für alles sorgen«, bat er.
Sie schaute zu ihm auf und antwortete: »Das geht nicht, wenn ich Richard zu mir nehme.« Sie hätte auch sagen können: »Es geht nicht, weil du verheiratet bist.«
Matthew ging zur Tür. Nachdem er sie geöffnet hatte, wandte er sich noch einmal um. »Achte darauf, daß die Tür immer verriegelt ist. Ich warne dich nicht nur vor Rosa.«

Clive begab sich nach Newcastle zu seinem Anwalt. Dieser Mann, Weir mit Namen, erledigte die Rechtsgeschäfte vieler Adelsfamilien, trotzdem schien ihm Clives Anliegen ungewöhnlich. Er sollte ein Haus suchen, acht bis zehn Zimmer, mit einem Garten und in abgeschlossener Gegend gelegen. Außerdem sollte er einen Vertrag aufsetzen, nach dem zum Unterhalt einer bestimmten weiblichen Person und ihres Sohnes jährlich tausend Pfund auszuzahlen waren. Der Betrag für den Kauf des Hauses und der Einrichtung sowie die Instandhaltung gingen zu Lasten eines anderen Kontos.
Weir versicherte dem jungen Herrn, daß er alle seine Wünsche so bald wie möglich erfüllen werde, die Haussuche könne allerdings eine Woche in Anspruch nehmen.
Nach Erledigung der Geschäfte besuchte Clive den Klub seines Vaters und nahm eine kleine Mahlzeit zu sich, aber er trank so viel, daß ihm Bowmer für die Rückfahrt in den Wagen helfen mußte.
Am folgenden Morgen erschien er ziemlich spät zum Frühstück. Lord Fischel begrüßte ihn stirnrunzelnd, Isabelle mit einem spöttischen Lächeln. Die Schwester verhielt sich in der letzten Zeit recht zahm, beinahe mütterlich. Wie sie wohl reagieren würde, wenn sie erfuhr, daß er das Kind der rechtmäßigen Mutter zurückgeben wollte? Ob er ihr damit weh tat oder nicht, kümmerte ihn nicht, denn er lehnte seine Schwester ab, haßte sie sogar, und das seit dem Tage, da sie ihm höhnisch zugerufen hatte: »Los! Warum tust du's nicht? Du hast Angst! Du hast es wohl noch nie getan?« Sie war die treibende böse Kraft gewesen, die sein Schicksal bestimmt hatte, und immer wenn er an jenen Tag zurückdachte und an ihre Schamlosigkeit, erfaßte ihn blinder Zorn.
Isabelles Bemutterung des kleinen Jungen betrachtete er als reines Theater. Er glaubte nicht an die Echtheit ihrer Gefühle und verachtete sie deshalb um so mehr.
Tags zuvor hatte er zum Ärger seines Vaters eine Einladung

zur Jagd abgelehnt, doch als sein Vater sich jetzt erkundigte, ob er sich nicht doch anders entschieden habe, antwortete er kurz: «Ja , mag sein, daß ich nachkomme.«
Später traf er Isabelle auf dem Korridor, als sie gerade ihre Handschuhe anzog. »Was ist eigentlich in dich gefahren? Du bist so langweilig geworden«, sagte sie zu Clive. »Du solltest lieber wieder zur See gehen, dorthin gehörst du.«
»Ganz recht, ganz recht.« Er lächelte schief. »Ich denke ernsthaft daran, es zu tun.«
Ihre Augen weiteten sich ein wenig. »Sei nicht lächerlich! Hast du deine neue Verantwortung vergessen?«
»Gewiß nicht.«
»Erstaunlich! Darf ich also bitten, dich während unserer Abwesenheit um Richard zu kümmern?«
»Wenn du gestattest, werde ich sogar mit ihm spazierengehen.«
An der Art, wie sie beim Hinausgehen mit der Reitgerte an ihre Stiefel schlug, erkannte er, daß sie sich über sein rätselhaftes Wesen ärgerte.
Er schaute zu, als sie aufsaßen und wegritten, und kehrte ins Haus zurück. Isabelle hatte ihn auf einen Gedanken gebracht. Es sollte das Vorspiel zum letzten Akt werden: die Begegnung zwischen Mutter und Kind, wobei er Richards Reaktion beobachten wollte. Er war noch klein, so daß es ihm nicht schaden konnte, wenn er sah, in was für einer Umgebung seine Mutter lebte. Und wenn ihm doch ein Eindruck blieb, so mochte auch das sein Gutes haben.
Clive teilte der Kinderfrau mit, ihre Begleitung sei heute nicht notwendig, aber sie solle Richard für einen Spaziergang bereitmachen.
Punkt zwei Uhr brachte sie den Kleinen in die Halle. Er war dick eingemummt, trug weiße Stiefel und ein blaues seidenbesticktes Wollkleid und darüber einen pelzbesetzten Kapuzenmantel.
Er streckte seinem Vater die Hand hin. »Fahren wir zum Meer?« fragte er.

»Nein, wir machen nur einen Spaziergang.«
»Zu einem Bauernhof?« – »Vielleicht.«
Der Kleine blickte ernst zu ihm auf. »Nimmst du mich einmal auf dein großes Schiff mit, Vater?«
»Das wäre durchaus möglich.« Clive mußte lachen.
Unterwegs stellte Richard eine Frage um die andere. Clive hatte ihn huckepack genommen, als es bergauf ging, aber das fortwährende Geplapper fiel ihm noch lästiger als das Gewicht auf seinem Rücken.
Richard schien sein Unbehagen zu spüren, denn er fragte plötzlich: »Hast du mich lieb, Vater?«
Clive mußte sich fassen, bevor er antworten konnte: »Aber natürlich. Warum fragst du?«
»Weil Nanni sagt, du wärst kein richtiger Vater.«
»So, sagt sie das? Und wieso bin ich kein richtiger Vater?«
»Das weiß ich nicht. Sie hat es nicht zu mir gesagt, sondern zu Radcliffe, als sie das Badewasser brachten.«
Endlich zeigte sich in der Ferne die Wohnhöhle. »Schau, dort sind Ställe!« rief Richard.
»Das sind keine Ställe«, erklärte Clive, »das ist ein Haus. Dorthin gehen wir. Du sollst die Leute kennenlernen, die dort wohnen.«
Zwei kleine Mädchen schleppten Wassereimer, und sowie sie Clive und das Kind erblickten, ließ das eine den Eimer stehen und rannte voraus.
Clive trug Richard immer noch, als er vor der Tür stand, und Cissy starrte auf die beiden, als hätte sie eine Vision. »Wir wollen nur einen Besuch machen«, sagte er rasch. »Wir sind auf einem Spaziergang.«
Cissy fiel es schwer, die Fassung nicht zu verlieren. Wortlos ließ sie die beiden eintreten. Clive führte das Kind an der Hand in den Wohnraum. »Sag schön guten Tag«, ermahnte er Richard. Dieser gehorchte, erhielt aber keine Antwort. Da Cissy ihn unverwandt ansah, wiederholte Clive verlegen: »Wir waren auf einem Spaziergang, und ich hielt es für eine gute Gelegenheit, die Bekanntschaft zu vermitteln.«

Mit einer Handbewegung forderte sie ihn auf, Platz zu nehmen. Er wollte eben die vier kleinen Mädchen auffordern, mit Richard zu spielen, als ihm einfiel, sie könnten Ungeziefer haben. Doch er überzeugte sich, daß Cissy ihre Geschwister sauberhielt. Er fragte sich, wie es kam, daß sie sich von den Dorfbewohnern so augenfällig unterschied, und einen Augenblick lang sah er sie wie Isabelle gekleidet und stellte sie sich tausendfach verschönert vor.
»Möchtest du mit den kleinen Mädchen spielen, Richard?« fragte Clive.
»O ja, gern!« antwortete der Kleine strahlend. Er kam nicht oft mit Kindern zusammen, und für ihn bedeutete die Begegnung eine freudige Überraschung. Er streckte Nelly die Hand hin. Nelly schaute Cissy fragend an, und als Cissy nickte, nahm sie Richard an der Hand und zog ihn hinaus. Die andern drei folgten.
Als ob Cissy erst jetzt erwachte, stürzte sie zur Tür. »Seid vorsichtig!« rief sie ihnen nach. »Spielt nicht so wild mit ihm, und bleibt in der Nähe!« Sie kehrte langsam zurück, und als sie beim Tisch stand, sagte sie nur: »Danke.«.
»So ist es am besten, finde ich. Mein Anwalt meint, das Haus sei in einer Woche gefunden. Ihr könntet also noch vor Weihnachten umziehen.«
Sie schüttelte ungläubig den Kopf. »Ich weiß gar nicht, was ich sagen soll...«
»Du brauchst mir nicht zu danken«, wehrte er ab.
»Und wenn Richard mich nicht mag?« gab sie zu bedenken. »Wenn er die Veränderung nicht will? Wenn er sich zu seinem gewohnten Leben zurücksehnt?«
»Er ist noch so klein, daß er alles bald vergessen wird. Bei dir kann er mit Kindern spielen. Bisher hatte er immer nur Erwachsene um sich, und das ist nicht gut für ihn.«
»Was... was sagt denn Ihr Vater dazu?« fragte sie ängstlich.
»Er weiß es noch nicht.«
»Er wird es niemals zulassen...«
»Er kann nichts dagegen tun«, erwiderte Clive entschieden.

»Er wollte selbst, daß ich das Kind anerkenne und ihm meinen Namen gebe. Folglich habe ich jetzt die elterliche Gewalt. Ich kann über Richard bestimmen, wie es mir beliebt, und ich will ihn seiner Mutter übergeben.«
Sie blickten einander an. Cissy senkte die Augen. Sie wußte nicht, was sie von diesem Manne halten sollte, der jung und doch nicht jung war. Sie wußte nur – und darüber wunderte sie sich –, daß sie keine Angst mehr vor ihm hatte.
Schließlich brach Clive das Schweigen. »Wie heißt du eigentlich? Ich weiß, man nennt dich Cissy.«
»Cecilia ist mein Taufname«, antwortete sie.
»Cecilia«, wiederholte er, »ein schöner Name.«
Sie spürte, daß sie über und über rot wurde. Während sie in Clives graue Augen schaute, die sie nicht losließen, erinnerte sie sich an Matthews Warnung: »Er ist auf etwas aus. Diese Leute tun nie etwas umsonst.«
Sie ging zur Tür und sah nach den Kindern. Die Mädchen verhielten sich, als hätten sie ihr Leben lang mit Richard gespielt, nicht nur damals, als er in der Wiege lag.
Clive stellte sich hinter Cissy, warf einen Blick auf die tollenden Kinder und betrachtete dann Cissys dicke braune Zöpfe. Wieder atmete er den Duft ihres Körpers, und da erkannte er, daß er noch nie etwas so innig begehrt hatte wie diese junge Frau.
Unvermittelt wandte sie den Kopf. »Er ist vergnügt«, sagte sie freudig. »Sie vertragen sich gut miteinander.«
»Natürlich vertragen sie sich«, antwortete er, »du brauchst dir keine Sorgen zu machen.« Er rief Richard herbei und forderte sie auf, ihn hochzuheben.
Cissy bückte sich und hob ihr Kind in die Höhe. Die Gefühle überwältigten sie. Als der Kleine den Kopf zurücklegte und verwundert fragte: »Warum weinst du?« war es um sie geschehen. »Vater, sie weint!« rief Richard kläglich.
Clive nahm ihr das Kind aus den Armen und schob sie mit der freien Hand in den Vorraum. Die kleinen Mädchen scharten sich um den Eingang und beobachteten die ungewöhnliche

Szene, so daß niemand die beiden Reiter auf der Straße am Fuße des Hanges bemerkte.

Isabelle hatte die Jagd genossen. Mit ihrer Treffsicherheit erregte sie die Bewunderung des jungen Bellingham, und das bereitete ihr eine gewisse Genugtuung. Sie und ihr Vater hatten die Einladung zum Essen abgelehnt, weil es früh dunkelte und sie noch bei Tageshelle heimkehren wollten. Lord Fischel war auf der Landstraße vorausgeritten; Isabelle, die sich vom jungen Bellingham begleiten ließ, schlug Nebenwege ein, um querfeldein zu galoppieren.

Nachdem sie achtlos das Rübenfeld eines Bauern überquert hatten, bogen sie in den Weg ein, der an der Parkmauer von Schloß Houghton entlangführte. Zufällig wandte Isabelle an einer Stelle, die einen Durchblick ließ, den Kopf, um ihrem Gefährten etwas zuzurufen. In diesem Augenblick gewahrte sie die Menschengruppe vor dem Gemäuer oben am Hang.

Zum erstenmal seit ihrer Rückkehr aus Schottland befand sie sich auf dieser Straße, aber nicht zum erstenmal hatte sie an das Mädchen in der Felsenhöhle gedacht, und nun sah sie dort oben... aber nein! Das mußte Einbildung sein, unmöglich, daß sie Clive und Richard dort oben sah. Sie zügelte ihr Pferd und reckte sich im Sattel. Kein Zweifel, es war ihr Bruder, der dem Mädchen das Kind abnahm und es in die Behausung führte.

Die Stimme des jungen Bellingham hielt Isabelle davon ab, den Hang im Galopp zu nehmen. »Was gibt's dort oben? Landstreicher?« fragte er lachend. Sein Pferd tänzelte, er lenkte es neben das ihre, und zu seiner Verwunderung sah er, daß ihr Gesicht wutverzerrt war. Gleichzeitig freute er sich über ihr Standesgefühl. »Eine Plage ist dieses Pack«, fuhr er ernster fort. »Mein Vater sagte erst neulich, man müßte es mit einem eisernen Besen ins Meer fegen. Keinen Quadratmeter kann man mehr uneingezäunt lassen, ohne daß sich Landstreicher oder Kesselflicker darauf breitmachen.«

Isabelle klärte ihn nicht darüber auf, daß dieses Stück Land ihrem Vater nicht gehörte; sie war froh, daß er Clive nicht erkannt hatte, sonst hätte sich die Skandalgeschichte wie ein Lauffeuer in der ganzen Gegend verbreitet.

Sie überraschte ihn abermals, indem sie ihr Pferd in Galopp brachte und bis zum Nordtor kein Wort mehr sprach. Hier wandte sie sich im Sattel und und sagte kurz: »Wahrscheinlich komme ich morgen wieder zur Jagd. Auf Wiedersehen.« Sie sprengte durch den Park und ließ ihn mit offenem Munde zurück.

Erst kurz vor dem Schloß ließ sie ihr Pferd in Trab fallen. Sie war aus dem Sattel gesprungen, ehe der Stallbursche ihr den Steigbügel halten konnte. »Wo ist seine Lordschaft?« fuhr sie den Diener in der Halle an.

Hatton verstand sie nicht. Wußte sie denn nicht, daß seine Lordschaft gleich nach der Jagd immer ein Bad nahm? »In der Badestube«, antwortete er. »Er nimmt sein Bad.«

Isabelle raffte ihr Reitkleid hoch und stürmte die Treppe hinauf. Sie klopfte an die Tür, die Cunningham darauf spaltbreit öffnete. »Sag seiner Lordschaft, daß ich sofort mit ihm sprechen muß. Ich erwarte ihn in seinem Ankleidezimmer. Es ist dringend!«

Cunningham brauchte die Botschaft nicht auszurichten, Lord Fischel hatte die laute Stimme seiner Tochter gehört. Als er kurz darauf seinen Ankleideraum betrat, fand er sie in einem ähnlichen Zustand wie an jenem Tag, da er sie geohrfeigt hatte. Er merkte jedoch sogleich, daß sich ihre Wut nicht gegen ihn richtete. »Was ist los?« fragte er mit scharfer Stimme.

Ihr Mund war so trocken, daß sie sich die Lippen befeuchten mußte. »Clive... Clive hat Richard zu dem Weibsbild in der Felsenhöhle gebracht.«

Lord Fischels Gesicht spannte sich. »Was!«

»Ich sah ihn dort oben. Sie... sie hielt Richard in den Armen. Er nahm ihn ihr ab und ging mit ihr hinein.«

Lord Fischel war nahe daran, ihr zu erwidern: »Du irrst dich. Du bist so besessen von dem Kind, daß du an Einbildung leidest.« Denn sie war von dem Kind besessen, und es machte ihn eifersüchtig, daß Richard an ihr hing. Er ermahnte sich,

einen klaren Kopf zu behalten, um die Angelegenheit vorurteilslos zu untersuchen. Er rief Cunningham zu sich und befahl ihm, die Kinderfrau herzubringen.
Isabelle schritt erregt auf und ab. »Hör auf mit dem Gezappel!« fuhr er sie an. »Wir müssen der Sache auf den Grund gehen und feststellen, was dahintersteckt.«
Sie blieb stehen und schlug mit der Faust auf die Rückenlehne eines Stuhles. »Sie ist eine Dirne, eine gemeine Dirne! Sie will ihn umgarnen, dieses Luder!«
»Sei still! Du weißt nicht, wie es sich verhält. Als ich mit ihr sprach, machte sie keinen schlechten Eindruck. Ärmlich, gewöhnlich, ungebildet – ja, aber keineswegs schlecht oder unmoralisch.«
»Wie willst du das beurteilen?« empörte sich Isabelle. »Ihr Männer seid alle gleich, ihr laßt euch von jedem hergelaufenen Frauenzimmer einwickeln!«
»Sei verständig«, entgegnete er kalt. »Sie konnte sich ihm nicht nähern, er muß den Anfang gemacht haben.«
In diesem Augenblick erschien die Kinderfrau.
»Wo ist Richard?«
»Herr Clive hat ihn auf einen Spaziergang mitgenommen.«
»Um wieviel Uhr?«
»Um zwei, Mylord.«
»Ohne daß er gegessen hatte?«
»Doch, Richard hatte schon gegessen. Herr Clive wünschte es so.«
»Sagte er, wohin er mit dem Kind gehen wollte?«
»Nein. Ich... ich dachte, er wollte nur einen Spaziergang im Park machen. Ich war schon beunruhigt...«
Diese Auskunft genügte Lord Fischel, und die Kinderfrau war weiterer Fragen enthoben. Als sich die Tür hinter ihr geschlossen hatte, sagte er zu seiner Tochter: »Geh und zieh dich um. In einer halben Stunde treffen wir uns unten in der Halle. Wenn er bis dahin nicht zurückgekehrt ist, begleitest du mich im Wagen.«

Es dunkelte schon, als Clive die Stufen zur Auffahrt emporstieg und die Equipage vor dem Schloß stehen sah. Hatton schickte sich an, Lord Fischel und Isabelle beim Einsteigen zu helfen.
»Großvater! Tante Isabelle!« Richard rannte auf die beiden zu. Lord Fischel nahm ihn auf den Arm und hielt ihn fest, obwohl sich der Kleine gegen den Zwang wehrte.
Erst in der Halle setzte er das Kind ab und übergab es Hatton, der es ins Kinderzimmer hinaufführte, wo die weinende Nannie es in die Arme schloß. Richard ließ das alles verwundert über sich ergehen, aber es betrübte ihn, daß er weder dem Großvater noch Tante Isabelle von dem herrlichen Erlebnis erzählen konnte, das er heute mit seinem Vater gehabt hatte.
Im Herrenzimmer stand Lord Fischel und Isabelle beinahe Schulter an Schulter; der Zorn auf Clive hatte sie ausnahmsweise vereint. Clive vermutete, sie zürnten ihm nur, weil er den Kleinen aus seiner wohlbehüteten Welt entführt hatte, noch dazu in einer Zeit, da die Cholera nicht nur in Sunderland wütete, sondern auch schon in Jarrow. Doch als sein Vater mit zornbebender Stimme sagte: »Erkläre dich gefälligst«, merkte Clive, daß es um mehr ging als um einen erweiterten Spaziergang. Die letzten Zweifel verflüchtigten sich, als Isabelle ihn anzischte: »Wie konntest du dich unterstehen, das Kind in das schmutzige Loch zu bringen!«
Sie wußten also Bescheid. In gewisser Weise freute er sich darüber, denn es ersparte ihm die Mühe, ihnen seinen Entschluß des langen und breiten zu erklären.
»Hast du gar keinen Anstand?« preßte Lord Fischel zwischen dünnen Lippen hervor. »Hast du kein Gefühl dafür, was sich schickt? Genügte die vierjährige Strafe nicht?«
Das Lächeln verschwand aus Clives Gesicht, die grauen Augen wurden hart, und er sprach wie der Steuermann an Bord: »Du willst mich Anstand lehren? Du sprichst von Recht und Unrecht? Du hast ihr das Kind mit Gewalt genommen...«
»Das ist eine Lüge.«
»Auch wenn du dafür bezahlst, hast du mit den Gefühlen eines einfachen Mädchens gespielt und dir seine Unkenntnis der

Gesetze zunutze gemacht – du kauftest das Kind für zwei Taschentücher! Ist es nicht so? Nicht für fünfundzwanzig Shilling in der Woche, wie du mich glauben machen wolltest, sondern für die zwei Taschentücher, die ihre Schwester gestohlen hatte. Du bewahrtest ihre Schwester vor der Besserungsanstalt, und sie mußte das mit ihrem Kind bezahlen... Ich vergewaltigte das Mädchen, und dafür wurde ich von dir bestraft, aber du konntest die Schandtat nicht aus meinem Gedächtnis löschen – sie verfolgte mich immerzu. Und jetzt werde ich sie wiedergutmachen, indem ich der Mutter das Kind zurückgebe.«

»Das darfst du nicht, das darfst du nicht! Du bist von Sinnen!« schrie Isabelle. »Ich lasse es nicht zu. Das Kind gehört... Vater.« Sie hatte sagen wollen: »Das Kind gehört mir«, aber sich im letzten Augenblick verbessert. »Er hat für Richard gesorgt und ihn standesgemäß erzogen. Dort oben wird er umkommen.«

»Er soll gar nicht dort oben leben. Ich stelle seiner Mutter ein Haus zur Verfügung.«

»Das kannst du nicht«, entgegnete Lord Fischel.

»Weshalb nicht? Wolltest du nicht selbst, daß ich Richard gesetzlich anerkenne? Das ist geschehen, und er untersteht jetzt meiner Befugnis. Nach reiflicher Überlegung finde ich es das beste, wenn er bei seiner Mutter aufwächst. Nächste Woche wird alles soweit sein. Du kannst nichts daran ändern, Vater.« Er blickte auf Isabelle. »Du auch nicht, liebe Schwester.«

»Du darfst nicht, du kannst nicht! Ich lasse es nicht zu.« Vor ihm stand jene entschlossene, herrschsüchtige Isabelle, die ihn früher so geängstigt hatte, daß er ihr in allem zu Willen gewesen war. Aber sie rechnete nicht mit Clives vierjähriger Abhärtungsfron auf dem Handelsschiff. Als sie ihn anschrie: »Lieber sehe ich ihn tot als bei dieser dreckigen Hure«, stieß er sie mit aller Kraft vor die Brust. Sie wäre hingefallen, hätte ihr Vater sie nicht aufgefangen.

Lord Fischels Zorn verging beim Anblick des wutentflammten Gesichts seines Sohnes. So hatte er ihn noch nie gesehen.

»Untersteh dich, sie so zu nennen!« brüllte Clive. »Du bist selbst schlimmer als eine Hure! Hast du mir nicht erzählt, was du mit deinem Onkel getrieben und wie du deine Tante gequält hast? Dein Leben lang warst du unnatürlich, und nur dieses Haus hat dich vor dem Schandpfahl bewahrt. Mich ekelt, wenn ich daran denke, daß ich mit dir im selben Mutterleib war!«
Isabelle stand jetzt allein; ihr Vater hatte ihr bei der Erwähnung seines Schwagers und seiner Schwester die Stütze entzogen. Verloren, fast gebrochen blickte er vom Sohn zur Tochter, und wieder bedrängte ihn die Frage: Warum hat mich das Schicksal mit solchen Kindern gestraft?
»Genug!« tönte plötzlich seine Donnerstimme. Isabelle und Clive verstanden zwar den Doppelsinn dieses Machtspruchs nicht, aber sie verstummten. Die Stille wurde erst gebrochen, als Clive kehrtmachte und hinausstampfte.
Lord Fischel ging an sein Pult und setzte sich. Er fühlte sich müde, alt und nutzlos. Das einzige Menschenwesen, das er wirklich geliebt hatte, sollte ihm genommen werden. Isabelle atmete heftig und lehnte sich fragend zu ihm vor: »Was wirst du unternehmen?«
»Wir können wenig tun, im Grunde gar nichts.«
Doch Isabelle gab nicht nach. »Es muß doch irgendeine Handhabe geben«, sagte sie.
Wieder trieb es Lord Fischel, das Gesicht, das er einst geschlagen hatte, weit forzustoßen. Er hätte seine beiden Kinder am liebsten gleich wieder verbannt. Wie friedlich hatte er mit Richard zusammengelebt! Da war er glücklich gewesen, und dieses Glück hatte auch nach außen gewirkt: Mit Nachsicht und Güte hatte er auf seinem Gut geherrscht und sich der Wohltätigkeit befleißigt. Dank dem Kind war er ein anderer Mensch geworden, und nun sollte er es zurückgeben.
»Gibt es keine gesetzliche Handhabe?« wiederholte Isabelle. »Richard ist doch dein Erbe in zweiter Linie.«
»Ja, in zweiter Linie. Das ist es eben. Sein Vater hat die gesetzliche Befugnis, und ich habe es so gewollt«, sagte er

reuig. »Ich drängte ihn, sein Kind anzuerkennen. Du warst ja auch dafür. Jetzt haben wir die gesetzliche Anerkennung des Knaben... und das ist die Folge.«
Isabelle richtete sich auf. »Wenn sich gesetzlich nichts erreichen läßt, muß es doch eine illegale Möglichkeit geben.«
Lord Fischel ging darauf nicht ein.
Sie lehnte sich wieder vor und kam seinem Gesicht nahe. »Ich könnte ihn entführen«, flüsterte sie.
Er stand abrupt auf. »Nein, nein. Das wäre lächerlich und fruchtlos.«
»Willst du denn tatenlos zusehen, wie er mit dem Kind aus dem Hause geht und es dem Weibsbild übergibt? Bist du hier der Herr und Meister? Bellingham sagte einmal, das beste Mittel, unliebsames Volk unschädlich zu machen, bestehe darin, ihren Wohnsitz einzuzäumen, um sie von der Umwelt abzuschneiden. Landbesitzer hätten immer das Recht auf ihrer Seite.«
Lord Fischel überlegte und kam zum Schluß, Clive sei vielleicht zur Vernunft zu bringen, wenn das Kind eine Zeitlang außer Reichweite wäre. Man mußte in Ruhe darüber sprechen, nicht in zorniger Aufwallung. Er bezweifelte, daß Clive eine Klage wegen Kindsentführung vorbringen würde, denn unter der rauhen Schale des Seemanns mußte doch immer noch der empfindsame, phlegmatische Mensch verborgen sein, der den Weg des geringsten Widerstandes ging und meistens Einsicht gezeigt hatte.
Lord Fischel seufzte und sagte: »Wir wollen morgen weiter darüber sprechen. Bleib in Richards Nähe und laß mich sofort wissen, wenn Clive seine Drohung wahrmachen will.«

7

Clive ritt nach Newcastle und erfuhr von Weir, daß am Rande der Stadt ein geeignetes Haus mit schöner Aussicht gefunden worden war. Das Haus konnte schon nächste Woche bezogen

werden, und es stand dem Käufer frei, die Einrichtung ganz oder teilweise zu übernehmen.
Bei der Besichtigung entschloß sich Clive, die gesamte Einrichtung zu übernehmen. Die Möbel waren eher solide als geschmackvoll, aber in Anbetracht der Kinderschar mochte das sein Gutes haben. Das Haus hatte drei Stockwerke mit je vier Zimmern, dazu gehörten ein Pferdestall und eine Remise. Clive beglückwünschte Weir zu dieser trefflichen Wahl.
Als er darauf durch die Straßen von Newcastle ritt, dachte er beim Anblick der gepflasterten Bürgersteige und Schaufenster: Das alles will ich ihr zeigen. Wahrscheinlich hat sie noch nie solche Läden gesehen, und sie muß eingekleidet werden. Ja, bevor sie das Haus bezieht, muß sie eingekleidet werden.
Er kehrte im Klub ein, aber nur um zu essen; diesmal trank er nicht, um einen klaren Kopf zu behalten. Es schwante ihm, daß sich im Schloß irgend etwas zusammenbraute; sein Vater verhielt sich auffällig höflich, Isabelle war zurückhaltend, konnte ihren Haß jedoch nicht verbergen.
Auf dem Heimritt schwenkte er von der Landstraße in den Seitenpfad ab, der nach Rosier führte, und trabte querfeldein. Der Himmel schien in der Ferne auf den Hügeln zu lasten. Streckenweise war der Boden hart unter den Pferdehufen, dann wieder mußte sich das Tier durch einen Sumpf pflügen. Dieses Landschaftsbild hatte Cissy den ganzen Winter vor sich, dachte Clive, hatte sie viele Winter vor sich gehabt, während sie mühsam für ihre Geschwister kämpfte. In das unwiderstehliche geheime Gefühl für sie mischte sich tiefe Bewunderung.
Als er die Wohnstätte erreichte, war niemand zu sehen, und auf sein Klopfen erhielt er keine Antwort. Enttäuscht wollte er umkehren, als Cissy vom Pfad unten heraufkam. Sie trug einen hellgrauen Schal mit rosa Fransen, der sie reizend kleidete. Vier Kinder folgten ihr und trugen große und kleine Tüten. Sie selbst schleppte einen Korb mit Lebensmitteln.
Er hielt sein Pferd am Zügel und wartete. Die Kinder sprangen zur Seite, als der Gaul schnaubend den Kopf warf.

Cissy sah Clive fragend an. »Ich kam hier vorbei, weil ich dir etwas mitzuteilen habe«, sagte er fast schüchtern.
Sie entnahm ihrer Rocktasche einen großen Eisenschlüssel, öffnete die Tür, übergab Sarah den Korb und ließ die Kinder eintreten. Dann wandte sie sich zu Clive um und sagte: »Ja, Herr?«
Er lächelte sie freundlich an. »Ich heiße Clive.«
Sie errötete. Sie hätte es nicht über sich gebracht, diesen jungen Mann mit seinem Vornamen anzureden. Sonderbare Gefühle bewegten sie, eine Mischung von Erregung, Staunen und Furcht, doch letzteres bezog sich nicht auf seine Person.
»Ich habe ein Haus gefunden«, sagte er rasch. »Es ist sehr hübsch, liegt in ländlicher Gegend und hat eine schöne Aussicht. In sechs Tagen ist es bezugsbereit. Möchtest du es vorher ansehen?«
Cissy ließ den Kopf hängen. »Was hast du denn?« fragte er.
»Ich mache mir Sorgen«, antwortete sie leise. Er trat einen Schritt näher, das Pferd immer noch am Zügel haltend. »Sorgen? Weswegen?«
Sie mußte die Wahrheit verschweigen. Matthew war gestern da gewesen und hatte ihr ins Gewissen geredet. »Überleg dir doch«, hatte er gesagt, »kennst du einen einzigen vornehmen Herrn, der etwas Gutes tut, ohne dafür etwas zu nehmen? Sogar ihre Wohltätigkeit wird nur denen zuteil, die für sie arbeiten. Beantworte dir einmal in aller Ruhe die Frage: Warum überläßt dir dieser Mann, der eines Tages der Schloßherr sein wird, seinen Sohn, den er gesetzlich anerkannt hat? Ich will es dir sagen. Weil es ihm freisteht, in dein Haus, das er gekauft oder gemietet hat, zu kommen und zu gehen, wann es ihm beliebt. Du kannst ihn nicht hindern, seinen Sohn zu besuchen. Du wärst seine ausgehaltene Mätresse, jedenfalls wirst du so angesehen werden. Laß dir doch von mir helfen. Auch ich kann dir eine Wohnung verschaffen.«
»Es hat wohl nichts zu bedeuten, wenn ich als deine Mätresse gelte!« hatte sie Matthew unter Tränen erwidert. »Schon längst zeigen die Leute mit Fingern auf mich, und ich kann nicht

einmal Holz sammeln, ohne daß mich deine Frau belauert. Ausgehaltene Mätresse! Ja, dafür hält sie mich, für deine Mätresse! Wenn ich sein Haus annehme, bekomme ich zudem mein Kind; und ich will mein Kind wieder.«
Clive wartete auf eine Antwort, und so sagte sie leise: »Es ist eine sonderbare Vereinbarung.«
»Weshalb denn? Daran ist gar nichts Sonderbares. Du wirst in deinem eigenen Hause von deinem eigenen Geld leben. Ich versichere dir, alles wird ordnungsgemäß und gesetzlich geregelt werden. Du wirst die Schriftstücke erhalten, und niemand kann dich mehr behelligen. Ich selbst gehe wieder zur See. Vielleicht bleibe ich Monate weg, vielleicht Jahre, aber wenn ich zurückkomme, möchte ich natürlich meinen Sohn sehen, und mit deiner Erlaubnis besuche ich euch dann. Das ist alles.«
So wie er die Sache darlegte, schien wirklich alles ganz einfach, wenn auch ungewöhnlich. Von einer Mätresse war offenbar keine Rede.
»Laß mich dich morgen abholen«, fuhr er eindringlich fort, »damit ich dir das Haus zeigen kann, wenigstens von außen. Ich nehme dich auch zu meinem Anwalt mit, er soll die Sache mit deinem Einkommen regeln. Danach kannst du dir die Geschäfte in Newcastle anschauen.« Die Einkäufe erwähnte er nicht, das wollte er ihr vorläufig überlassen.
Nach einer Weile sagte sie schlicht: »Danke.«
»Es ist also abgemacht. Kannst du um zehn Uhr bereit sein? Oder ist das zu früh?«
»Nein, das ist nicht zu früh.« Beinahe hätte sie gelacht. Sie war gewohnt, beim Morgengrauen aufzustehen.
»Bis morgen also.« Da er sich anschickte, aufzusitzen, fragte sie rasch: »Und Lord Fischel? Was sagt er dazu?«
»Er ist natürlich dagegen«, antwortete Clive mit abgewandtem Gesicht. »Anders wäre es kaum denkbar.« Er schwang sich in den Sattel, neigte den Kopf und ritt davon.

Beim Essen verhielt sich Lord Fischel sehr höflich. Er eröffnete das Gespräch mit den Plänen für die Jagd, die am nächsten Tag

in seinem eigenen Revier beginnen sollte. Er hoffe, daß sein Freund Bellingham bessere Beute machen werde als auf seinem Gut, wo die Wilderer gewütet hatten. Er fragte, ob Clive ihn begleiten wolle, worauf dieser höflich erwiderte, er habe leider schon eine Verabredung getroffen und müsse in die Stadt.
»Dann vielleicht ein andermal«, sagte Lord Fischel, »die Jagd dauert ja noch eine Woche.«
Isabelle sprach kein Wort mit ihrem Bruder; gleich nach dem Essen entschuldigte sie sich und verließ den Speisesaal.
Am folgenden Morgen erschien Clive erst, als sich die Bedienten nach der Andacht zerstreuten. Er frühstückte mit seinem Vater, der ihm wegen des Verstoßes gegen die Hausregeln keinerlei Vorwürfe machte. Isabelle erschien nicht, und es fiel kein Wort über ihre Abwesenheit.
Um die Form zu wahren, fragte Clive, ob er den zweiten Wagen benutzen könne, worüber sich der Vater wunderte. »Aber natürlich«, antwortete er.
Nach dem Frühstück ließ Clive dem Kutscher Bowmer ausrichten, er solle sofort anspannen. Als er die Treppe hinauf ging, kam Isabelle mit der Zofe aus ihrem Zimmer. Sie schlugen die Richtung zu dem Flügel ein, wo Richard und die Kinderfrau untergebracht waren. Isabelle trug nicht ihr Reitkleid, sondern ein Reisekostüm, und die Zofe hatte Isabelles Mantel über dem Arm. Clive blickte ihnen erstaunt nach.
Leise öffnete er das Schlafzimmer seiner Schwester und schaute hinein. Es war aufgeräumt, Gepäck war nicht zu sehen, und nichts ließ auf eine überstürzte Abreise schließen.
Er stieg die Treppe hinauf, die zu Richards Spielzimmer führte. Clive riß die Tür so plötzlich auf, daß die Kinderfrau und der Kleine erschraken.
Das Kind faßte sich rasch. »O Vater! Gehst du mit uns spazieren?« rief es, bis auf den Mantel für den Ausgang angezogen.
»Heute nicht, vielleicht morgen«, antwortete Clive und streichelte ihm den Kopf.
Die Kinderfrau war verwirrt und bekam einen Hustenanfall.
»Trink einen Schluck Wasser«, riet er ihr.

Auch in Richards Schlafzimmer fand Clive weder seine Schwester noch ihre Zofe. Er blieb im Korridor stehen und betrachtete die übrigen Türen. Was würde er Isabelle sagen, wenn er sie in einem anderen Zimmer fand? Es stand ihr frei, eine Spazierfahrt zu unternehmen. In diesem Augenblick erschien ihre Zofe auf der Treppe; sie erstarrte bei seinem Anblick und schien ebenso aufgeregt wie die Kinderfrau.

Nachdenklich begab sich Clive in sein Zimmer und zog sich zur Ausfahrt an. Er steckte einen Beutel mit Sovereigns ein und verließ über die Freitreppe das Haus.

Gemächlich blickte er zum Himmel empor, an dem hoch oben Wolken vor dem Winde segelten. Aus den Augenwinkeln nahm er eine Bewegung im Arbeitszimmer seines Vaters wahr, doch als er blitzschnell zu dem Fenster schaute, war dort nichts mehr zu sehen.

Auf dem Hof stand Morris in Kutschertracht. Clive fragte sich, ob sein Vater die Anordnung geändert hatte, denn es bestand ein genaues Protokoll, welcher Kutscher welchen Wagen zu fahren hatte. Da aber kam Bowmer mit den beiden Braunen herbei, die vor die zweite Equipage gespannt waren, lüftete den Hut und meldete: »Guten Morgen, gnädiger Herr. Ich stehe zu Diensten.«

»Guten Morgen, Bowmer. Was ich fragen wollte: wird der erste Wagen benutzt?«

Bowmer zögerte, bevor er bejahte.

»Wer benutzt ihn? Soviel ich weiß, wollte seine Lordschaft auf die Jagd gehen.«

»Ich... ich weiß es nicht. Ich weiß nur, daß Morris gestern abend den Befehl erhielt, anzuspannen.«

»Weißt du, wohin die Reise gehen soll?« forschte Clive weiter.

»Nein, gnädiger Herr.« Bowmer sah ihn treuherzig an. »Es dürfte sich um eine längere Reise handeln, denn Morris mußte den Gepäckaufsatz anbringen.«

»Danke.« Clive ließ sich den Schlag öffnen und stieg ein. Durchs Wagenfenster wies er den Kutscher an, zum Südtor zu fahren, aber unterwegs bei der Zypressenallee zu halten. An

der bezeichneten Stelle stieg Clive aus und befahl dem Kutscher, hier zu warten. Raschen Schrittes ging er den Weg zurück. Die erste Equipage war vorgefahren. Die Diener luden gerade Gepäck ein; dann erschien die Kinderfrau und die Zofe, jede mit einer Reisetasche in der Hand, im Portal. Nach einer Weile folgten Isabelle und sein Vater, Richard zwischen sich führend.
Der Boden flog Clive unter den Füßen weg. Er war an der Hausecke, bevor sie die letzte Stufe der Freitreppe erreicht hatten. Als sie ihn erblickten, blieben sie einen Augenblick stehen, dann ergriff Isabelle das Kind und rannte zum Wagen. Kaum hatte sie den Knaben hineingesetzt, wurde sie zurückgerissen und erlitt die Demütigung, der Länge nach auf den Kies zu fallen.
Als sie sich aufgerafft hatte, hielt Clive das Kind schon in den Armen. Die Diener wahrten Abstand und starrten ihn mit offenem Munde an. Das aschfarbene Gesicht seines Vaters hatte einen beschämten und gleichzeitig vorwurfsvollen Ausdruck. Isabelle zitterte vor Wut.
Clive suchte die Kinderfrau, und als er sie hinter Morris und der Zofe entdeckte, herrschte er sie an: »Her mit Richards Gepäck, aber schleunigst!« Wie hypnotisiert stellte sie die Reisetasche vor ihn hin und bezeichnete mit bebendem Finger dem Kutscher, welchen Koffer er vom Gepäckträger herunterheben sollte.
Richard spürte die feindselige Atmosphäre; er begann zu weinen, und Clive klopfte ihm den Rücken. In einem Tone, der trotz der Anwesenheit Lord Fischels keinen Widerspruch duldete, befahl er Morris, das Gepäck zu seinem Wagen zu bringen.
Während der Fahrt bemühte sich Clive vergeblich, Richard zu beruhigen. Als Bowmer begriff, wohin es ging, glaubte er zu träumen. »Ich war ja von Anfang an auf der Seite des jungen Herrn«, erzählte er später Morris, »aber ich finde es verrückt von ihm, das Kind in dem Loch zu lassen, Mutter hin oder her.«

Als der Wagen unten am Hang hielt, erschien Cissy vor der Tür ihrer Behausung. Sie trug einen sauberen Rock und ein neues Mieder, darüber das hellgraue Tuch. Sie hielt es nicht für möglich, als Clive mit Richard heraufkam und hinter ihnen ein livrierter Diener, der Gepäck schleppte.
Nachdem das Gepäck abgesetzt war, sagte Clive zu Bowmer: »Warte unten. Ich komme bald nach.«
Cissy blickte von Clive zu dem Kind, das immer noch weinte. »Was ist geschehen?« erkundigte sie sich zaghaft.
»Sie wollten ihn entführen«, erklärte Clive kurz und sachlich. »Es wäre ihnen auch gelungen, wenn ich nicht etwas gemerkt hätte.« Er holte tief Atem. »Paß gut auf. Du kannst am Montag oder Dienstag in das Haus einziehen, aber inzwischen behalte Richard bei dir, und laß ihn nicht aus den Augen.«
»Und wenn sie herkommen?« erwiderte Cissy erschrocken. »Wenn sie Bediente schicken, die ihn holen sollen?«
Er schüttelte den Kopf. »Das werden sie nicht tun«, sagte er bestimmt. »Ich fahre jetzt nach Hause, und wenn ich meinen Spruch gesagt habe, werden sie keinen Finger mehr rühren.«
Der Gedanke an die Drohung, die er vorzubringen gedachte, war ihm während der Fahrt gekommen, und in gewisser Weise wunderte er sich, daß er nicht längst darauf verfallen war, denn je mehr er sich damit beschäftigte, desto weniger schien es ihm eine Drohung als vielmehr eine Möglichkeit, die ihm eigentlich zusagte.
»Für alle Fälle komme ich in den nächsten Tagen wieder. Du brauchst dir keine Sorgen zu machen. Richard muß gut behütet werden, das ist alles. Wo sind eigentlich deine Schwestern?«
»Sie sammeln Holz.«
»Ach...« Er lachte kurz. »Na bald brauchen sie kein Holz mehr zu sammeln.«
Das hatte auch Cissy am Morgen gedacht, als sie ihnen die Säcke gab. Sie hatte ihnen Anweisungen wegen des Mittagessens gegeben und ihnen eingeschärft, nach der Rückkehr hinter verschlossener Tür zu bleiben.
Sie betrachtete Richard. Er lutschte an einem Finger und

blickte sie aus verweinten Augen an. Spontan setzte sie sich vor ihn und sagte: »Komm, laß mich dir den Mantel ausziehen.«
Unversehens schlug er nach ihr. »Nein, nein!« schrie er, »ich will zu Nannie!« Cissy war, als hätte man ihr ein Messer durch die Rippen gestoßen.
»Richard, sei nicht frech!« Clive nahm die Hand des Kleinen und wies auf Cissy. »Du dachtest, deine Mutter wäre im Himmel, nicht wahr? Sie ist aber nicht im Himmel. Das hier, Richard...«
»Vater! Vater!« Die Tränen liefen dem Kleinen wieder über die Backen.
Clive schüttelte ihn ungeduldig am Arm. »Unterbrich mich nicht, wenn ich mit dir spreche. Diese Frau...«
Jetzt mischte sich Cissy ein. »Schon gut, schon gut«, sagte sie und nahm das Kind auf, das sich mit Armen und Beinen wehrte. Sie trug es in die Höhle und ließ es sich in einem Eimer erleichtern.
Als es fertig war und sie seine Kleider ordnete, blickte es ernst zu ihr auf. Sie kehrte mit ihm zu Clive zurück, der sich verabschiedete. »Ich muß gehen, aber ich komme wieder.« Im gleichen Tone sagte er zu seinem Sohn: »Sei brav, mein Junge.«
»Darf ich mitkommen?« fragte Richard.
»Diesmal nicht«, erwiderte Clive. »Ich komme bald wieder. Du bleibst bei deiner... Du bleibst vorläufig hier.« Er wandte sich an Cissy: »Er wird sich schnell eingewöhnen.«
Sie mußte das Kind zurückhalten, weil es ihm nachlaufen wollte, und wieder schlug es nach ihr. Dann, als sie mit ihm allein war, wich es vor ihr zurück bis zur Felsenwand. Seine Unterlippe zitterte, und es brach in lautes Weinen aus.

Als der Wagen beim Meilenstein in die Straße einbog, sah Clive in der Ferne eine Reitergruppe. Das mußten die Jagdgäste sein. Er rechnete, daß ihm bis zu ihrer Ankunft nur wenig Zeit blieb, und trieb Bowmer deshalb zur Eile an.

Der Pförtner machte ein erstauntes Gesicht, als er den jungen Herrn so bald zurückkehren sah; noch verwunderter war Hatton, als Clive die Halle betrat und nach seiner Lordschaft fragte.
Im Salon fand er nicht nur seinen Vater vor, sondern auch Isabelle. Es schien ihm bedeutungsvoll, daß sein Vater saß, während Isabelle stand; beide hielten ein Brandyglas in der Hand. Clive hatte sie offensichtlich überrascht. Lord Fischel erhob sich langsam; Isabelle machte einen Schritt rückwärts und stellte ihr Glas auf ein Tischchen.
Er ließ sie auf die Begründung seiner raschen Rückkehr nicht lange warten. »Richard ist jetzt bei seiner Mutter«, verkündete er. »Ich möchte euch warnen: Wenn einer von euch den geringsten Versuch macht, ihn zurückzuholen oder...« er schaute auf seine Schwester, »ihr irgendwie zu schaden, werde ich Richards Mutter unter meinen Schutz stellen, und zwar indem ich sie heirate. Überlegt euch also, ob ihr sie als die zukünftige Lady Fischel sehen wollt, denn ich werde es tun. Vielleicht erinnert ihr euch, daß mein Urgroßvater ebenso handelte, als er seine zweite Frau heiratete. Dieses Beispiel zeigt, daß man eine einfache Frau in eine Lady verwandeln kann.«
Keiner der beiden sprach, fassungslos sahen sie ihn an. Er wandte sich abschließend an seinen Vater: »Das Haus, das ich für die Mutter meines Kindes gekauft habe, wird erst am Montag oder Dienstag bezugsbereit sein. Bis dahin bleibe ich auf jeden Fall noch hier.«
Erst als er bei der Tür war, ertönte die gepreßte Stimme seines Vaters: »Clive!«
Er wandte sich um. Lord Fischel hatte Mühe, Worte zu finden; er befeuchtete sich die schmalen Lippen und schluckte ein paarmal leer. »Könntest du Richard bis dahin nicht hierher zurückbringen?« bat er. »Ich verspreche dir, ihn nicht mehr wegzuschaffen. Der Gedanke ist mir unerträglich, daß er dort oben in der Höhle leben muß.«
»Nein«, entgegnete Clive hart. »Wegen seiner Gesundheit

brauchst du dir keine Sorgen zu machen. Dort oben sind Kinder aufgewachsen, ohne daß es ihnen geschadet hat. Auch du kannst Richard und seine Mutter später gern besuchen, wenn du willst.« Als er den Salon verließ, kamen die Jagdgäste schon die Treppe herauf, und er verschwand rasch in sein Zimmer.

8

Drei Ereignisse führten den Höhepunkt des Dramas herbei. Das erste schien harmloser Art zu sein: Lord Fischel teilte seinem Sohn am folgenden Morgen mit, solange er sich im Schloß aufhalte, habe er sich dem Gebot der Höflichkeit zu fügen, und dazu gehöre seine Teilnahme an der Jagd, zumal seine Schwester indisponiert sei.

Das zweite Ereignis bestand darin, daß sich Isabelle, die angeblich wegen einer Erkältung in ihrem Zimmer geblieben war, betrunken hatte.

Nicht der Brandy hatte ihre Wut entflammt. Im Gegenteil, sie trank, um sich zu betäuben und ihren Haß auf Cissy zu vergessen. Sie brütete über der Vergangenheit, und ihre vernebelten Gedanken kamen nicht über den Tag hinaus, da sie den kleinen Jungen beim Kaninchenfang ertappt und im Kampf mit Cissy den kürzeren gezogen hatte. An jenem Tag war ihr ungestümes Wesen hervorgebrochen, und als hätte die Drachensaat nur darauf gewartet, den geeigneten Boden zu finden, hatte sich ihr ganzer Haß auf das Mädchen aus der untersten Volksschicht gerichtet.

Und nun mußte sie die Demütigung erleiden, daß die Verabscheute nicht nur das Kind zurückgewonnen, sondern ihr auch den Bruder abspenstig gemacht hatte. Er hatte gedroht, er werde sie heiraten, und Isabelle glaubte ihm. O ja, sie glaubte ihm, denn wenn er von ihr sprach, stand es ihm auf dem Gesicht geschrieben, was er für sie empfand.

Sie lehnte am Fenster und leerte abermals ein Glas. Der

schwere graue Himmel verkündete Schnee. Sie wollte ins Freie, es verlangte sie nach Bewegung. Warum sollte sie nicht doch an der Jagd teilnehmen? Sie konnte sagen, die Erkältung hätte sich gebessert.

Impulsiv rief sie die Zofe und befahl ihr, das Reitkleid zu bringen.

Das dritte Ereignis spielte sich in der Mühle ab. Matthew kehrte eben aus Benham zurück. Als er in den Hof einritt, kam Straker aus dem Hause gelaufen, und gleichzeitig sah Matthew, daß das Pferd noch nicht vom Wagen abgespannt war. Straker hatte an diesem Morgen im Schloß Mehl abgeliefert und es offenbar eilig gehabt, der Müllerin etwas zu erzählen. Matthew wußte recht gut, daß Straker ihn nicht mochte, hauptsächlich weil er mühelos Herr der Mühle geworden war. Einmal hatte er den Alten abgekanzelt, als er ihm den neuesten Klatsch vorbringen wollte, und erklärt, wenn er weniger mit den Kunden schwatzte, könnte er den Ablieferungsdienst schneller besorgen. Seither wurden die Neuigkeiten immer nur der Müllerin hinterbracht.

William und Joe waren in der Mühle mit Aufräumungsarbeiten beschäftigt. Matthew trug William auf, das Pferd abzureiben und ein anderes vor die Kutsche zu spannen.

Rosa stand am Herd, und Peggy, eine Frau aus Brockdale, schrubbte auf den Knien den Küchenboden. Er ging durch die Küche und sagte nebenbei zu Rosa: »Ich ziehe mich schnell um, und dann würde ich gern etwas essen.«

Kaum war er im Arbeitszimmer, wurde die Tür aufgerissen, und Rosa erschien. »Wohin willst du denn?« fragte sie.

»Ist heute nicht der zweite Freitag im Monat? Ich will nach Newcastle zur Bank und danach zum Krämer.«

»So.« Sie stemmte die Fäuste in die breiten Hüften. »Es ist erst zwölf. Du bist noch nie vor ein Uhr nach Newcastle gefahren.«

»Stimmt, aber ich möchte heute früher dort sein. Hast du etwas dazu zu bemerken?«

»Du willst vermutlich unterwegs haltmachen.«

Er faßte sich mit beiden Händen an den Kopf.

»Na ja«, fuhr sie mit erzwungener Leichtfertigkeit fort, »du wirst wohl einen Abschiedsbesuch machen wollen, da sie kurz vor der Übersiedlung steht.«
Er ließ die Arme sinken.
»Behaupte bloß nicht, du wüßtest nichts davon! Sie wird dich doch nicht im dunkeln gelassen haben, oder?«
Er hatte schweigen gelernt, weil er sich davor fürchtete, wegen Rosas Andeutungen handgreiflich zu werden.
»Weißt du nicht, was sich gestern im Schloß zugetragen hat? Noch nie hat es dort eine derartige Szene gegeben. Es soll toller zugegangen sein als zu den Zeiten des alten Herrn. Der junge Herr Clive ist wie ein Gewitter dreingefahren. Er kam gerade dazu, als das Kind entführt werden sollte, und wie ein Berserker warf er alle zu Boden und stürzte mit dem Kind fort. Und was glaubst du wohl, wohin er es gebracht hat? Natürlich zu der Mutter... Aber dort bleibt es nur bis Dienstag. Wenigstens erzählt man das. Am Dienstag soll sie in ihr großes Haus ziehen. Nach Newcastle, jawohl, dreißig Zimmer hat das Haus, sagt Bowmer, und eine Menge Dienerschaft dazu. Ist das nicht wie ein Märchen? Von Lumpen zu Samt und Seide. Und willst du noch etwas wissen? Er geht auch am Dienstag. Man kann sich ja denken, wohin.«
Matthew stützte sich am Tisch und blickte auf die weißen Knöchel seiner Hände. »Geh mir aus den Augen!« flüsterte er. »Geh mir aus den Augen, hast du gehört?«
»Das könnte dir so passen!« fuhr sie ihn an. »Am liebsten hättest du mich ganz aus den Augen, was? Immerzu denkst du, wie du mich loswerden könntest, nicht wahr? Aber ich werde noch hier sein, wenn du längst in der Erde liegst, und werde hier herrschen, wie es mein Recht ist.« Sie stöhnte. »Mein Gott, warum habe ich mich nur mit dir eingelassen?«
Er konnte nicht mehr an sich halten, die Worte entfuhren ihm: »Weil ich der einzige Dumme war, der dich genommen hat.«
Sie machte Miene, eine Messingvase zu ergreifen.
»Wirf mir das an den Kopf«, brüllte er, »und ich schwöre, du wirst nie mehr etwas werfen.«

Sie ließ die Hand sinken. Er ging an ihr vorbei in sein Schlafzimmer und zog sich um. Dann kehrte er zurück und entnahm seiner Kassette einen Lederbeutel. Die Küche war jetzt menschenleer; draußen auf dem Hof stand William beim vorgespannten Pferd.
»Hast du etwas von Cissy gehört?« fragte ihn Matthew leise.
»Nein«, antwortete der Junge. »Ist was los? Vorigen Sonntag war sie wohlauf.«
»Nein, nein, es fehlt ihr nichts«, beschwichtigte Matthew. »Ich meinte nur so.« Während er auf den Bock stieg, überlegte er, ob es sich vielleicht nur um Geschwätz handelte. Cissy hätte ihre Brüder sicher benachrichtigt, wenn sie wirklich in so gute Verhältnisse kam. Andererseits blieb ihr nicht viel Zeit, wenn sich das alles erst gestern zugetragen hatte.
Um den Weg abzukürzen, bog Matthew in einen holprigen Feldweg ein, der zu der Straße an der Grenzmauer von Schloß Houghton führte.
Plötzlich sah er einen Mann über das offene Gelände rennen. Bald verschwand der Laufende in einer Vertiefung, bald erkletterte er eine Erhöhung, dann sprang er da und dort über ein Erdloch. Matthew hielt ihn für einen fliehenden Wilddieb und wunderte sich über die Unverfrorenheit des Mannes, mitten in der Jagdzeit zu wildern.
Im Weiterfahren verlor er den Mann aus den Augen. Kurz nach der Wegbiegung zügelte er das Pferd, sprang vom Wagen und eilte den Hang hinauf. Von Zeit zu Zeit blieb er wie erstarrt stehen, weil er seinen Augen nicht traute. Vor sich hatte er drei Menschen: Cissy stand vor ihrer Behausung, den Rücken an die Eckwand gepreßt; etwa fünfzig Meter von ihr entfernt lag eine Frau im Reitkleid hinter einem Felsblock und zielte mit dem Gewehr auf sie. In der dritten Gestalt erkannte Matthew jetzt den jungen Schloßherrn. Er stand in einiger Entfernung auf einem Felsen, das Gewehr ebenfalls im Anschlag, und rief verzweifelt: »Isabelle! Tu's nicht, Isabelle! Laß sein, laß sein!«
Die Frau drehte den Kopf ein wenig zur Seite, dann visierte sie von neuem; plötzlich ertönte ein zweifacher Knall.

Im nächsten Augenblick sah Matthew Cissy zu Boden gleiten. Er schrie auf, rannte den Hang hinauf, kniete neben ihr nieder und nahm sie in die Arme. »Cissy, o Cissy!«

Ihre Augen waren geöffnet, und sie atmete schwer. Mit der Hand schob sie ihn von sich, wie um Luft zu holen.

»Bist du verletzt?« stieß er hervor. »Wo?«

Sie bewegte verneinend den Kopf, betastete ihre Schulter und Arme und legte die Hand auf die blutende Wange.

Er untersuchte die Wunde und entfernte einen Steinsplitter. Als Cissy wieder an der Wand lehnte, sah er, daß die Kugel nur ein paar Zentimeter von ihrem Gesicht entfernt in die Mauer eingeschlagen war. Dann folgte er Cissys Blick. »Mein Gott!« ächzte er und wandte sich ab.

Die Frau lag mit ausgestreckten Armen über dem Felsblock. Neben ihr kniete der Mann, das Gewehr immer noch in der Hand.

»Nein, o nein!« hauchte Cissy. »Bitte nicht, lieber Gott ...«

In diesem Augenblick stürmten Sarah und Charlotte zur Tür heraus. »Cissy! Cissy!« riefen sie. Matthew war mit einem Satz bei ihnen und schob sie mit den Worten »Ihr bleibt drinnen, bis ich euch herauslasse« hinein. Er zog den Schlüssel ab, steckte ihn von außen ein und drehte ihn im Schlüsselloch um. Im Nu war er wieder bei Cissy, die sich wie eine Schlafwandlerin vorwärts bewegte, und drang in sie: »Geh nicht weiter. Warte hier!«

Matthew ging zum Felsblock hinauf. Er sah, daß die Frau von einem Genickschuß getroffen war. Das Blut färbte das weiße Jabot an ihrem Hals. Dann blickte er auf den jungen Mann, den er so bitter gehaßt hatte. Clive schwankte und faßte sich an die Stirn. Matthew stützte ihn und sagte leise: »Sie ist tot. Warten Sie, ich helfe Ihnen.« Er eilte hinunter und beschwor Cissy, in die Höhle zu gehen. Sie zitterte am ganzen Leib, rührte sich aber nicht vom Fleck. Erst als er erklärte, er wolle die alte Tür holen, folgte sie ihm in den Anbau. Als er die Tür hinausgetragen hatte, begann Cissy Platz zu schaffen und rückte mühsam den Hackklotz in einen Winkel.

Als die beiden Männer die Tote auf der Tür hereintrugen, mußte sich Cissy an einem Gestell festhalten. Sie starrte auf das weiße Gesicht, die grüne Samtjacke und die braunen Reitstiefel, die unter dem gerafften Reitrock hervorlugten.
Keiner sagte ein Wort. Sie standen reglos da. Als das Weinen eines Kindes ertönte, stöhnte Clive laut.
»Setzen Sie sich«, sagte Matthew und führte ihn zu dem Hackklotz.
Clive ließ sich darauf nieder und verbarg das Gesicht in den Händen. Auf einmal hob er den Kopf. »Ihr Pferd...« stieß er hervor, »es ist unten angebunden. Ich... ich muß zum Schloß zurückreiten.«
Matthew legte ihm beruhigend die Hand auf die Schulter. »Lassen Sie sich Zeit. Und was auch kommen mag, ich bin Ihr Zeuge. Sie mußten es tun.«
Clive schaute ungläubig auf den Müller. Hatte er es wirklich tun müssen? Ja, sagte er sich, besser er als ein anderer, denn wenn Isabelle Cissy erschossen hätte, wäre ihr Schicksal ohnehin besiegelt gewesen. Trotz ihrem Stand hätte kein Gericht es wagen dürfen, sie freizusprechen. Wäre er doch niemals heimgekehrt! Dies war das Endergebnis aller Geschehnisse, die er mit seiner jugendlichen Schandtat heraufbeschworen hatte.
»Was sagten Sie, soll ich tun?« fragte er Matthew dumpf.
»Ich sagte, Sie sollen sich Zeit lassen.« Matthews Haß auf den jungen Schloßherrn hatte sich in Mitleid gewandelt. Die Tote, die hier lag, hatte zwischen Clive und Cissy eine unüberwindliche Schranke errichtet, das erkannte Matthew mit der Hellsichtigkeit des Außenstehenden. »Cissy wird Ihnen einen starken Tee machen«, fuhr er fort. »Ich habe nachgedacht... es gäbe einen Ausweg...«
Clive sah erst jetzt den schwarzen Umhang auf der Toten.
Er hatte nicht gemerkt, daß Cissy inzwischen hinausgegangen war. »Wie spät ist es?« fragte er benommen.
»Bald zwei.«
Bald zwei. Vor einer Stunde hatte er den Wald bei Thorntons Hof verlassen. Wegen des trüben Lichtes waren die Jäger nur

selten zum Schuß gekommen. Er hatte sich von ihnen getrennt und sich auf den Heimweg gemacht. Gerade als er dem Nordtor zustrebte, kam Isabelle herausgeritten. Sie wandte sich unmittelbar nach rechts und galoppierte die Straße entlang. Er brauchte nicht zu überlegen, wohin sie wollte. Wie von einer Feder geschnellt, lief er ihr nach, dann querfeldein, obwohl er keine Hoffnung hegte, ihr den Weg abschneiden zu können, nur von dem Gedanken besessen, sie einzuholen, bevor ein Unheil geschähe. In gewisser Weise war es ihm geglückt. Aber er hatte sie nicht töten wollen. Nein, nein! Er hatte auf ihre Schulter gezielt, und nur weil sie sich bei seinem Anruf bewegt hatte, hatten beide Schüsse ihr Ziel verfehlt, der mörderische, ohne Schaden anzurichten, der wohlgemeinte tödlich.
Matthew sprach zu Clive wie mit einem Kind. »Hören Sie gut zu. Wie gesagt, ich habe nachgedacht. Es war ein Unglücksfall. Cissy wäre tot, wenn Sie nicht eingegriffen hätten. So müssen Sie die Sache ansehen.« Als er merkte, daß Clive darauf nicht einging, stellte er eine konkrete Frage: »Waren Sie auf der Jagd?«
»Ja. Ja, ich war auf der Jagd«, gab Clive zur Antwort, als wiederholte er einen auswendig gelernten Satz.
»Folglich... Sie war wohl auch auf der Jagd. Das könnte gut sein, nicht wahr?«
»Ja, das könnte gut sein.«
»Na also. Übrigens... bald wird es dunkel sein. Wo fand die Jagd eigentlich statt?«
»Drüben bei Thorntons Hof, auf der Westseite nach Willey zu.« Clives Stimme klang müde und leicht ungeduldig.
»Aha.« Matthew nickte ein paarmal nachdenklich, beugte sich zu Clive hinunter und sagte leise. »Verstehen Sie, worauf ich hinaus will, gnädiger Herr? Wenn sie dort drüben gefunden würde, könnte es ein Jagdunfall gewesen sein. Zum Beispiel wie damals im Galgengraben.«
Clive sah ihn verständnislos an. »Galgengraben?«
»Sie kennen den Namen wahrscheinlich nicht. Das ist ein Graben, der durch Thorntons Land führt. Wenn dort unten

jemand geht, ist nur der Kopf sichtbar. Ein Wildhüter hat dort einmal einen Wilderer erschossen, weil er den Kopf im Zwielicht für ein Kaninchen hielt. Er wurde freigesprochen – ein Unfall. Jagdunfälle kommen viel häufiger vor, als man meinen sollte. Wenn sie dort gefunden wird, muß man es für einen Jagdunfall halten. In gewisser Weise war es das ja auch, nicht wahr? Ich weiß ja, daß Sie sie nicht töten wollten.«

Clive gab keine Antwort. Er hatte nicht aufmerksam zugehört, sondern sich dem Verlangen hingegeben, wieder auf See zu sein. Und was war nun mit dem Kind, dem Haus, der jungen Mutter, die er während des Landurlaubs besuchen wollte? Dieser Gedanke kam ihm, als er Cissy mit zwei Bechern dampfenden Tees hereinkommen sah. Während er den einen Becher entgegennahm, sah er ihr ins Gesicht – zum erstenmal an diesem Tage. Er sah die blutige Schramme und dachte erschrocken, wie nahe sie dem Tode gewesen war. Einen flüchtigen Augenblick lang war er froh über seine Tat, denn Isabelle hatte diese junge Frau vorsätzlich erschießen wollen.

Langsam trank er den bitteren Tee, der ähnlich abscheulich schmeckte wie das Gebräu, das der Schiffskoch herzustellen pflegte. Wieder versank er in einen Zustand innerer Abgeschiedenheit, und er merkte erst wieder auf, als er jemanden schluchzen hörte. Der Müller hielt die weinende Cissy im Arm und streichelte ihr Haar, und sie schmiegte sich an ihn, als ob bei ihm ihr natürlicher Platz wäre. Der Anblick stimmte ihn traurig, tieftraurig, und am liebsten hätte er sich entfernt.

»Geh hinein«, sagte Matthew tröstend zu Cissy. »Geh hinein und bleib drinnen. Du mußt versuchen, das Ganze zu vergessen. Erzähle den Kindern nichts. Zum Glück haben sie nichts gesehen. Geh jetzt. Wenn ich heute abend nicht mehr kommen kann, dann bestimmt morgen. Und wer auch hier erscheinen und fragen wird, du weißt von nichts. Merk dir das, du weißt von gar nichts. Diese Wunde...« er berührte die Schramme mit dem Zeigefinger, »diese Wunde hast du von einem abgesplitterten Stückchen Holz.«

Cissy löste sich von ihm und blickte zu Clive hinüber. Er hatte

ihr das Leben gerettet und sich dadurch selbst in Gefahr gebracht.
Am liebsten wäre sie zu ihm gegangen, hätte seine Hände ergriffen und ihm irgendwie Trost gespendet, denn er sah so traurig, so verloren aus. Er war nicht mehr der selbstbewußte, herrische junge Mann, der ihr gestern das Kind gebracht hatte. Als sie ihn anschaute, wich er ihrem Blick aus und senkte den Kopf.
Matthew wußte, daß der Plan, den er jetzt ausheckte, nicht auf reiner Nächstenliebe beruhte. Hauptsächlich dachte er an Cissy und damit an sich selbst. Wenn Clive wegen Ermordung seiner Schwester vor Gericht kam, galt das Mitgefühl der Leute weder ihm noch der jungen Frau, die er gerettet hatte, sondern einzig und allein der Toten. Wie das Urteil auch ausfallen mochte, es würde leicht sein im Vergleich zu dem Makel, der Cissy bis an ihr Lebensende anhaften mußte, denn von ihr würde es heißen, sie habe das Kind des Angeklagten an den Großvater verkauft und es sich mit Vorteil zurückgeben lassen. Aber Matthew fürchtete für Cissy weniger die Behandlung durch die Justiz als die Verurteilung von seiten des Volkes. In keinem Dorf, in keinem Weiler würde man sie dulden, und mit ihr würde auch sein Name in den Schmutz gezogen. Sie hatte schon genug gelitten, jahrelang war sie geschmäht worden.
Matthew trat zu Clive und eröffnete ihm mit gedämpfter Stimme seinen Plan. »Ich habe mir alles genau überlegt. Passen Sie gut auf. Sobald es dunkel ist, bringen wir sie zu meinem Wagen. Auf einem weiten Umweg fahre ich dann zum Galgengraben. Dort suche ich eine Stelle, wo ich sie angeblich gefunden habe. Ich werde Spuren herstellen, die beweisen...«
»Nein, nein!« entsetzte sich Clive, aus seiner Benommenheit erwachend, und sprang auf. »Das kann ich nicht zulassen. Ist Ihnen nicht bewußt, in welche Gefahr Sie sich begeben? Wenn irgend jemand Sie sieht...«
»Na, und? Hauptsache ist, sie von hier wegzubringen. Ich könnte ja auch sagen, ich hätte sie unten auf dem Weg gefunden. Aber in der Nähe des Jagdreviers ist es glaubwürdiger.

Und was Sie betrifft: Sie müssen möglichst bald nach Hause kommen. Tun Sie so, als wären Sie gerade...«
Clive schüttelte den Kopf. »Sie meinen es sehr gut, Müller, aber ich kann das Opfer nicht annehmen. Ausgeschlossen.«
Matthew fluchte und tat einen Schritt rückwärts. »Donnerwetter! Hat es etwa einen Sinn, wenn noch einer stirbt? Denken Sie doch auch an Cissy! Und an das Kind! Was würde es für Richard bedeuten, wenn er älter ist und erfährt, daß er der Sohn eines verurteilten Mörders ist?«
Ja, der Müller hatte recht. Clive erkannte, daß dieser Müller nicht nur ein schlauer Bursche war, sondern augenblicklich auch umsichtiger und vernünftiger zu denken vermochte als er selbst. Es ging nicht anders, die Sache mußte vertuscht werden.
»Wenn Sie das also für mich tun wollen«, sagte er mit belegter Stimme, »Dann muß ich mit Ihnen gehen, falls Sie jemand treffen, bevor Sie... ich meine... bevor Sie an der betreffenden Stelle angekommen sind.«
»Nein, nein«, wehrte Matthew ab.
»Doch!« Das klang so scharf und befehlsgewohnt, daß Matthew auf Widerstand verzichtete. Der junge Schloßherr hatte sich offenbar gefaßt und hielt wieder das Heft in der Hand.
»Also gut, wie Sie wünschen«, räumte Matthew ein, »aber bleiben Sie bitte noch hier, ich will nur schnell das Pferd holen.«
Beim Warten kehrte Clive der schwarzbedeckten Gestalt auf der Tür den Rücken zu und blickte in die zunehmende Dämmerung hinaus.
Zehn Minuten später kehrte Matthew mit dem Pferd zurück, das sich schnaubend bäumte. Clive trat zu seinem Kopf und sprach dem Tier leise zu, während Matthew es hinten am Wagen anband.
Bis zur Dunkelheit verging noch eine Stunde. Clive wurde innerlich so sehr hin und her gerissen, daß er immer wieder erklärte, er könne das hochherzige Angebot des Müllers nicht annehmen. »Ich kann es nicht durchstehen«, sagte er, »nicht

so.« Matthew hatte alle Mühe, ihn zu überzeugen, daß es keine andere Möglichkeit gab.
Als es endlich dunkel war, stellte sich Matthew ans Kopfende der Tür und sagte: »Jetzt ist es soweit.« Clive mußte sich überwinden, der Aufforderung Folge zu leisten und die drei Schritte zum anderen Ende zurückzulegen.
Kurz darauf lag die Tote auf dem Wagen, immer noch mit dem Umhang zugedeckt. Matthew stieg auf den Bock, und Clive führte Isabelles Pferd am Zügel. Die Laterne wurde nicht angezündet, und Matthew war sich darüber klar, welches Wagnis er damit einging, falls sie einem Menschen begegneten.
Erst als in der Ferne eine Kirchenuhr fünf schlug, zündete er die Laterne an. Um halb sechs waren sie noch einen knappen Kilometer von Thorntons Hof entfernt. Bei einer Kreuzung hielt Matthew und wandte sich an Clive: »Hier trennen wir uns, gnädiger Herr. Wenn Sie sich rechts halten, sind Sie in einer Viertelstunde am Nordtor von Schloß Houghton...« Er machte eine Pause. Im Flackerschein der Laterne blickten sie einander an. Dann nahm Matthew das Gespräch wieder auf: »Bis jetzt ist ja alles gutgegangen. Sie brauchen sich keine Sorgen zu machen. Was geschehen ist, kann nicht mehr ungeschehen gemacht werden. So müssen Sie es ansehen. Und stellen Sie sich vor, was es für Ihren Vater bedeuten würde, wenn Sie ins Gefängnis kämen. Es wäre sein Tod.«
Sonderbar, Clive hatte an seinen Vater überhaupt nicht gedacht, und nun mußte er sich von dem Müller sagen lassen, daß es für den alten Herrn den Tod bedeuten könnte. Das war sicher nicht übertrieben – die Tochter getötet, der Sohn gehängt oder im Gefängnis, das Enkelkind ihm genommen. Was hatte er angerichtet! Hätte er das Kind im Schloß gelassen, anstatt sein Mütchen zu kühlen, wäre all dies nicht geschehen. Er erkannte, daß seine Handlungsweise nur dem Wunsch entsprungen war, sich für die erlittene Unbill zu rächen und seinem Vater ein Leid anzutun. Dennoch hatte er in den letzten zwei Stunden überhaupt nicht an seinen Vater gedacht. Der

Müller hatte recht: Diese Tragödie würde über kurz oder lang den Tod seines Vaters bedeuten, und seltsamerweise hegte er kein Verlangen mehr, ihm weh zu tun.
Er streckte Matthew die Hand hin und sagte zum Abschied: »Sie haben recht. Etwas möchte ich noch wissen. Warum tun Sie das alles? Warum nehmen Sie ein solches Wagnis auf sich?«
Wie gewohnt hielt sich Matthew an die Wahrheit. »Aus verschiedenen Gründen, gnädiger Herr, aber hauptsächlich Cissys wegen. Wenn ans Licht käme, wie sich alles in Wirklichkeit zugetragen hat, wäre vor allem sie die Leidtragende. Das Leben würde ihr zur Hölle, auch ohne gerichtliche Verfügung. Die Menschen ergötzen sich daran, Unschuldige zu quälen. Ich will nicht, daß sie noch mehr leiden muß.« Er hätte hinzufügen können: »...und an einen Ort getrieben wird, wo ich sie nicht sehen kann.«
»Ich will es auch nicht«, antwortete Clive. »Ich danke Ihnen!«
Als er sich in der Dunkelheit entfernte, hörte er, wie der Müller seinem Pferd zuschnalzte und wie der Wagen weiterholperte, aber er sah sich nicht um.
Beim Nordtor kam der Pförtner herausgelaufen und hielt vor Clive die Laterne in die Höhe. »Oh, Sie sind's, gnädiger Herr! Ich dachte, Sie wären vielleicht zum andern Tor hereingekommen. Seine Lordschaft ist schon längst zu Hause.«
»Ich bin im Moor steckengeblieben.« Clive wies auf die schmutzigen Stiefel und die verspritzten Hosen.
»Ein Glück, daß Sie nun da sind. Ich glaube, es wird schneien, und man kann in der Dunkelheit ohnehin keine Hand vor den Augen sehen. Wollen Sie meine Laterne nehmen, gnädiger Herr?«
»Danke, Beecham. Gute Nacht.«
Clive holte tief Atem; es war, als hätte er das erste Hindernis genommen. Jedenfalls hatte er sich nichts anmerken lassen und ungezwungen gesprochen; aber wie sollte er sich verhalten, was sagen, wenn der Müller mit dem Wagen vorfuhr?
Nein, er würde nicht zugegen sein, sondern gerade ein Bad nehmen. Jetzt aber verlangte ihn danach, etwas zu trinken.

Er blieb stehen und fuhr sich mit der Hand über das Gesicht. Mein Gott, wie war es nur zu dem Unglück gekommen? Er hatte seine Schwester getötet, er, der sich als Knabe hatte übergeben müssen, nachdem er das erste Kaninchen erlegt hatte... Kaninchen! Mit einem Kaninchen hatte alles angefangen, ungefähr hier an dieser Stelle. Hier irgendwo in der Nähe war die Stelle, wo Cissy auf der Lauer gelegen hatte, um einen Blick auf ihr Kind zu erhaschen. Cissy war nun für ihn fast ebenso tot wie Isabelle.

9

Seit sechs Tagen weinte und schmollte das Kind, und Cissy wußte nicht, wie sie es beruhigen sollte. Es wollte zu seiner Nannie, zu seinem Großvater, zu Tante Isabelle, wollte baden und im Park spazierengehen. Es mochte den Haferbrei nicht, verschmähte die Suppe und verlangte nach seinem Himmelbett; wollte Cissy das Kind in die Arme nehmen, sträubte es sich mit Händen und Füßen.

An diesem Morgen weinte es nicht. Es saß beim Feuer, und als Cissy sagte: »Komm und schau dir den Schnee an, Richard«, schüttelte er den Kopf und wimmerte: »Ich friere.« Richard konnte aber nicht frieren, denn im Raum war es warm, da das Feuer Tag und Nacht unterhalten wurde. Charlotte machte den Vorschlag, eine Schneeballschlacht zu veranstalten, aber aus Vorsicht, Richard könnte sich erkälten, wehrte Cissy ab.

Annie und Nellie schauten sich ein Bilderbuch an, das ihnen Cissy vorige Weinachten geschenkt hatte. Sarah war daran, das Frühstücksgeschirr abzuwaschen, doch Cissy trug ihr auf, die Arbeit zu lassen und Richard die Geschichte vorzulesen. Folgsam trocknete sich Sarah die Hände ab und setzte sich zu ihren Schwestern und dem kleinen Jungen auf die Matte, nahm Annie das Buch aus der Hand und buchstabierte mühsam: »Mary stellte dem Kätzchen eine Schale mit Milch hin, und das Kätzchen...«

Weiter kam sie nicht, denn das Buch wurde ihr aus den Händen geschlagen. Richard stand auf, stampfte mit den Füßen und schrie: »Ich mag nichts von dem Kätzchen hören. Ich will zu meinem Großvater und zu Tante Isabelle! Ich will nach Hause! Ich will zu Nannie!«

Cissy legte die Hand vor die Augen. Sie ertrug es nicht mehr. Sie warf sich ihr altes schwarzes Tuch um die Schultern, ging in den Anbau, ließ sich dort auf dem Hackklotz nieder und weinte bitterlich. Was sollte sie tun? Wie sollte es weitergehen? Eines war ihr klar: Das Kind konnte nicht in der Felsenwohnung bleiben. Aber ob es sie jemals in dem Haus bei Newcastle liebgewinnen würde? Sie ertrug es nicht, von Richard abgewiesen zu werden. Alle ihre Geschwister hingen an ihr, doch ihr eigenes Kind, das sie vom ersten Tag an abgöttisch geliebt hatte, wollte nichts von ihr wissen, verwahrte sich gegen jede Berührung und schlug sogar nach ihr; kein Anzeichen verriet, daß es sich jemals an sie gewöhnen würde.

Wenn alles plangemäß verlaufen wäre, hätte Cissy gestern umziehen müssen. Sie wußte aber selbst nicht, sollte sie es bedauern oder nicht, daß es nicht dazu gekommen war. Sie wußte überhaupt nicht, was sie augenblicklich wünschte. Wollte sie Richard behalten, war sie gezwungen, umzuziehen. Das war die Frage, auf die es ankam und die sie bewegte. Sollte sie ihn behalten? Würde er sie in einer schöneren Umgebung, in einem behaglichen Hause ins Herz schließen? Er vermißte aber nicht nur die gewohnte Umgebung, sondern vor allem Menschen, seine Nannie, seinen Großvater... die Schwester seines Vaters.

Cissy klemmte die Hände zwischen ihre Knie und starrte auf den Holzstapel ihr gegenüber. Gestern war Matthew dagewesen – nach der gerichtlichen Untersuchung. »Jagdunfall«, so hatte das Urteil gelautet. Es sei gut, hatte Matthew gesagt, daß man keinen Sündenbock in Gestalt eines Wilderers suche. Schuld an dem Unfall könne jeder der fünfunddreißig Menschen sein, die an der Jagd teilgenommen hätten, auch Lord Fischel, seine Gäste, Thornton, der Amtmann, die Wildhüter

und die Treiber. Jeder von ihnen sei im Laufe des Tages in der Nähe der Stelle gewesen, wo die Tote gelegen habe. Die verfängliche Frage, ob Matthew ein Gewehr besitze, habe er zum Glück wahrheitsgemäß verneinen können, zudem habe er keine Feuerwaffe und wisse gar nicht damit umzugehen.
Nach der gerichtlichen Untersuchung habe sich Lord Fischel bei ihm bedankt, hatte Matthew weiterberichtet. Der junge Herr dagegen habe kein Wort mit ihm gewechselt, und bleich sei er gewesen wie der Tod.
»Hast du von ihm gehört?« hatte sich Matthew erkundigt und auf ihr verneinendes Kopfschütteln gefragt: »Wirst du in das Haus ziehen?«
»Was bleibt mir anderes übrig, wenn ich das Kind behalten will?« hatte sie geantwortet.
Cissy erhob sich, füllte einen Korb mit Holz und verließ den Schuppen. Gerade in dem Augenblick kam ein Mann den Hang herauf, in dem sie den Kutscher erkannte, der Clive und Richard hergebracht hatte. Er reichte ihr einen großen Umschlag. »Vom gnädigen Herrn«, sagte er steif. Sie bedankte sich, und er verließ sie sogleich wieder.
Als Cissy die Höhle betrat, saß Richard nicht mehr bei den Mädchen, sondern für sich allein in einem Winkel. Seufzend setzte sie sich an den Tisch, öffnete den Umschlag und rief Sarah zu sich. »Kannst du mir das wohl vorlesen?«
Sarah und die andern hatten in der Sonntagsschule bei Pfarrer Hedley Lesen gelernt. Cissy selbst hatte sich von Sarah einiges zeigen lassen, so daß sie wenigstens ihren Namen schreiben konnte, zusammenhängende Buchstaben vermochte sie jedoch nicht zu entziffern.
Sarah nahm das oberste Blatt und begann: »Liebe...« Sie unterbrach sich und sagte: »Hier steht aber nicht dein Name. Es heißt ›Liebe Cecilia‹.«
Cissy lächelte. »Doch, das ist mein Taufname.«
»Ach so. Das wußte ich gar nicht.« Langsam, bedächtig las Sarah vor:
»Liebe Cecilia, morgen früh wird Dich der Wagen abholen.

Das Haus ist einzugsbereit und ich hoffe, daß Du Dich darin wohl fühlen wirst. Ich kann Dich leider nicht mehr sehen, denn ich reise morgen ab. Geh zu dem Advokat, dessen Adresse auf dem beiliegenden Schriftstück angegeben ist. Er wird Dir beistehen und Dich beraten. Ich bitte Dich, alles Vergangene zu vergessen und im Guten an mich zu denken. Nimm die besten Wünsche für Dein Wohlergehen entgegen. Clive Fischel.«

Sarah betrachtete verwundert Cissy, die mit gesenktem Kopf dasaß, und fragte: »Das andere auch?« Cissy nickte, und Sarah entfaltete zwei große Bögen, die mit gestochen scharfer, feiner Handschrift bedeckt waren und ein Siegel trugen. »Das kann ich nicht lesen«, gestand Sarah betrübt.

Cissy nahm ihr die Bögen aus der Hand und untersuchte stirnrunzelnd die Schriftstücke. »Ich verstehe«, murmelte sie, »es handelt sich um das Haus.«

»Gehen wir hin, Cissy?« flüsterte Sarah aufgeregt.

Cissy wandte sich zu dem kleinen Jungen um, der mit weinerlichem Gesicht im Winkel saß. »Ich weiß nicht, ich weiß wirklich nicht«, sagte sie unschlüssig.

Die Papiere wurden im obersten Schubfach der Kommode verwahrt. Dann legte sich Cissy das alte schwarze Tuch über Kopf und Schultern und darüber den farbigen Schal. »Ich mache so schnell wie möglich. Laßt die Tür verschlossen, bis ich zurück bin.« Sie ergriff zwei Milchkannen und verließ den Raum.

Draußen fragte sie sich, weshalb sie den Kindern aufgetragen hatte, die Tür zu verschließen; denn jetzt mußte sie nicht mehr befürchten, das Kind könnte ihr weggenommen werden.

Sie hatte sich immer noch nicht entschieden. Wenn sie morgen nicht auszog, was dann? Einen Winter nach dem andern in der Felsenwohnung hausen, bis sie alt war? Von Matthew wollte sie keine Wohnung annehmen, denn Matthew war ein verheirateter Mann, mit dem sie von Rechts wegen nichts zu schaffen hatte.

Auf dem einen Schriftstück stand, daß ihr jedes Jahr tausend

Pfund zukommen würden. Sie vermochte sich diese Summe nicht vorzustellen, sondern zerlegte sie nur in unzählige Sovereigns und die Sovereigns in Shillinge, und sie wußte, daß dieses Geld für ihr ganzes Leben ausreichen würde. Doch mußte sie in erster Linie auf das Glück ihres Kindes bedacht sein.

Es hatte aufgehört zu schneien, und die dünne Schicht Pulverschnee am Boden war größtenteils verweht. In den letzten Tagen hatte Cissy beim Milchholen einen andern Weg gewählt, um die Straße beim Schloßpark zu umgehen. Sie überquerte das offene Feld bis zu der niedrigen Mauer, die Thorntons äußersten Acker abgrenzte. Etwa fünfzig Meter davon bog der Weg scharf nach rechts in ein Gehölz ab. Wie Cissy das Mäuerchen überklettern wollte, tauchten zwischen den Bäumen dunkle Gestalten auf. Wie versteinert hielt sie inne. Beinahe hätte sie aufgeschrien. Nach Clives Brief hatte sie geglaubt, alles wäre überstanden, nun aber sah sie sich dem Trauerzug gegenüber. Schwarzverhängte Rappen, schwarzgekleidete Kutscher mit flatterndem Trauerflor am Zylinder, lauter schwarze Gestalten und schwarze Kutschen... ihr schienen sie aus der Hölle zu kommen.

Als Cissy auf der anderen Seite der niedrigen Mauer landete, schlugen die Milchkannen am Boden auf und klirrten so laut, daß das Hufeklappern und Räderrollen übertönt wurde. Cissy drückte sich an den kalten Boden und zwang sich mit aller Gewalt, nicht vor Angst zu schreien.

Die Pferde nickten mit dem Kopf, und die schwarzen Federbüsche bewegten sich mit im Takt. Die Männer saßen steif. Der schwarze Sarg war aus Glas, und Cissy konnte die Tote darin sehen.

Dann fuhr die erste Equipage vorbei. Die Gesichter der beiden Insassen hoben sich weiß von all dem Schwarz ab. Der Vater und der Bruder der Toten... Cissy dachte nur immerzu: Mich sieht er nicht an, mich sieht er nicht an.

Um so mehr betrachteten die Insassen der folgenden schwarzen Equipagen Cissy, sie schienen mit dem Finger auf sie zu

weisen und sie anzuklagen: »Du hast dich der Gerechtigkeit entzogen, du hast ein schönes Haus und viel Geld erhalten. Schäme dich!«
Der schwarze Trauerzug war längst verschwunden, als sich Cissy taumelnd erhob. Sie ergriff die Milchkannen, ging aber nicht weiter zu Thorntons Hof, sondern kehrte verstört nach Hause zurück.

10

Am folgenden Morgen stand Cissy im Dunkeln auf und legte Feuer nach. Sie fühlte sich zerschlagen und wäre am liebsten im Bett geblieben. Sie hatte das Gefühl, sich nie mehr erwärmen zu können. Um die Kälteschauer zu vertreiben, kochte sie sich einen Brei.
Bevor sie die Kinder weckte, packte sie alle Sachen ihres Sohnes ein; nur die Kleider, die er zum Anziehen brauchte, legte sie beiseite. Nachdem sie sich gewaschen und angezogen hatte, weckte sie Sarah und Charlotte.
»Gehen wir, Cissy?« fragte Charlotte aufgeregt beim Anblick des Gepäcks. »Ziehen wir in das Haus?«
»Nein, nein, Charlotte«, erwiderte Cissy, »wir gehen nicht in das Haus.«
Hierauf weckte sie die beiden Mädchen; sie legte den Finger auf die Lippen, damit sie sich leise verhielten und Richard nicht weckten.
Dann trat sie ans Bett, hielt die Kerze in die Höhe und betrachtete ihr schlafendes Kind. Zuerst hatte sich Richard geweigert, mit ihr in einem Bett zu schlafen. Er lag dicht an der Wand. Sein Gesicht war rosig; die braunen Locken fielen ihm in die Stirn und lagen wie ein Heiligenschein auf dem Kissen. Aber das Kindermündchen hatte etwas Entschlossenes und Verkniffenes, als ob er sie sogar im Schlaf ablehnte.
Sie empfand den Schmerz geradezu körperlich und glaubte, daran sterben zu müssen. In dieser Minute wünschte sie sich

den Tod herbei. Sie dachte nicht mehr an ihre Geschwister. Ihr Leben lang hatte sie auf die Wünsche und Bedürfnisse ihrer jüngeren Geschwister Rücksicht genommen. Jetzt kümmerte sie nur noch das eine, der Wunsch, ihr Kind behalten zu können. Aber dieses Kind wollte nichts von ihr wissen, es brauchte sie nicht. Es erinnerte sich nicht, daß sie es im Leib getragen und an ihrer Brust genährt hatte.

Mit dem einen Finger streichelte sie die kleine Faust auf dem Deckbett, und allein diese leichte Berührung bewirkte, daß er ihr die Hand entzog.

Um halb elf klopfte Bowmer an die Tür. Auf Cissys Frage, ob er allein gekommen sei, antwortete er kurz: »Nein, ich habe einen Burschen bei mir. Wir schaffen die Sachen hinunter.«

»Es ist nur ein Koffer und eine Reisetasche«, erklärte sie. »Mehr nehmen wir heute nicht mit.«

Er betrachtete die vier Mädchen am Tisch. Sie waren nicht für einen Ausgang gekleidet. »Die Mädchen bleiben doch nicht allein hier zurück?« wandte er sich an Cissy.

»Doch vorläufig«, antwortete sie. »Ich komme zurück.«

»Es ist eine lange Fahrt«, knurrte er. »Über zwei Stunden. Das heißt, wenn kein Schnee liegt.«

»So lange werden wir nicht unterwegs sein«, erwiderte sie begütigend. »Ich möchte nur zum Schloß fahren.«

Er starrte sie mit offenem Munde an, faßte sich aber und sagte verlegen und demütig: »Wie Sie wünschen.«

Plötzlich kam Richard herbei. Er hatte am Kamin gestanden und das Wort »Schloß« gehört, und da er für den Ausgang angezogen war und den Kutscher damit in Zusammenhang brachte, rief er eifrig: »Fahren wir nach Hause? Fahren wir nach Hause?«

Zum erstenmal, seit Clive ihn hergebracht hatte, zeigte Richard kein feindseliges Gesicht. Er griff sogar nach Cissys Hand. »Gehen wir zu Großvater?« drang er in sie.

»Ja«, antwortete sie. »Verabschiede dich von den Kindern.«

Sogleich verabschiedete er sich, und die Mädchen gaben den Abschiedsgruß stumpf zurück.

Als Richard den Wagen unten am Hang gewahrte, stieß er einen Freudenschrei aus und riß sich von Cissys Hand los. In seinem Eifer wäre er gefallen, hätte Micky ihn nicht aufgefangen.
Während der Fahrt plauderte das Kind fröhlich. Es drückte sich an Cissy und umarmte sie, so daß ihr Schmerz sich noch verschlimmerte. Unvergossene Tränen brannten in ihren Augen, aber sie schloß sie nicht. Unverwandt schaute sie das Kind an, sie konnte sich an ihm nicht satt sehen.
Als der Wagen vor der Freitreppe hielt, öffnete sich das Eichenportal. Hatton erschien und war nicht wenig erstaunt. Richard eilte auf ihn zu und fragte: »Wo ist Großvater?«
»In seinem Zimmer, glaube ich...«
Doch Richard hatte ihn schon erspäht, denn Lord Fischel stand oben am Treppengeländer. »Großvater! O Großvater!«
Sie begegneten sich auf der Treppe, und Richard umklammerte die Beine des alten Herrn, der sich mit einem unterdrückten Schluchzen zu ihm niederbeugte. Er nahm seinen Enkel bei der Hand und ging langsam zu Cissy hinunter. »Darf ich bitten, mir zu folgen?«
Er führte sie in den Salon. Richard tanzte umher, erzählte seinem Großvater beinahe fröhlich von den kleinen Mädchen, von dem Bett, das ihm nicht gefallen, von dem Haferbrei, der ihm nicht geschmeckt, und fragte in einem Atemzug nach Nannie und Tante Isabelle.
Lord Fischel legte ihm die Hand auf den Kopf. »Gleich, gleich. Nun sei schon still.« Er wies Cissy einen Platz an auf dem Sofa gegenüber dem Kamin.
Es war ein niedriges Sofa, und als sie in das Polster sank, hoben sich ihre Beine, und die derben schwarzen Stiefel wurden sichtbar; rasch versteckte sie die Füße unter ihrem Rock. Sie legte die Hände in den Schoß und wartete ab.
Lord Fischel hielt den Knaben an sich gedrückt. »Warum?« fragte er Cissy schlicht.
»Weil Sie ihm gefehlt haben.«
Er senkte den Kopf. Nach einer Weile erhob er sich und zog

den Glockenstrang. »Nannie soll herkommen«, trug er Hatton auf.
Als ob die Kinderfrau in der Halle gewartet hätte – der Haustelegraph arbeitete flink –, kam sie im Nu herein, und sogleich lief Richard auf sie zu und rief freudenstrahlend: »O Nannie, da bist du ja, Nannie!« Sie fiel auf die Knie, umarmte das Kind und stieß schluchzend hervor: »Richard, mein Liebling...«
Cissy ertrug dieses Bild nicht. Hätte er sie nur ein winziges Mal so begrüßt wie seine Kinderfrau, dann wäre ihr wenigstens eine süße Erinnerung geblieben. Aber für sie hatte er nur ablehnende Wörter gehabt wie »Nein, ich mag nicht«, »Nein, ich will nicht«.
»Bring Richard ins Kinderzimmer«, befahl Lord Fischel.
»Jawohl, gewiß.« Die Kinderfrau raffte sich auf und verließ mit dem Kind den Salon fast im Laufschritt.
Cissy und Lord Fischel saßen sich schweigend gegenüber, sie auf dem Sofa, das so weich wie ein erträumtes Bett war, er kerzengerade in einem Ohrensessel.
Sie hatte es überstanden; ihr Kind hatte sich nicht einmal von ihr verabschiedet. Wieviel Schmerz konnte ein Mensch eigentlich ertragen? Ihr wurde heiß und kalt wie im Fieber. Sie wollte nur noch sagen, was zu sagen war, und dann schleunigst verschwinden. Sie holte aus der Rocktasche einen Umschlag hervor und reichte ihn Lord Fischel mit den Worten: »Das brauche ich nicht mehr. Vielleicht können Sie es aufbewahren und später Ihrem Sohn zurückgeben.«
Wortlos entnahm er dem Umschlag die beiden Schriftstücke – den Brief hatte sie behalten – und überflog sie. Das eine war der Optionsvertrag für ein möbliertes Haus mit einem Grundstück in der Grafschaft Northumberland, das andere ein Alimentsvertrag, laut dem Cecilia Brodie jährlich tausend Pfund in monatlichen Raten ausbezahlt werden sollten. Er blickte sie fragend an: »Hast du das gelesen?«
Sie schüttelte den Kopf. »Ich kann nicht gut lesen. Aber ich kenne den Inhalt. Er hat es mir gesagt.«
»Und du verweigerst die Annahme?« – »Ja.«

Er sah sie an. Dieses Mädchen besaß nichts, nichts auf der weiten Welt, und auch die Zukunft bot ihr nichts, und doch verzichtete sie auf ein Vermögen. Sie hätte sich nicht darum zu kümmern brauchen, ob sich das Kind nach ihm sehnte oder nicht, da Kinder im allgemeinen schnell vergessen, und wahrscheinlich hätte Richard ihn und das Schloß in einer gepflegteren Umgebung tatsächlich bald vergessen. Doch weil das Kind unglücklich war, hatte sie es zurückgebracht und damit auf ein Leben verzichtet, das ihr im Vergleich zu ihren Verhältnissen wie der Himmel vorkommen mußte.
Er faltete die Schriftstücke zusammen, steckte sie in den Umschlag und reichte ihn ihr wieder. »Du mußt das meinem Sohn selbst geben. Er hat zu entscheiden, ob er in die Rückgabe einwilligt oder nicht.«
Cissy machte große Augen. »Ich... ich dachte, er wäre fort. Er wollte doch heute abreisen.«
»Erst heute abend. Bis zum Nachmittag ist er noch hier.«
Lord Fischel stand auf, und als sie sich ebenfalls erheben wollte, winkte er ab: »Bleib sitzen.«
Diesmal läutete er eine andere Glocke. Er kehrte zu Cissy zurück, mußte sich aber mehrmals die Lippen befeuchten, bevor er sprechen konnte. »Laßt mich dir sagen, wie dankbar ich dir bin. Ich glaube, ich weiß, was es dich gekostet hat, diesen Entschluß zu fassen. Wenn ich jemals irgend etwas für dich tun kann, brauchst du es mich nur wissen zu lassen. Hast du verstanden?«
Sie nickte. »Ja, Mylord. Danke.«
»Wenn mein Sohn dich nicht dazu bringen kann, das anzunehmen«, er wies auf den Umschlag auf ihrem Schoß, »dann wird unsere frühere Vereinbarung wieder gültig.«
»Danke, Mylord.«
Ein Hustenanfall schüttelte sie. »Du mußt etwas Warmes trinken«, sagte er besorgt. Da Cunningham in diesem Augenblick erschien, gab Lord Fischel ihm Anweisungen: »Rufe Herrn Clive und sage Hatton, er soll ein heißes Getränk für... für meinen Gast bringen.«

Cunningham entfernte sich, ohne einen Blick auf die Gestalt auf dem Sofa zu werfen. Nachdem er Hatton den Befehl ausgerichtet hatte, eilte er zu Clive, begnügte sich aber nicht damit, ihn in den Salon zu bitten, sondern fügte hastig hinzu: »Ich glaube, ich sollte Sie vorbereiten, gnädiger Herr. Ihr Herr Vater hat Besuch.«

»Na, und?«

»Sie... sie hat Richard zurückgebracht. Er ist jetzt oben im Kinderzimmer.«

Clive fuhr ruckartig herum.

«Verzeihung, gnädiger Herr«, stammelte Cunningham. »Ich hielt es für besser, Sie vorzubereiten.«

»Danke, Cunnings.«

Nachdem sich die Tür hinter dem Kammerdiener geschlossen hatte, stand Clive reglos mitten im Zimmer. Sie hatte das Kind zurückgebracht. Warum? Warum? Jetzt hätte sie unterwegs zu dem Haus sein müssen. Nun war er gezwungen, ihr nochmals gegenüberzutreten, und die Qual wurde noch größer. Jahrelang hatte sie sich nach ihrem Kind gesehnt, und nun brachte sie es zurück... warum? Er blickte sich im Zimmer um, als suchte er hier die Antwort.

Als Clive den Salon betrat, verbeugte sich sein Vater vor der Gestalt auf dem Sofa und verließ das Zimmer. Er blieb nicht stehen, als er an Clive vorbeikam, sondern sah ihn nur durchdringend an. Clive konnte nicht wissen, daß sein Vater sich ihm in dieser Stunde näher fühlte als je im Leben.

Er ließ sich auf dem Sofa nieder, doch etwas entfernt von Cissy.

»Warum hast du ihn zurückgebracht?«

Sie sah in sein ernstes Antlitz. »Er war unglücklich«, antwortete sie. »Er machte Schwierigkeiten und verweigerte die Nahrung. Vor allem aber...« Betrübt schüttelte sie den Kopf. »Er mochte mich nicht. Ja, er konnte mich nicht ausstehen.«

»Nein, o nein!« Impulsiv rückte Clive ein wenig näher. »Das bildest du dir sicher nur ein. Unmöglich, daß er dich nicht leiden mochte.«

»Doch. Es kam mich hart an, es einzugestehen. Er lehnte mich ab, wollte nichts von mir wissen. Erst als er heute erfuhr, daß ich ihn heimbringen würde, wurde er zutraulicher.« Sie blickte in Clives graue Augen, die ihren Blick festhielten, und sie wunderte sich selbst, daß sie ihm gegenüber keine Scheu mehr empfand. »Sie lassen ihn hier bleiben, nicht wahr, Sie schicken ihn nicht mehr fort?«
»Wohin könnte ich ihn denn schicken, wenn nicht zu dir?«
Sie mußte wieder husten. »Du hast dich erkältet«, sagte er besorgt.
Als Hatton ein Tablett hereinbrachte, schob Clive das Tischchen näher zu Cissy und forderte sie freundlich auf, die Bouillon zu trinken.
Sie hatte das sonderbare Gefühl zu träumen. Die Dienerschaft ängstigte sie nicht mehr, noch weniger Clive, der neben ihr auf dem Sofa saß und zuschaute, wie sie die Bouillon trank. Auf einmal fielen ihr die Schriftstücke ein. Sie reichte ihm den Umschlag. »Das brauche ich jetzt nicht mehr«, sagte sie.
»Unsinn!« entgegnete er scharf. »Du brauchst es mehr denn je, du darfst nicht mehr in der Höhle wohnen. Du mußt es annehmen.«
Sie schüttelte den Kopf. »Nein, ich kann nicht. Es wäre unrecht. Ich bringe es nicht über mich.« Traurig fügte sie hinzu: »Ich wäre dort in der Fremde.«
Beinahe wären Clive die Worte herausgerutscht: »Wenn man Geld hat, ist man nie in der Fremde.« Statt dessen sagte er: »Es ist dein Eigentum. Haus und Rente sind auf dich überschrieben worden.«
»Bitte nicht«, wehrte sie ab. »Lord Fischel bezahlt mich wie früher, und das genügt, meine Geschwister zu ernähren, bis sie selbständig sind. Es wird nicht mehr lange dauern – Nellie, die jüngste, wird bald sechs, und Sarah ist schon zehn.«
Sie sprach so zutraulich zu ihm, daß er innige Freude empfand. Er wußte, daß er sie begehrte, jedoch mit einer Zärtlichkeit, die er vorher nie gekannt hatte. Warum hatte dieses Mädchen in sein Leben treten müssen? Oder warum, wenn es so sein

mußte, konnte sie nicht seinesgleichen sein? Aber was hatte das überhaupt zu sagen? Er selbst war ja auf die unterste Stufe gesunken und hatte sich von dort aus eigener Kraft zum Steuermann hinaufgedient. Als Steuermann, auch als Kapitän konnte er sie heiraten, ohne sich etwas zu vergeben, doch selbst als einfacher Matrose war er im Grunde immer Clive John James Horatio Fischel geblieben, der eines Tages den Lordtitel tragen würde.

Sie betrachtete seinen gesenkten Kopf, das helle, fast silberne Haar und ertappte sich bei dem Verlangen, es zu streicheln. Zu ihrer eigenen Verwunderung hörte sie sich sagen: »Sonderbar, es tut mir nicht leid, daß ich das Kind hatte.«

Sie erschrak, als er plötzlich ihre Hände ergriff, überließ sie ihm jedoch. Er drückte die Lippen auf ihre roten Fingerknöchel, und die Berührung ließ sie erschauern. Es schwindelte ihr, und erst nach einer Weile merkte sie, daß ihre Hände wieder freigegeben waren. Clive war aufgestanden. »Leb wohl, Cecilia. Denk freundlich an mich, ja?«

Das Gesicht über ihr verschwamm wie in einem Nebel. Sie legte den Kopf zurück und wußte nicht, sprach sie das Wort laut aus oder dachte sie es nur: »immer«. Sie schloß die Augen, und als sie sie wieder aufschlug, war Clive nicht mehr da. Sie wandte den Kopf – in diesem Augenblick wurde die Tür geschlossen.

Sie starrte ins Feuer. Sie wußte, sie hätte ihn zurückhalten können. Wenn sie ihre Karten geschickt ausgespielt hätte, wäre er geblieben, er wäre sogar gern geblieben.

Sie hörte Lord Fischel nicht hereinkommen, und als er plötzlich neben ihr stand und fragte: »Hast du die Bouillon getrunken?« zuckte sie zusammen.

»Ja, vielen Dank«, antwortete sie und erhob sich.

Lord Fischel begleitete sie durch die Halle. »Ich werde immer in deiner Schuld sein«, sagte er. »Wenn du mich einmal besuchen willst, wird es mich freuen.« Sie wußte, daß er ihr damit erlaubte, ihr Kind jederzeit zu besuchen.

II

Es schneite heftig, als sich Matthew zur Felsenwohnung begab. Charlotte öffnete ihm auf sein Klopfen mit verweintem Gesicht. Er stampfte den Schnee von den Stiefeln und fragte: »Ist etwas los?«
»Ja. Cissy ist krank.«
Sarah kniete neben Cissys Lagerstatt beim Feuer und blickte Matthew angstvoll entgegen. Cissy atmete in kurzen, heftigen Stößen.
»Seit wann geht es ihr schlecht?« erkundigte er sich.
»Seit gestern. Seit sie Richard ins Schloß zurückgebracht hat.«
»Sie hat ihn zurückgebracht?«
»Ja. Gestern abend fing es an. Sie sagte, es wäre ihr kalt, und wir mußten ihr Bett ans Feuer rücken. Sie redete irre, und wir dürfen ihre Hände nicht berühren. Wir haben ihr das Gesicht gewaschen, aber ihre Hände dürfen wir nicht berühren.«
Matthew betrachtete Cissys Hände; sie hatte sie, die Finger verschränkt, auf der Brust liegen. Ihr Blick war entrückt, und sie murmelte: »Sie war so lang wie die Tür, und ihre Füße staken hervor.«
»Die ganze Nacht hat sie von einer Frau mit Gewehr gesprochen«, fuhr Sarah fort. »Wir müssen eine Frau aus dem Weiler holen.«
»Was?« entrüstete sich Matthew. »Nein, nein!« Das fehlte gerade noch, eine Frau, die das Fiebergestammel hörte, konnte sich leicht ihren Reim darauf machen.
»Hat sie Cholera?« flüsterte Sarah.
Er schüttelte den Kopf. »Nein. Ich glaube, eher Lungenentzündung.«
»Wird sie sterben?«
»Nein, nein!« Diese Frage brachte ihn zur Besinnung. Er zog den Mantel aus. »Ihr müßt Wasser kochen und noch mehr Bettzeug herholen. Los! Wir wollen eine Art Zelt machen und es mit Wasserdampf füllen. Das Wasser muß die ganze Zeit kochen.«

»Clive... Clive...«
Cissy hieb mit den verkrampften Händen aufs Deckbett, während sie stöhnend den Namen aussprach. Matthews Gesicht verhärtete sich. Dann aber faßte er sich, denn jetzt galt es, die persönlichen Gefühle zurückzustellen und Cissys Krankheit zu bekämpfen, sollte sie nicht das gleiche Schicksal erleiden wie Matthews Vater, der an Lungenentzündung gestorben war.
Den ganzen Tag schneite es, und als es dunkelte, wehte ein scharfer Nordostwind den Schnee vor der Felsenwohnung zusammen, so daß sie wie von einem Federbett vermummt wurde.
Drinnen war die Hitze beinahe unerträglich. Matthew saß wie in einem Dampfbad; er trug nur Hemd und Hose, und die Sachen klebten ihm am Leibe. Nur einmal war er kurz zur Mühle geeilt, in der übrigen Zeit hatte er dafür gesorgt, daß das zeltartige Gebilde, unter dem Cissy lag, stets mit Dampf gefüllt war. Mehrmals hatte er Cissy in den Armen gehalten, während die kleinen Mädchen die durchschwitzten Laken wechselten. Jetzt ging es gegen neun Uhr, und eine lange Nacht stand ihnen bevor.
Nellie und Annie waren schon im Bett. Sarah war erschöpft auf der Matte eingeschlafen, und Charlotte bemühte sich tapfer, wach zu bleiben, um Matthew zur Hand zu sein.
Auch er war todmüde. Er fühlte den Krampf im Bein und wollte gerade aufstehen, als Charlotte einen erstickten Schrei ausstieß. Matthew kroch unter dem Zelt hervor und sah, daß sie die Hand auf den Mund preßte und auf das kleine Fenster starrte. Über der Schneeleiste auf dem Sims gewahrte er ein Gesicht. In der einen Sekunde war es da, in der nächsten verschwunden. So flüchtig der Eindruck auch gewesen war, er hatte die Augen in dem Gesicht erkannt.
Er schlüpfte in den Mantel, nahm die Laterne vom Tisch und eilte hinaus. Im Lichtkegel sah er die unförmige dunkle Gestalt durch den Schnee stapfen. Er ging ein paar Schritte auf dem Pfad, den die Kinder freigeschaufelt hatten, rutschte jedoch aus und bewahrte nur mühsam das Gleichgewicht. »Hoffentlich

bist du nun zufrieden!« rief er zornig gegen den Wind, blieb noch eine Weile stehen und kehrte dann in die Wohnstätte zurück.

Er hatte Rosa offen erklärt, er werde die ganze Nacht wegbleiben. Rosa hatte gerade einen Stoff zugeschnitten. Sie hielt die Schere, als ob sie ihn damit erdolchen wollte. »Wenn es deswegen wäre, hätte ich schon vor Jahren nachts wegbleiben können«, beschwichtigte er sie. »Nein, ich gehe hin, weil sie schwerkrank ist. Sie hat Lungenentzündung, und außer den Kindern ist niemand bei ihr.«

»Es ist üblich, eine Frau zur Pflege kommen zu lassen«, entgegnete Rosa böse. »Der Weiler ist nicht weit.«

»Ja, aber du und deinesgleichen, ihr habt es ihr unmöglich gemacht, sich jemals im Weiler sehen zu lassen. Außerdem wird bei diesem Wetter niemand hinaus wollen.«

»Aber du willst... o ja, du willst.«

»Ja, ich will.« Mit diesen Worten hatte er das Haus verlassen.

In dieser Nacht betete Matthew, wie er noch nie gebetet hatte. Alles möge ihm genommen werden, sein ganzes Hab und Gut, all sein Geld, nur Cissy nicht.

Als Matthew am folgenden Morgen in die Mühle kam, fragte ihn Straker, wo seine Frau geblieben sei.

Matthew sah ihn verwundert an. »Ist sie denn nicht zurückgekommen?«

»Sie wußten also, daß sie fort war?« entgegnete Straker überrascht.

Matthew antwortete nicht sogleich, aber in seinem Kopf arbeitete es rasch. Wenn Rosa nicht nach Hause gekommen war, hatte sie die ganze Nacht wahrscheinlich im Freien verbracht... vielleicht war sie gestürzt, und das würde bedeuten... Er wagte nicht, seine Gedanken auszusprechen, denn wenn Straker erfuhr, weshalb sie in den Schneesturm hinausgegangen war, würde es übles Gerede geben.

»Natürlich wußte ich, daß sie fortgegangen war«, antwortete Matthew bedächtig. »Sie brachte mir Suppe. Ich war bei

Bekannten, wo jemand an Lungenentzündung erkrankt ist. Ich sagte ihr, daß ich die ganze Nacht wegbleiben würde. Sie... sie kam gegen neun zu mir. Warst du im Haus?«
»Ja.« Straker rieb sich das Kinn. »Ich ging in die Küche. Im Herd war kein Feuer, der Frühstückstisch nicht gedeckt. Das fand ich sonderbar. Ich rief nach ihr, und da ich keine Antwort erhielt, klopfte ich oben an die Tür.«
»Ich will nachsehen«, sagte Matthew hastig. »Ich muß mich auch umziehen, ich bin durchnäßt.«
Er fand Rosa nirgends. In fliegender Eile zog er sich um, nachdem er Tee aufgegossen und schnell eine Tasse getrunken hatte, lief er auf den Hof hinaus, wo Straker auf ihn wartete. Auf den fragenden Blick des Alten schüttelte Matthew nur den Kopf. »Wo wollen wir zuerst suchen?« fragte Straker. »Wir nehmen den Weg, den sie wahrscheinlich gegangen ist.«
Sie suchten vergeblich. Am folgenden Tag beteiligten sich noch mehr Leute an der Suche. Mit Stangen stießen sie in die Schneewehen, doch war alle Mühe umsonst. Am dritten Tag lenkte sie das Bellen eines Schäferhundes zum Steinbruch. Hier lag die Müllersfrau mit der Laterne in der Hand. Sie mußte oben gestrauchelt und hinuntergefallen sein. Ob sie gleich tot gewesen war oder das Bewußtsein verloren hatte und dann erfroren war, vermochte niemand zu sagen.

Erst nach dem Begräbnis, als die Trauergäste gegangen und nur seine Mutter, seine Großmutter und seine Tante zurückgeblieben waren, begriff Matthew, daß er nun frei war, und was das bedeutete. Eigentlich brachte ihn seine Mutter darauf, denn während der fünf Tage, da Rosa aufgebahrt im Hause gelegen hatte, konnte er nicht an die Zukunft denken.
Nachdem die Mutter den Tisch abgeräumt hatte, eröffnete sie Matthew ihr Vorhaben. »Morgen ziehen wir hier ein«, sagte sie.
Vor Verwunderung verschlug es ihm die Sprache.
»Betten brauchen wir nicht mitzubringen«, fuhr sie fort, »überhaupt nur wenige Sachen.«

Er stützte die Hände auf den Tisch und erhob sich brüsk.
»Was sagst du da?«
»Wir werden morgen hierher ziehen. Bist du schwerhörig?«
»Nein, schwerhörig bin ich nicht. Aber daraus wird nichts.« Er hob die Stimme. »Ihr werdet weder morgen noch irgendwann sonst hierher ziehen.« Er blickte vom einen zum andern. »Laßt euch das ein für allemal gesagt sein. Ich will euch nicht hier haben. Ihr bleibt, wo ihr seid.«
»Wer soll denn für dich sorgen?« fragte Nancy ehrlich erstaunt.
»Ich habe Peggy. Sie kann auch für mich kochen.«
»Sie kann doch nicht den Haushalt führen. Sie ist bloß eine Magd. Du mußt jemand haben...«
»Ja, gewiß. Ich werde schon jemand finden, der mir den Haushalt führt. Laß das nur meine Sorge sein.«
»Ich weiß, wen du meinst«, erwiderte Nancy ergrimmt. »Es wird mit dir ein schlimmes Ende nehmen, ich warne dich. Mir kannst du nämlich nicht vormachen, daß Rosa dem Weibsbild dort oben Suppe bringen wollte. Bestimmt wollte sie sehen, was du dort treibst. Bis jetzt habe ich den Mund gehalten, aber wenn du mich zwingst, es den Leuten zu erzählen...«
»Erzähle es, wem du willst«, unterbrach er sie kalt. »Mir ist es gleich, was die Leute von mir denken. Aber eins laß dir gesagt sein. Wenn du mir Steine in den Weg legst, verkaufe ich die Wagnerei mitsamt dem Haus, und dann könnt ihr sehen, wo ihr bleibt. Überleg es dir also gut. Mich kann niemand zwingen, euch hier aufzunehmen, denn in diesem Haus wird kein freier Platz mehr sein.«
Die drei Frauen gingen, und eine bedrückende Stille bemächtigte sich des leeren Hauses. Es würde nicht lange so still und leer sein, tröstete sich Matthew. Wie lange mußte er warten, bis er alle zu sich nehmen konnte? Ein Jahr galt als schickliche Frist, aber ein Jahr fand er erschreckend lang. Vielleicht neun Monate... nein, sechs. Es würde sicher Gerede geben, wenn er nur sechs Monate wartete. Aber was zum Kuckuck brauchte er sich um das Gerede zu scheren...
Er wartete nur drei Monate.

12

Es war an einem schönen Tag Anfang April. Die Sonne schien. In der Wohnstätte waren alle schon seit dem Morgengrauen auf, und die kleinen Mädchen trugen neue graue Kleider, glänzende schwarze Stiefel und im Haar eine neue bunte Schleife. Zwei Stunden vor der vereinbarten Zeit waren sie schon fertig angezogen.

Cissy zog sich für ihre Hochzeit erst an, als alle Bündel gepackt und zum Abholen bereit vor der Tür standen. Dann entnahm sie der Kommode den Umschlag mit den Schriftstücken, die Cunningham während ihrer Krankheit abgeliefert hatte. Heute sollte er kommen und die Dokumente holen. Clives Brief hatte sie am vergangenen Abend verbrannt. Damit war alles zu Ende, wenigstens äußerlich.

Die fröhlichen Rufe der Kinder kündigten Cunningham an. Bei der Tür blieb er stehen. »Hübsch, sehr hübsch«., sagte er und musterte Cissy, so daß sie errötete.

»Wollen Sie sich nicht setzen?« forderte sie ihn auf.

Aber er nahm erst Platz, nachdem sie sich gesetzt hatte, dann legte er zwei Pakete auf den Tisch.

Sie hielt ihm den Umschlag hin. »Geben Sie das bitte seiner Lordschaft mit meinem besten Dank zurück. Ich brauche es jetzt nicht mehr.«

Er beugte sich zu ihr vor. »Das habe ich seiner Lordschaft ausgerichtet, und ich soll Ihnen sagen, daß er nichts damit zu tun hat. Der junge Herr hat die ganze Angelegenheit dem Advokaten Weir übergeben, und an ihn müssen Sie sich wenden. Aber auch er kann nichts unternehmen, keinerlei Entscheidung treffen, bevor Herr Clive zurückkehrt. Niemand weiß, wie lange die ›Virago‹ unterwegs sein wird.« Mit freundlicher Miene fragte er: »Darf ich Ihnen einen persönlichen Rat geben? Wir wissen nicht, was uns das Leben bringen wird, welche Wechselfälle uns bevorstehen. Was wir heute zurückweisen, brauchen wir morgen vielleicht dringend. Deshalb rate ich Ihnen, die Schriftstücke aufzubewahren.«

Seine leicht gestelzte Redeweise belustigte sie, und sie lächelte ihn an. »Vielleicht haben sie recht«, antwortete sie, »aber ich muß sie verstecken, denn Matthew will nichts davon wissen. Ich danke Ihnen. Sie waren überhaupt die ganze Zeit so freundlich zu mir.«
»Wie konnte ich anders?«
Wieder errötete sie, aber seine liebenswürdige Höflichkeit tat ihr wohl. »Noch etwas«, begann sie zögernd. »Haben Sie seiner Lordschaft gesagt, daß ich die Alimente jetzt nicht mehr annehmen kann?«
»Ja, und das versteht er gut.« Cunningham reichte ihr das eine Paket. »Seine Lordschaft läßt Sie bitten, dies als Hochzeitsgeschenk von ihm anzunehmen. Sie sollen sich etwas anschaffen, das Ihnen Freude macht.«
Das Paket enthielt ein silbernes Kästchen mit rotem Samtdeckel. Als Cissy den Deckel aufklappte, fand sie das Kästchen mit goldenen Sovereigns gefüllt. Sprachlos starrte sie auf den kostbaren Inhalt.
»Es sind hundert«, sagte Cunningham wohlgefällig, »ich habe sie selbst abgezählt.«
»Oh...«
Um ihr über die Verlegenheit hinwegzuhelfen, schob er ihr das zweite Paket hin. »Und das ist ein kleines Hochzeitsgeschenk von mir. Hoffentlich genießen Sie den Inhalt jeden Tag.«
Es war eine elegante Zinnkaffeekanne. Cissy mußte die Augen schließen, um die Tränen zurückzuhalten.
»Na, na, regen Sie sich nicht auf«, beschwichtigte er. »Der Müller dreht mir den Hals um, wenn er meint, ich hätte Sie zum Weinen gebracht.«
Nun mußte sie lachen, und sie streckte ihm beide Hände hin. »Vielen, vielen Dank«, stammelte sie. »Ich kann es gar nicht mit Worten ausdrücken... Sagen Sie auch seiner Lordschaft meinen Dank, ja?« Sie erhob sich, legte die beiden Geschenke auf den Tisch und blickte zu Boden. »Ich habe Sie nie gefragt, aber jetzt möchte ich doch gern wissen, wie es Richard geht.«
»Es geht ihm gut, und er ist glücklich«, antwortete Cunning-

ham. »Wenn es Ihnen dienlich ist, kann ich sogar sagen, er ist sehr glücklich, seit sich die Aufregung nach Fräulein Isabelles Unfall gelegt hat.« Es schien ihr, als spreche er das Wort »Unfall« behutsam aus, so daß ihr der Atem stockte; aber er blickte ihr harmlos und treuherzig in die Augen. »Das alles liegt ja hinter uns«, schloß er, »der Kleine hat den Verlust vergessen, und für seine Lordschaft ist das Kind ein und alles.«

»Das freut mich«, sagte sie. Weiter kam sie nicht, denn in dem Augenblick ertönten draußen laute Rufe und vergnügtes Lachen.

Nicht nur Matthew kam den Hang herauf, sondern er brachte auch Mary und Bella mit, die vorausliefen, so schnell sie es vermochten, und sich in Cissys Arme stürzten.

Matthew blieb stehen und betrachtete Cissy in ihrem grauen Alpakakleid und dem blauen Strohhut. Dann erblickte er Cunningham bei der Tür, und die beiden Männer nickten einander lächelnd zu.

Als ob die Kinder es geprobt hätten, ergriff jedes ein Bündel und trug es zum Wagen hinunter. Cissy holte ihre beiden Hochzeitsgeschenke. Sie blickte sich in dem Vorraum der Höhlenwohnung um. Hatte sie hier wirklich nur fünf Jahre lang gelebt? Sie war jetzt einundzwanzig, fühlte sich aber schon alt. Seit ihrer Krankheit, seit dem Gang zum Schloß, fühlte sie sich alt. Sie schüttelte den Kopf, wie um die herandrängenden Gedanken abzuwehren.

»Bist du bereit?« fragte Matthew unter der Tür.

»Ja, ich bin bereit«, antwortete sie leise.

Er streichelte ihre Wange, nahm ihren Arm und führte sie aus der Felsenwohnung den Hang hinab zu dem Wagen, auf dem schon ihre neun Geschwister saßen.

Cissy nahm neben Matthew auf dem Bock Platz. Cunningham winkte ihnen und rief: »Viel Glück!« und auch Bowmer, der den Kammerdiener in der zweiten Equipage hergebracht hatte, hob grüßend die Peitsche.

»Hü!« rief Matthew, und in entgegengesetzter Richtung fuhren die Wagen ab, der eine zum Schloß, der andere zur Kirche.

Zwei Stunden später sprangen Jimmy, William und Joe vom Wagen, aber die Mädchen zögerten, denn sie konnten es nicht fassen, daß das Müllershaus nun ihr Heim sein sollte. Matthew hob Cissy herunter und drückte sie einen Augenblick an sich. Ehe er sie ins Haus führte, trug er William und Joe auf, die Pferde abzuspannen und abzureiben.

In der Küche sah es genauso aus wie vor Jahren. Kupfer und Messing glänzten. Aber der lange Tisch war gedeckt, und am Herd stand Peggy, die wußte, daß der Müller die junge Frau, die er nun heimführte, schon immer geliebt hatte. Um das Gerede der Leute scherte sie sich nicht weiter. Sie tat ihre Pflicht, und jetzt hatte sie neun hungrige Kinder zu füttern.

Matthew ging mit Cissy ins Wohnzimmer, wo er ihr Umhang und Hut abnahm. Er sah sie an und sagte: »Hier sind wir also. Es hat lange gedauert.«

Sie nickte. »Ja, Matthew, es hat lange gedauert.«

»Ich hätte niemals gedacht, daß es Wirklichkeit werden könnte. Und du?«

»Nein, ich hätte es auch nie gedacht.«

»Bist du froh, daß es so gekommen ist?«

»Ja, Matthew.«

Er zog sie an sich. »O Cissy, ich liebe dich«, flüsterte er. »Wie sehr liebe ich dich! Und ich kann es kaum glauben. Ich kann es einfach nicht glauben, daß du jetzt mir gehörst.« Als er ihre Hände an seinen Mund emporhob, versteifte sie sich unwillkürlich, worauf er sie prüfend anschaute. So hatte sie sich auch im Fieber verhalten; er hatte ihre Hände nicht berühren dürfen. Sie war wohl noch immer von der Krankheit mitgenommen, jedenfalls sah sie bleich aus, und schon deshalb hatte er auf die baldige Heirat gedrängt, damit er für sie sorgen konnte.

»Liebst du mich, Cissy?« fragte er leise.

»Ja, Matthew.«

Sie sprach die Wahrheit, und als er sagte: »Ich will dich glücklich machen, du sollst glücklich werden«, dachte sie: Ja, ich werde glücklich sein. Wenn ich nicht an das Kind und seinen Vater denke, werde ich glücklich sein.

FÜNFTER TEIL: Der geschlossene Kreis

I

Der Müller von Brockdale starb am Weihnachtstag 1851 im Alter von achtundvierzig Jahren, gerade als man noch große Dinge von ihm erwartete.

Ums Jahr 1842 herum wurde der Name Matthew Turnbull zum erstenmal in Zusammenhang mit öffentlichen Fragen genannt, nicht nur in kleineren Städtchen wie Shields und Jarrow, sondern auch in Newcastle. Man sagte, der Müller Turnbull sei ein fortschrittlicher Mann, ruhig, beharrlich und furchtlos. Durch ihn erfuhren die Minderbemittelten von Lord Ashley Cooper, der sich für den allgemeinen Schulunterricht einsetzte und 1842 das Gesetz durchbrachte, das die Beschäftigung von Frauen und Kindern in den Kohlenbergwerken verbot.

Der Müller selbst und seine Angehörigen galten als die gebildetste Familie der Gegend. Es hieß von ihm, er habe seiner Frau – genauer gesagt, seiner zweiten Frau – Lesen und Schreiben beigebracht, und in seinem Hause gäbe es mehr Bücher als bei einem Gelehrten.

Matthew verfügte weder über die Mittel noch über die Möglichkeiten, das Dasein der Landarbeiter zu verbessern, aber es lag ihm daran, ihre trostlosen Wohnverhältnisse zu ändern. Er ging mit gutem Beispiel voran und baute seinen Gehilfen 1844 zwei Häuser mit je vier Zimmern.

Als William 1846 eine Apothekerstochter aus Shields heiratete, baute Matthew auch ihm ein Haus unweit der Mühle. Zuerst wurde immer ein Brunnen angelegt, denn zu dieser Zeit war Matthew von der Gefährlichkeit des Flußwassers überzeugt. Gewiß, der Fluß hatte seine Strömung, aber man warf Unrat und Abfälle hinein, lenkte die Abwässer dorthin und ertränkte darin Hunde und Katzen. Von diesem Fluß bezogen die meisten Dörfer und Weiler ihr Wasser.

Matthew erkannte die Zusammenhänge, als 1844 an beiden Flußufern eine Typhusepidemie ausbrach, der nicht nur seine Mutter und seine Großmutter zum Opfer fielen, sondern auch Nellie. Nellie war dreizehn Jahre alt, ein kräftiges Mädchen, das vor Gesundheit strotzte, aber sie erlosch wie eine Kerze im Luftzug, wohingegen die zarte, schwächliche Annie, die ebenfalls erkrankt war, überlebte. Gegen den Willen Gottes könne man nicht an, sagten die Leute, ihm müsse man sich beugen. Matthew ließ sie reden und machte sich seine eigenen Gedanken über den Fluß.

Als aber 1849 seine Tochter, das einzige Kind, das Cissy ihm geschenkt hatte, im Alter von elf Jahren an der Cholera starb, lehnte er sich laut und vernehmbar auf, und vielleicht wäre er ein Reformator der Hygiene geworden, hätte ihn nicht zwei Jahre später nach einem üppigen Weihnachtsmahl ganz plötzlich der Tod ereilt.

Cissy blieb als reiche Frau zurück, denn wie Müller Watson hatte auch Matthew das Vermögen vermehrt. Aber sie lebte allein in dem Haus mit den acht Zimmern, nur Annie war noch bei ihr, die im Frühjahr 1852 hätte heiraten sollen. Wegen des Trauerfalls wurde die Hochzeit nun auf den Herbst verschoben.

In den Monaten nach Matthews Tod fragte sich Cissy immer wieder, was zu tun war, wenn Annie sie verließ. Konnte sie allein in diesem Hause wohnen? Warum nicht? – William war mit seiner Frau und sechs Kindern – Drillinge waren darunter – in der Nähe. Jimmy und Ada hausten mit ihren vier Kindern in der Wagnerei. Sie wußte, Jimmy würde sie niemals vereinsamen lassen. Mary besuchte sie fast jeden Sonntag mit ihren drei Kindern und ihrem Mann, der in Shields auf der Werft als Schiffszimmermann arbeitete. Joe war noch immer Williams Gehilfe und wohnte auch bei ihm; hätte er nicht Andeutungen gemacht, daß er sich mit dem Gedanken trug, ebenfalls einen eigenen Hausstand zu gründen, hätte Cissy ihn gebeten, wieder zu ihr zu ziehen.

Sarah und Charlotte hatten es aus eigener Kraft zu etwas

gebracht. Vor vielen Jahren hatte Matthew ihnen ein kleines Putzwarengeschäft in einer Seitengasse von Newcastle gekauft. Die beiden waren so tüchtig, daß sie schon drei Jahre später in einen großen Laden mit Schaufenstern an der Collingwood-Straße übersiedeln konnten. Sie beschäftigten jetzt mehrere Verkäuferinnen, hatten ihre eigene Wohnung über dem Geschäft und eine Wirtschafterin für den Haushalt.

Bella war Cissys Sorgenkind geblieben. Kaum siebzehn Jahre alt, war sie fortgelaufen und hatte in Jarrow einen irischen Arbeiter geheiratet. Jedes Jahr brachte Bella ein Kind zur Welt. Jetzt waren es schon ihrer neun, alle gesund und ungebärdig; wäre Cissy nicht gewesen, hätten sie Hunger leiden und barfuß herumlaufen müssen.

Es kamen also viele Kinder und Erwachsene zu Besuch, und da Cissy schon zu Matthews Lebzeiten die Rechnungsbücher der Mühle geführt und alle übrigen Schreibarbeiten erledigt hatte, brauchte sie sich über ein unausgefülltes Dasein eigentlich nicht zu beklagen. Es war auch nicht Langeweile, die sie bedrückte, sondern es lag daran, daß sie sich im Grunde überflüssig fühlte, daß niemand sie wirklich brauchte. Noch mehr fiel ins Gewicht, daß sie den Gedanken, allein in diesem Haus leben zu müssen, unerträglich fand. Das Gefühl, hier ein Eindringling zu sein, hatte sie nie ganz verlassen, und seit Matthews Hinscheiden verstärkte es sich sogar.

Sie war nun frei... Sie schämte sich fast, wenn sie daran dachte, denn Matthew war immer so gut, so freundlich und liebevoll gewesen, aber sie wußte, daß dieses Aufatmen und dieses Freiheitsgefühl sich nur gegen sein herrisches Wesen richtete. Als Sechzehnjährige hätte sie sich gern in allem gefügt, wäre froh gewesen, von einem Stärkeren geführt und geleitet zu werden; doch als sie seine Frau wurde, war sie, obwohl erst einundzwanzig Jahre alt, ein reifer, abgehärteter Mensch.

Matthew hatte ihr nie etwas versagt, jedoch die Wahl stets selbst getroffen. Jedes Jahr im Frühling und im Herbst brachte er ihr neue Kleider, dunkle Röcke und Mäntel, und als sie sich einmal auflehnte und sagte: »Ich hätte so gern etwas Fröhlicheres, vielleicht in Rosa wie die Fransen an dem Tuch«, erwiderte er ausweichend: »Das würde dir nicht stehen.« Es dauerte einige Zeit, bis sie begriff, daß er seine Gründe hatte: Sie sollte nicht reizvoll aussehen, sollte nicht aus der Menge ehrbarer Matronen hervorstechen.

Wenn sie nachts in seinen Armen lag, sagte er ihr, sie sei schön; dann wurde er ein leidenschaftlicher Liebhaber und bedeckte ihren Körper mit Küssen; am Tage aber war er der Müller und sie sein Weib, das sich bei allen Achtung erwerben sollte. Er duldete auch nicht, daß sie sich im Hof blicken ließ, wenn das Getreide hereingebracht wurde, und Einladungen, die in späteren Jahren von Geschäftsfreunden an ihn und seine Frau Gemahlin ergingen, lehnte er höflich, aber entschieden ab.

Zweimal im Jahr nahm er sie und alle ihre Geschwister ins Theater nach Newcastle mit, aber nie sonntags in die Kirche, nicht einmal Pfarrer Hedley zu Gefallen.

Er beschenkte sie freigebig, meistens mit Büchern; doch im zweiten Ehejahr erhielt sie von ihm ein Spinett, das sie gern spielen lernte. An Schmuck besaß sie nur eine einfache Brosche und ein Goldkettchen mit Anhänger.

In den ersten zwölf Ehejahren gerieten sie nur einmal in Streit, in den beiden letzten häufig. Das erstemal kam es dazu, als er sie beim Lesen der notariellen Schriftstücke ertappte.

Er hatte geglaubt, sie hätte die Papiere am Hochzeitsmorgen Lord Fischels Kammerdiener zurückgegeben, und die Wut packte ihn, als er entdeckte, daß Cissy sie heimlich aufgehoben hatte. Das war also der Grund, weshalb sie so fleißig lesen gelernt hatte.

Als er ihr die Schriftstücke wegnehmen wollte, sprang sie auf und legte die Hände auf den Rücken. »Rühr mich nicht an, Matthew!« rief sie. »Ich wollte sie nicht behalten, aber Lord Fischel konnte sie nicht zurücknehmen, weil sie mein Eigentum sind. Ich sagte dir nichts davon, um dich nicht aufzuregen. Ich will keinen Gebrauch davon machen, aber ich will sie für das Kind behalten.«

Bei diesen Worten vergaß sich Matthew und brüllte sie an: »Das Kind, das Kind, du denkst immer nur an das Kind! Deshalb bekomme ich keines von dir. Seit zehn Monaten sind wir verheiratet, und kein Anzeichen? Und warum? Weil du mir nicht ganz gehörst. Im Fieber hast du nach ihm gerufen, nach deinem Clive. Obwohl er dich ins Unglück gebracht hat. Nicht nur das, ein Mörder ist er außerdem!«
»Schäm dich. Matthew! Gerade du solltest wissen, daß er nur geschossen hat, um mir das Leben zu retten.«
»Gib mir die Papiere her!« Er streckte die zitternde Hand aus. Sie widersetzte sich. »Nein, ich will nicht. Wenn sie vernichtet werden müssen, werde ich es tun.« Er machte einen Schritt auf sie zu. »Ich warne dich, Matthew. Wenn du sie mir wegnimmst, werde ich dich nicht mehr so lieben können wie bisher!«
Sie blickten einander nicht mehr zornig, sondern eher kummervoll und betrübt an. Nach einer Weile stapfte er aus dem Zimmer, und sie sank auf einen Stuhl. Schließlich ging sie zu dem leeren Kamin und legte die Schriftstücke hinein, doch als das Streichholz brannte, brachte sie es nicht über sich, sie anzuzünden, obwohl sie nicht die Absicht hegte, das Haus oder das Geld jemals zu beanspruchen – wozu auch, sie besaß ja alles, was sie sich nur wünschen konnte.
Nachdem sie sich vergewissert hatte, daß sich Matthew in der Mühle befand, stieg sie zum Speicher hinauf. Dort legte sie die zusammengerollten Papiere in ein Holzkistchen und versteckte dieses hinter einem Dachbalken. Im Kamin verbrannte sie statt dessen anderes Papier.
Er mußte die Asche gesehen haben, denn später am Abend entschuldigte er sich bei ihr. Der Vorfall schien vergessen zu sein. Zwei Monate danach sagte sie ihm, daß sie sein Kind trage, und im November 1838 wurde Victoria geboren.
Für Matthew spielte es keine Rolle, daß sein Kind ein Mädchen war und es in seinem Hause schon von Mädchen wimmelte; er vergötterte seine Tochter von dem Augenblick an, da er sie zum erstenmal im Arme hielt, und in den folgenden elf Jahren

betrachtete er sie als sein ausschließliches Eigentum. Er verwöhnte sie, schlug ihr keine Bitte ab, gab all ihren Launen nach und hüllte das Kind in Samt und Seide.
Cissy empfand dabei weder Neid noch Eifersucht, machte sich aber Gedanken, wie das werden sollte, wenn Victoria erwachsen war und ihr Herz einem Manne schenkte. Sie suchte die Schuld bei sich selbst, denn sie sagte sich, Matthew würde nicht so ausschließlich für Victoria leben, hätte sie ihm mehrere Kinder geschenkt.
Als Victoria nach fünftägiger Krankheit starb, verlor Matthew beinahe den Verstand. Als er sich endlich einigermaßen gefaßt hatte, dachte er gar nicht daran, Cissy für den erlittenen Verlust zu trösten oder selbst bei ihr Trost zu suchen, sondern er schob ihr die Schuld am Tode der Tochter zu. Sie habe Victoria nicht gewollt, warf er ihr vor, und habe sie nie geliebt, für sie habe es ja immer nur ein Kind gegeben.
Nach Victorias Tod änderte sich alles. Jimmy, William und Joe konnten nichts mehr recht machen; Matthew duldete keinen Kinderbesuch mehr im Haus, Musik und Lachen verstummten. Alle Kinder waren nur noch schwarz. Zwei Jahre war es ein Trauerhaus – bis zu dem Tage, da Matthew ebenso plötzlich starb wie einst sein Schwiegervater.
Und nun stand Cissy vor der Frage: Was sollte sie mit sich anfangen?
Die Antwort ergab sich im Januar 1853, als sie bereits ein Jahr um Matthew getrauert hatte.
Sie hatte erfahren, daß William erkältet war, und wollte sich nach seinem Befinden erkundigen. Gerade als sie das Haus verließ, kam Jimmy vorgefahren. »Ich muß nach Jarrow«, erklärte er, »da habe ich einen kleinen Umweg gemacht, um dich zu besuchen.«
»Und ich will zu William. Ich möchte nach ihm sehen, weil er angeblich erkältet ist.«
»Steig ein«, sagte Jimmy lachend, »wir können den Kranken ja zusammen besuchen.«
Auf diese Weise kam sie früher an als beabsichtigt. In dem

Augenblick, da sie anklopfen wollte, vernahm sie Williams laute Stimme: »Ich kann es nicht! Ich sage dir, ich kann nicht, und ich will nicht!«
Cissy hielt Jimmy am Arm fest, und beide lauschten den Worten ihrer Schwägerin Jessie: »Acht Zimmer hat sie und Bodenkammern dazu! Was braucht sie so viele Räume, wenn sie allein lebt? Und wir sind zu acht in vier Zimmern, und das siebente Kind ist unterwegs! Wenn du nicht mit ihr sprechen willst, werde ich es tun.«
Cissy und Jimmy tauschten einen Blick aus.
»Das Haus gehört ihr«, sagte William, »und sie hat es auch verdient. Vier Zimmer genügen nicht, sagst du? Wir hausten zu zehnt in einer Felsenwohnung, und wir...«
»Du liebe Zeit, komm mir nicht wieder damit! Kannst du nicht vergessen, daß du in einem Schweinestall aufgewachsen bist?«
Darauf folgte ein Geräusch, das zweifellos von einer Ohrfeige herrührte, dann wurde es still. Erschrocken zerrte Cissy Jimmy von der Tür fort, lief wie gejagt zu seinem Wagen und kletterte hinauf. Jimmy folgte ihr wortlos, wendete und brachte sie zur Mühle zurück. Beide schwiegen unterwegs.
Erst als sie in der Küche waren, machte Jimmy seinem Ärger Luft. Mit der Faust schlug er sich in die Handfläche und knurrte: »Wie kann sie sich unterstehen! Was bildet sie sich eigentlich ein? Nur weil sie die Tochter eines Apothekers ist? Bei ihren Eltern war auch nicht viel mehr Platz...«
»Laß nur, laß«, beschwichtigte sie. »Ich nehme es ihr nicht übel. Im Grunde hat sie recht. Was soll ich mit diesem großen Haus?«
»Sei nicht dumm, Cissy. Wenn jemand ein solches Haus verdient hat, dann bist du es. Das hat William auch gesagt. Und wenn er ihr nicht den Mund gestopft hätte, dann wäre ich dazwischengefahren...«
Cissys Blick ließ ihn verstummen. »Weißt du, Jimmy«, begann sie gedehnt, »ich habe dieses Haus nie gemocht.«
»Was?«
Sie schaute sich in der Küche um: nichts hatte sich darin

geändert, seit Rosa Watson hier die Hausherrin gewesen war. Unvermittelt bat sie mit einem Eifer, den man bei ihr seit langer Zeit nicht mehr gewohnt war: »Tu mir einen Gefallen, Jimmy, ja? Laß Ada morgen mit mir nach Newcastle fahren. Du könntest doch die Kinder beaufsichtigen, nicht wahr?«

Obwohl ihn diese unerwartete Bitte erstaunte, willigte er ein: »Natürlich kann ich die Kinder beaufsichtigen. Ada wird sich sehr geschmeichelt fühlen. Was hast du vor?«

»Ich will einkaufen.«

Am folgenden Morgen fuhr sie, wie immer ganz in Schwarz gekleidet, mit dem Einspänner zur Wagnerei, um Ada abzuholen. Jimmy und seine Kinder winkten ihnen nach.

Ada, die ebenso klein und dünn wie Jimmy war, kannte außer ihrem Mann und ihren Kindern keinen Menschen, den sie so sehr liebte wie ihre Schwägerin.

Jahrelang hatte sie in Newcastle unter sehr schlechten Arbeitsbedingungen in einer Schneiderei gearbeitet, von acht Uhr morgens bis acht Uhr abends. Nach zwölfjähriger Tätigkeit hatte sie mit zwanzig Jahren als Zuschneiderin einen Wochenlohn von fünf Shilling erhalten. Eines Tages wurde sie gebeten, in der Mühle von Brockdale ein Kleid abzuliefern, da sie sonntags ihre Großmutter in Jarrow zu besuchen pflegte. Der Mann, der die Ablieferungen üblicherweise besorgte, lag krank danieder, die Erledigung eilte, und im Geschäft fand man es selbstverständlich, daß die Zuschneiderin ihre Freizeit für den weiten Weg opferte.

Cissy bot dem blassen, mageren Mädchen eine Erfrischung an und unterhielt sich mit ihm. Jimmy saß still dabei, und wie einst sein Vater der Mutter gegenüber wurde er von Mitleid ergriffen; er brachte Ada Ransome im Wagen nicht nur zu ihrer Großmutter zurück, sondern fuhr sie darauf noch bis Newcastle. In den nächsten drei Monaten hatte er sich jeden Sonntag mit ihr getroffen und sie schließlich geheiratet.

Und nun begleitete sie Cissy nach Newcastle, um für sie Stoffe auszusuchen, nicht schwarze, braune oder graue, sondern rote, wie Cissy ausdrücklich erklärt hatte. »Ein weiches Erdbeerrot,

das würde dir gut stehen, Cissy«, sagte Ada. »Was meinst du zu Taft?«
Cissy ließ die Zügel schnalzen und lächelte: »Ja, Ada, erdbeerroter Taft, das würde mir gefallen.«

Die Familie wunderte sich sehr über die Wandlung, die mit Cissy vorging. Sarah und Charlotte freuten sich darüber, sie verkauften ihr zwei Hüte und zwei Hauben, natürlich zum Selbstkostenpreis. Bella sah es sich mit mürrischem Neid an. Mary war leicht entsetzt, William suchte vergeblich nach einer Erklärung, Joe belustigte es, und Annie schüttelte verwundert den Kopf. Jimmy verstand die Zusammenhänge und wartete ab.

Eines Tages fuhr Cissy in die Stadt. Sie trug ein moosgrünes Samtkleid mit weitem Rock und kurzer, enger Jacke, das Ada ihr genäht hatte, und darüber ein Pelzcape, dazu braune Knöpfstiefel und einen kastanienbraunen Hut, der in der Farbe auf ihr Haar abgestimmt war.

Es geschah nicht zum erstenmal, daß sie die Kanzlei des Advokaten Weir betrat. Im Jahr 1844 hatte sie einmal einen Brief von ihm erhalten, mit der Bitte um Anweisungen, wie sie ihr wachsendes Barvermögen anzulegen wünsche.

Zum Glück war Matthew an jenem Tage in Newcastle gewesen. Sie hatte den Brief nicht beantwortet, sondern Weir bei der nächsten Gelegenheit persönlich aufgesucht und ihm aufgetragen, das Geld so anzulegen, wie er es fürs beste halte, das Haus weiterzuvermieten und sich auf keinen Fall mehr mit ihr in Verbindung zu setzen.

Nun saß sie neun Jahre später in demselben Sessel und betrachtete den Mann mit dem kantigen Gesicht, der ihr inzwischen sehr gealtert schien.

Weir dagegen fand, für seine Klientin sei die Zeit stillgestanden; sie sah um keinen Tag älter aus, ja eher verjüngt, und niemals hätte er ihr ihre siebenunddreißig Jahre gegeben. Sie kam ihm irgendwie rätselhaft vor, jedenfalls ausgesprochen reizvoll. Am meisten verblüffte ihn ihr Anliegen. Nach all diesen Jahren – genau nach siebzehn Jahren – wünschte sie ihr Haus zu besichtigen. Er konnte es kaum glauben, daß sie es noch nie gesehen hatte.

Hier saß sie vor ihm, eine Frau aus dem Volke, die reiche Witwe eines Müllers und die Empfängerin von jährlich tausend Pfund, ein Vermögen, das sich in den vergangenen siebzehn Jahren unter seiner sorgsamen Verwaltung verdreifacht hatte. Außerdem gehörte ihr eine Liegenschaft, die im Jahr hundert Pfund einbrachte. Jetzt stand das Haus, wie Cissy eben vernahm, seit drei Monaten leer.

»Ganz gut so«, sagte sie, »es ist nämlich möglich, daß ich es selbst beziehen werde. Deshalb will ich es mir auch ansehen. Wenn sich ein Interessent meldet, halten Sie ihn bitte hin, bis ich mich entschlossen habe.«

»Selbstverständlich, Frau Turnbull. Ganz wie Sie wünschen.«

Bevor Cissy ging, ließ sie sich über den genauen Stand ihres Vermögens unterrichten.

Danach fuhr sie zu ihrem Haus. Weir hatte ihr den Weg bezeichnet, so daß sie wußte, wo sie von der Landstraße nach Denton abbiegen mußte. Ihr Herz schlug heftig vor Erwartung. Clive hatte ihr gesagt, daß es schwarz und weiß sei, aber sie wußte, daß es ganz weiß erscheinen würde, wenn die Sonne darauf schien, und heute war ein heller Tag.

Und dann sah sie es. Sie war in eine Allee eingebogen, an deren Ende zwei Gartentore offenstanden. Am Zufahrtsweg arbeitete ein Mann in einem Beet. Cissy hielt bei ihm. »Ich will mir das Haus ansehen«, sagte sie, »den Schlüssel habe ich.« Er nickte freundlich.

Das Haus war tatsächlich schwarz und weiß, hatte vergitterte Fenster und eine schwarze Eichentür mit Messingklopfer. Es war ein hübsches, behaglich und einladend wirkendes Haus. Cissy spürte ihr Herz klopfen, als sie ihr Haus – Clives Haus – betrachtete. Erst nach einer Weile steckte sie den Schlüssel ins Schloß.

Die Diele war ziemlich groß und wirkte mit dem Kamin und den niedrigen Deckenbalken gemütlich. Im Erdgeschoß lagen ein Salon, ein Musikzimmer, ein Frühstücks- und ein Speisezimmer sowie die Küche, die nur ein Drittel so groß war wie die Küche in der Mühle. Langsam stieg Cissy die Treppe hinauf. Von der oberen, sehr geräumigen Diele gingen vier Schlafzimmer und ein Ankleideraum ab. Der Dachboden enthielt vier Mansarden.

Nach der Besichtigung stand Cissy in der oberen Diele und blickte in die Halle hinunter. Dies war das Haus, in dem sie seit siebzehn Jahren hätte leben sollen; dies war das Haus, in dem ihr Sohn hätte aufwachsen sollen. Im Geiste sah sie ihn dort unten stehen und zu ihr in die Höhe blicken – sie erinnerte sich an die Begegnung vor fünf Jahren, als sie ihn auf der Landstraße getroffen hatte.

Damals war eine solche Unruhe über sie gekommen, daß sie gern umhergestreift wäre, aber Matthew liebte es nicht, wenn sie Spaziergänge unternahm, weil er befürchtete, sie würde die Hänge erklettern und auf die Parkmauer von Schloß Hougthon hinuntersehen. Als Cissys Schwestern den Wunsch äußerten, die Felsenwohnung wiederzusehen, hatte er es mit der Begründung verboten, sie hätten dort lange genug gehaust, um sie zu kennen. An jenem Tage ging Matthew nach Newcastle. Er hatte Victoria mitgenommen, angeblich um Sarah und Charlotte zu besuchen, in Wirklichkeit aber wollte er unterwegs ihre Gesellschaft genießen. Cissy fuhr mit dem Einspänner nach Shields. Erst als sie sich dem Nordtor von Schloß Hougthon näherte, kam ihr der Gedanke, schnell einen Abstecher zur alten Höhlenwohnung zu machen. Sonderbarerweise ließ die Besichtigung sie kalt. Die Wohnung war verwahrlost, und Cissy wunderte sich nur, daß sie es hier so lange ausgehalten hatte.

Sie war ein wenig traurig gestimmt, als sie den Wagen wieder bestieg und weiterfuhr. So sehr beschäftigten sie Erinnerungen, daß sie die beiden Reiter, die ihr entgegenkamen, erst bemerkte, als sie sich hintereinander einordneten, um ihrem Wagen Platz zu machen. Plötzlich sah sie sich Auge in Auge mit Lord Fischel. Ihr Herz klopfte, die Zeit schien stillzustehen.

Sie merkte nicht, daß sie den Wagen angehalten hatte. Lord Fischel lüftete den Hut, der zweite Reiter folgte seinem Beispiel. Es war ein Jüngling mit dunklem Haar, braunen Augen, auffallender Hakennase und breitem Mund. Sie erkannte ihn sofort.

Erst als sie ihr Pferd wieder antrieb, wurde ihr bewußt, daß sie angehalten hatte. Aber sie wandte sich nicht nach den Reitern um.

Sie hatte sich besinnen müssen, zu welchem Zweck sie unterwegs war, und als ihr einfiel, daß sie in Shields ein Buch für Matthew zum Geburtstag besorgen wollte, hatte sie sich zwingen müssen, ihr Vorhaben auszuführen.

An dieses weit zurückliegende Erlebnis erinnerte sie sich jetzt. Sie ging nochmals in den Salon, schaute ringsum und versuchte sich vorzustellen, wie dieser Raum mit hellgrünen Tapeten und weichgoldenen Vorhängen aussehen würde.

Ihr Entschluß war gefaßt.

Cissy holte tags darauf Sarah und Charlotte ab, um ihnen das Haus zu zeigen. Als sie fragte, ob sie Lust hätten, hier mit ihr zu wohnen, riefen sie ungläubig aus: »Ist das dein Ernst?«, worauf Cissy hinzufügte: »Ich meine, bis ihr heiratet.« Nein, sie würden nicht heiraten, erklärten sie, aber gern wieder mit Cissy zusammenleben.

Charlotte war mit ihren sechsundzwanzig Jahren über das Heiratsalter hinaus, außerdem fehlten ihr die äußeren Reize; die siebenundzwanzigjährige Sarah hatte vor fünf Jahren ihr Herz an einen jungen Mann gehängt, der drei Monate vor der Hochzeit an Cholera gestorben war. Die beiden Schwestern hatten sich an den Gedanken gewöhnt, ihr Leben unverheiratet zu verbringen.

Später zeigte Cissy das Haus auch ihren Brüdern. Als sie ihnen ihre Pläne eröffnete, sagten sie dazu nicht viel. Joe, weil ihm plötzlich klar wurde, wie sehr ihm Cissys Nähe fehlen würde. William, weil ihn sein Gewissen plagte, und Jimmy, weil er mit einer Veränderung gerechnet hatte.

Am Abend dieses Tages saß sie mit ihren Brüdern zusammen

und unterrichtete sie über die getroffenen Bestimmungen. William sollte in das Müllershaus ziehen und mit Joe, der Williams Haus bekam, die Mühle als Eigentum übernehmen. Da Jimmy benachteiligt war, sollte er sich mit seinen Schwestern Mary, Bella und Annie in die Nutznießung von Matthews übriger Hinterlassenschaft teilen. Bei Bella wurde die Ausnahme gemacht, daß ihr die Rendite nur in Wochenraten ausbezahlt werden durfte.
Verlegen hörten sich ihre Brüder die Bestimmungen an. Sie fanden kaum Worte, ihre Dankbarkeit zu äußern. Jimmy, der als letzter ging, gab Cissy einen Kuß und sagte: »Als Gott dich schuf, hatte er eine seiner besten Stunden.«
Cissy mußte lachen. »Geh und frag Ada, ob sie nicht ein größeres Haus haben möchte. Du könntest es nun bauen.«
»Setz ihr bloß keine solchen Gedanken in den Kopf«, wehrte Jimmy ab, »wir sind sehr gut untergebracht.«
Alles war nun geordnet. Cissy wollte ein neues Leben anfangen; sie war frei, und sie freute sich auf die Zukunft wie eine junge Braut.

2

Als Cissy eines Tages mit dem Einspänner in die Stadt fuhr, stellte sie fest, daß ungewöhnlich starker Verkehr herrschte. Sie hatte sich mit Annie im Putzwarengeschäft in der Collingwood-Straße verabredet, wollte Besorgungen mit ihr machen und sie dann zum Tee zu sich nach Hause nehmen. Sie beschloß, einen Umweg zu machen, um von der anderen Seite her in die Collingwood-Straße zu gelangen. Aber als sie in eine Seitengasse einbog, an der größtenteils Geschäftsstellen und Agenturen lagen, traf sie auf viele Kutschen, so daß ihr nicht viel Platz blieb. Das Pech wollte es, daß ihr gleich ein Vierspänner entgegenkam. Geistesgegenwärtig lenkte sie ihr Gefährt auf einen freien Platz zwischen einer Droschke und einer Equipage.

Kaum hatte der Vierspänner die Gasse durchfahren, tauchten aus der Tür gegenüber der Equipage zwei Herren auf und überquerten die Fahrbahn. Der eine war blond, der andere dunkel.
Cissys Augen blieben an dem Blonden hängen, und er gab ihren Blick zurück. Erst dann betrachtete sie den andern, der ungefähr gleich groß, aber jünger war, und es kam ihr vor, als schaute sie in ihre eigenen Augen.
Clive war heimgekehrt! Eigentlich war sie nicht erstaunt darüber, denn vor zehn Tagen hatte sie in der Zeitung die Nachricht von Lord Fischels Tod gelesen. Sie hatte sich versucht gefühlt, der Beerdigung beizuwohnen, weil sie in gewisser Weise um ihn trauerte – er schien weitaus mehr als sein Sohn ihr Leben bestimmt zu haben –, aber gerade die Furcht vor einer Begegnung mit Clive hatte sie davon abgehalten.
Sie führte jetzt ein ruhiges Leben ohne Kummer und Sorgen, zwar auch ohne besondere Freuden, nahm am Dasein ihrer Geschwister teil, genoß die Gesellschaft ihrer Schwestern und erhielt häufig Besuch. Doch im Grunde war sie unausgefüllt, und es quälte sie eine Sehnsucht, die sie sich ungern eingestand. Immer wieder hielt sie sich vor, daß sie eine Matrone war, kein junges Mädchen mehr, doch manchmal überkam sie das Gefühl, das Leben noch vor sich zu haben.
Er sieht so viel älter aus, dachte sie ergriffen. Dann besann sie sich: Achtzehn Jahre waren ja vergangen, seit sie ihn das letztemal gesehen hatte. Aber es schien, als hätten diese Jahre bei ihm doppelt gezählt.
Sarah und Charlotte merkten gleich, daß mit Cissy irgend etwas nicht stimmte. Sie ließen sie nicht sofort mit Annie gehen, sondern drängten sie, zuerst stark gezuckerten Tee zu trinken.
Cissy mußte ihnen nachdrücklich versichern, daß sie sich wieder durchaus wohl fühlte, und sie glaubte beinahe selbst daran.

Am Nachmittag des folgenden Tages kam Ellen, die jüngere der beiden Mägde, in den Garten gelaufen, wo Cissy mit dem Gärtner die Anlage eines neuen Blumenbeetes besprach. »Ein Herr wünscht Sie zu sprechen, gnädige Frau«, meldete Ellen aufgeregt. »Ich habe ihn in den Salon geführt.«
Ellen hatte allen Grund, aufgeregt zu sein. Sie stand erst seit drei Monaten hier in Dienst, und außer den Verwandten ihrer Herrin hatte sie noch nie einen Besuch angekündigt. Und nun gerade diesen vornehmen Besucher! »Lord Fischel bittet um die Ehre, empfangen zu werden«, hatte er in hoheitsvollem Tone gesagt.
Cissy brauchte der Name des Besuches nicht genannt zu werden. Sie konnte nicht sagen, daß sie ihn erwartet habe, und niemals hätte sie sich eingestanden, wie sehr sie sein Kommen erhofft hatte. Sie fühlte nur, daß ihr jetzt vor der Begegnung bangte.
Sie betastete prüfend ihre Frisur, strich ihren Rock glatt und bedauerte, daß sie ihre einfache, dunkle Kleidung aufgegeben hatte.
Obwohl es ein warmer Tag war, erschauerte sie beim Betreten der Diele. Vor der Salontür blieb sie eine Weile stehen, dann erst hob sie die Hand und drehte den Glasknauf.
Clive stand mit dem Rücken zum Fenster mittem im Raum. Sie blickten einander an. Er bewegte sich als erster, dann ging einer auf den andern zu. Er streckte die Hand nicht aus, verbeugte sich auch nicht, sprach keinen förmlichen Gruß, sondern sagte nur:
»Es ist lange her.«
Sie konnte nicht antworten, sie hatte ihre Stimme nicht in der Gewalt. In seinen Augen lag eine gewisse Härte, aber auch Traurigkeit.
»Wie verändert Sie sind«, fuhr er fort, »aber nicht älter geworden.«
»Achtzehn Jahre sind es her«, sagte sie und entrang sich ein Lächeln. »Wollen Sie sich nicht setzen?«
Er ließ zuerst sie Platz nehmen, dann hob er seine Rockschöße

und setzte sich ihr gegenüber. Wieder schauten sie einander lange an.
»Sie sind also endlich hierher gezogen«, brach er das Schweigen.
»Ja, endlich.« Ihre Lippen kräuselten sich ein wenig.
»Es tut mir leid, daß Sie Ihren Mann verloren haben. Wann ist er gestorben?«
»Weihnachten 1851.« Sie wunderte sich, daß er von Matthews Tod wußte, wahrscheinlich war er bei Weir gewesen und von ihm unterrichtet worden.
»Er war noch jung. Wie traurig...« Clive neigte sich vor und schlug einen persönlicheren Ton an. »Hoffentlich waren Sie glücklich.«
Sie schlug die Augen nieder und antwortete nach einer Pause: »Ja, ich war glücklich.«
»Haben Sie Kinder?«
»Ich hatte eine Tochter. Sie starb mit elf Jahren an Cholera.«
»Oh, das tut mir leid, sehr leid.«
»Zu meinem Bedauern hörte ich vom Tod Ihres Herrn Vaters. War er länger krank?«
»Ja, einige Monate. Als ich es erfuhr, kam ich sofort her. Ich lebe jetzt in Spanien.«
»In Spanien? Das ist weit entfernt.«
»Ja, aber ein sehr schönes Land.«
Sie faßte sich ein Herz und fragte: »Werden Sie dorthin zurückkehren?«
»Ja, mein Schiff geht in zehn Tagen.«
»Ach...« Es war, als legte sich ein Gewicht auf ihre Seele. Sie hätte sich gern erkundigt, ob er zu Weib und Kind zurückkehrte, wagte es aber nicht. Statt dessen fragte sie: »Darf ich Ihnen eine Erfrischung anbieten, eine Tasse Tee vielleicht?«
»Das wäre sehr nett. Danke.«
Sie erhob sich und läutete. Ellen erschien, und Cissy gab ihr den Auftrag. Clive beobachtete sie, er konnte es kaum glauben, daß dies dasselbe Menschenkind war, das verlegen und eingeschüchtert im Schloß auf dem Sofa gesessen hatte, in derben

Kleidern und Stiefeln, das Mädchen mit den rauhen Händen, die er geküßt, das Mädchen, das er entgegen aller Vernunft geliebt und dessen Gesicht ihn jahrelang verfolgt hatte. Immer wenn er sich von einer Geliebten getrennt hatte, war ihm die Erinnerung an dieses Mädchen gekommen und auch an Isabelle und an die Ereignisse, die sein Leben bestimmt hatten. Oft hatte er gedacht, daß sie damenhaft wirken müßte, wenn sie entsprechend gekleidet wäre, und das bewies sie jetzt. Sie wußte sich zu benehmen, und ihr schönes Gesicht strahlte Ruhe aus. Ob sie mit dem Müller wirklich glücklich war?

Clive schaute sich im Zimmer um. »Wie hübsch und geschmackvoll es hier geworden ist. Wer hat das entworfen?«

Sie blickte ihn erstaunt an. »Ich selbst. Es ist genauso geworden, wie ich es mir vorgestellt habe.«

Es wurde angeklopft, und die beiden Dienstmädchen brachten Tee und Kuchen.

Clive sah zu, wie Cissy den Tee aus einer Silberkanne einschenkte. Er kam aus dem Staunen nicht heraus.

Während sie Tee tranken, ging die Unterhaltung ein wenig gestelzt vor sich; dann setzte Clive seine Tasse zum letztenmal nieder, holte tief Atem und lehnte sich entspannt zurück. »Wie finden Sie Ihren Sohn?« fragte er.

Cissy erschrak über diese Worte, sie brauchte einige Zeit, sich zu fassen. »Ein gut aussehender junger Mann«, sagte sie.

Zum erstenmal lächelte Clive. »Nicht nur das, er ist auch ein prächtiger Mensch. Mein Verdienst ist das gewiß nicht, ich habe mich um seine Entwicklung nicht gekümmert und ihn nur selten gesehen. Mein Vater war ihm der beste Erzieher, den man sich denken kann.«

Er lehnte sich vor und stützte den einen Unterarm aufs Knie. »Haben Sie ihre Großmut jemals bereut?« fragte er mit gesenkter Stimme.

»Ja, oft«, antwortete sie.

»Verständlich. Aber ich bin froh darüber, denn er eignet sich besser zum Gutsherrn als ich. Er hat Ihr warmherziges Wesen.«

Sie errötete.

»Er liebt die Scholle und das Schloß«, fuhr Clive fort. »Dort werden seine Kinder aufwachsen.« Ohne sich dessen bewußt zu werden, schlug er das altvertraute Du an, nicht weil er Cissy geringschätzte, sondern weil er sich ihr durch den Sohn verbunden fühlte. »Weißt du, daß Richard bald heiraten wird?«
»Er wird heiraten?« Aus großen Augen schaute sie ihn an; ein neuer Schmerz durchfuhr sie.
»Ja, seine Kindheitsfreundin, die Enkelin von David Bellingham. Elisabeth Rymall heißt sie. Die Hochzeit soll in einem Jahr stattfinden, und ich habe versprochen, daran teilzunehmen.«
Sie konnte sich nicht enthalten, die Frage, die ihr auf der Seele brannte, zu stellen: »Weiß er von mir?«
»Ja.«
Sie starrte ins Leere. Ihr Sohn hatte gewußt, wer seine Mutter war, aber nie den Versuch gemacht, sie kennenzulernen.
»Ich sagte es ihm gestern nach unserer Begegnung in Newcastle.«
»Ach so... erst gestern.« Unwillkürlich atmete sie auf.
»Und... und wie verhielt er sich dazu?«
»Er war tief beeindruckt.« Clive verschwieg ihr, daß Richard erschrocken und verstört gewesen war. Statt dessen fuhr er fort: »Er erinnerte sich an die Begegnung vor Jahren, als er in den Schulferien zu Hause war. Er hatte immer geglaubt, seine Mutter wäre früh gestorben, erriet aber aus einem Gespräch zwischen den Dienern, das er zufällig anhörte, daß seine Mutter noch lebte, und zwar ganz in der Nähe. Er wollte vom Großvater Genaueres wissen, mein Vater enthüllte ihm aber das Geheimnis nicht, sondern sagte nur, er könne versichert sein, seine Mutter sei ein sehr wertvoller Mensch.« Clive lächelte. »Wenn man weiß, was für eine Ansicht mein Vater von den Frauen im allgemeinen hegte, ist das ein hohes Lob.«
Sie beachtete das Kompliment nicht. Sie fühlte nur diesen unüberwindbaren und qualvollen Schmerz, der seinen Anfang genommen, als eine kleine Hand nach ihr geschlagen hatte.
»Möchtest du ihn kennenlernen?«

»Nein, nein!« Sie schüttelte heftig den Kopf, aber in ihrem Inneren schrie es: Nur einmal, ein einziges Mal!
»Ich finde, du bist klug.« Er stand auf einmal vor ihr, streckte die Hände aus und ergriff die ihren und fühlte, wie ihre Erregung auf ihn überging. Leise sagte er: »Du warst immer klug, Cecilia.«
Langsam hob er ihre Hände; seine Lippen berührten erst die eine, dann die andere. »Ich glaube, ich habe meinen Besuch allzu lange ausgedehnt«, sagte er darauf beinahe förmlich.
Wie immer, wenn sie sehr verwirrt war, vermochte sie nicht zu sprechen. Sie wandte sich von ihm ab, führte ihn aus dem Raum und durch die Halle. Bei der Haustür verbeugte er sich.
»Leb wohl«, sagte er. »Es war mir eine große Freude, dich wiederzusehen.«
Sie war noch immer so benommen, daß sie kein Wort hervorbrachte. Es war ihr zumute wie an dem Tage, da sein Vater sie zum Portal des Schloßes begleitet hatte.
Er ging die drei Stufen hinunter und über den Kiesweg zu der Equipage, deren Schlag von einem Kutscher offengehalten wurde. Sie erkannte in dem Kutscher den Mann, von dem sie damals, als sie ihr Kind zurückgebracht hatte, abgeholt worden war.
Sie stand immer noch an der Haustür, als die Equipage längst um die Ecke verschwunden war. Eine fast unerträgliche Traurigkeit kam über sie.
Plötzlich erschrak sie. Wie konnte sie das nur vergessen haben? Sie hatte ihm nicht einmal für das Haus und das Geld gedankt.
Sie erzählte ihren Schwestern von dem Besuch, als sie abends heimkamen; sie wollte nicht, daß sie es durch Ellen erfuhren. Sarah und Charlotte waren sehr beeindruckt. Lord Fischel hatte Cissy besucht! Natürlich wußten sie Bescheid; sie waren ja mit dem Skandal gewissermaßen aufgewachsen, obwohl sie es nie als einen Skandal betrachtet hatten, eher als eine Ehre, daß ihr Leben mit Schloß Houghton verknüpft war. Aber darüber war nie gesprochen worden, weil Matthew es nicht

gewünscht hatte. Sie wußten auch, daß er deshalb ein so strenges Regiment geführt und Cissy kurzgehalten hatte. Erst als sie älter wurden, merkten sie, daß Cissy darunter litt, und so begriffen sie die Wandlung, die nach Matthews Tod mit ihr vorgegangen war.

Doch in Sarahs Bewußtsein drängte sich ein Bild aus der fernen Vergangenheit, ein Erlebnis, das sie von klein auf oft verdrängt hatte und bei dem sie Cissys vornehmen Besucher zum erstenmal gesehen hatte. Charlotte aber rief unbeschwert: »Stell dir vor, was es bedeutet, wenn wir unseren Kundinnen berichten können, wer dich besucht hat, Cissy! Die Wagen werden sich vor dem Laden aufstauen!«

Cissy hob abwehrend die Hand. »Ihr werdet kein Wort davon verlauten lassen. Niemand soll es erfahren.«

»Auch Jimmy nicht?« fragte Charlotte verwundert.

»Kein Mensch, auch Jimmy nicht«, antwortete Cissy fest. »Es war Lord Fischels erster und letzter Besuch. Vergeßt die Sache gefälligst.«

Sie ging früh zu Bett, fand jedoch keinen Schlaf. Erst gegen fünf Uhr fiel sie in einen unruhigen Schlummer, aus dem sie ihre Schwestern aufschreckten. Die beiden wollten sich nicht nur verabschieden, sondern Cissy auch daran erinnern, daß sie verabredet hatten, sich abends im Theater zu treffen.

»Du wirst es doch nicht vergessen?« fragte Sarah.

»Warum sollte ich es vergessen?« antwortete Cissy beinahe unwirsch. »Ich werde pünktlich dort sein.«

Gegen zwölf Uhr hielt ein Wagen am Tor. Der Kutscher brachte einen schöngeschmückten Korb mit Pfirsichen, einen Rosenstrauß und einen Brief von Clive.

Es war, als ob ein schweres Gewicht auf einmal von ihr genommen würde. Sie vergaß die schlaflose Nacht und fühlte sich beschwingt. Sie las den Brief, seinen zweiten Brief: »Liebe Cecilia! Ich habe morgen geschäftlich in der Stadt zu tun. Darf ich Dich wieder besuchen? Clive.« Das war alles.

Sie ging sogleich zum Sekretär, holte einen Briefbogen hervor, ergriff die Feder – und hielt inne. Wie sollte sie ihn anreden?

Mit jeder Fiber lehnte sie sich gegen die Förmlichkeit auf. Der Kutscher wartete. Rasch entschlossen schrieb sie: »Lieber Clive! Ich freue mich jederzeit, Dich zu sehen, wenn Du mich besuchen magst. Cecilia.« Sie steckte den Brief in einen Umschlag und adressierte ihn an Lord Fischel, Schloß Houghton.

Als sie Bowmer den Brief reichte, starrte er sie fassungslos an, denn auch er erinnerte sich an sie.

»Geben Sie Seiner Lordschaft bitte meine Antwort«, sagte sie, worauf er antwortete: »Sehr wohl, gnädige Frau.«

Clive hatte ihr die Stunde des Kommens nicht mitgeteilt, und als er um ein Uhr kam, entschuldigte er sich sofort deswegen. Hoffentlich habe er sie nicht von einer anderen Verpflichtung abgehalten, fügte er hinzu. Er saß im Salon neben dem Fenster und sie etwas davon entfernt. Er bemerkte, der Garten sei entzückend, äußerte sich zu den vielen Büchern im Schrank und fragte, ob sie gern lese.

»Ja, sehr«, antwortete sie.

Wer ihre Lieblingsautoren wären?

Sie nannte Browning, Shelley und die Schwestern Brontë.

Er nickte beifällig, dann schwiegen beide. Er stellte sich die Frage, die ihm nicht mehr aus dem Kopf gegangen war, seit er vor zwei Tagen dieses Zimmer betreten hatte: Konnte er es tun? Durfte er es tun? Er sehnte sich danach, ja er ersehnte es noch mehr als vor Jahren; aber wie damals wußte er nicht, ob es nicht doch unklug wäre. In sieben Tagen würde er verreisen. Das erstemal war es ein Anstandsbesuch gewesen, wie es sich der Mutter seines Sohnes gegenüber ziemte. Er hatte sich überzeugt, daß es ihr an nichts fehlte, wozu sollte er da die Vergangenheit aufrühren und mit seinem Verhalten Gefühle in ihr wecken, die zu neuen Schwierigkeiten führen würden?

Cissy durchbrach die Stille und erkundigte sich nach seinem Leben in Spanien. Er schilderte ihr sein Haus auf dem Hochplateau mit der prachtvollen Aussicht, erwähnte wie nebenbei, daß er unverheiratet geblieben war, daß er vor sechs Jahren

den Dienst auf See quittiert hatte und sich seither ganz der Malerei widmete und das Versäumte nachzuholen trachtete. »Schon als Junge wollte ich Maler werden«, fügte er hinzu, wobei er im stillen dachte, daß er jetzt vielleicht ein anerkannter Maler wäre, wenn er sich an dieser jungen Frau, die er nicht vergessen konnte, damals nicht vergangen hätte. Seltsam, dachte er, wie einer des andern Schicksal geworden war.
Er fragte nach ihren Geschwistern und ließ sich von allen genau erzählen. Beim Abschied küßte er ihr die Hände und erbat die Erlaubnis, sie in zwei Tagen wieder zu besuchen. Während sie lächelnd bejahte, dachte sie: In zwei Tagen. Das ist übermorgen, und vier Tage danach schon wird er gegangen sein.

Cissy war auf der Suche nach einem Geburtstagsgeschenk für Jimmy. Sie entschloß sich für eine Pfeife und eine Kiste Zigarren. Jimmy hatte noch nie eine Zigarre geraucht, wie sie wußte, aber gerade deshalb würde ihm ein solches Geschenk schmeicheln, und sie konnte sich vorstellen, wie er sich vor den anderen brüsten würde, wenn er eine Zigarre pfaffte, die als das Sinnbild der vornehmen Gesellschaft galt.
Zigarren kaufte man bei Ransome. In dem langgestreckten, nach Tabak riechenden Laden waren einige Kunden anwesend, lauter Herren. Der Verkäufer bot Cissy einen Stuhl an und brachte ihr etliche Schatullen mit Pfeifen und Zigarrenkisten. Die Pfeife wählte sie nach dem schmucken Aussehen, die Wahl der Zigarren überließ sie dem erfahrenen Verkäufer.
Er war dabei, ihre Einkäufe einzupacken, als eine Tür am Ende des Ladens geöffnet wurde. Cissy hatte gehört, daß es dort einen besonderen Raum gab, wo die Kunden zur Probe rauchen konnten. Unwillkürlich blickte sie gegen die Tür. Ein kleiner Mann hielt sie weit offen, den einen Arm ausgestreckt, wobei er sich leicht verbeugte, und an ihm vorbei schritten Clive und Richard.
Sie saß wie erstarrt; ihr Gesicht war gespannt und blaß. Sie sah, daß Clive seinen Sohn anblickte – ihrer beider Sohn –, der

sie mit einem undeutbaren Ausdruck in den Augen betrachtete.
Der Verkäufer sprach mit ihr, und sie wandte sich ihm zu. Als sie sich wieder umschaute, waren keine weiteren Kunden mehr im Laden.
Sie zitterte, als sie das Geschäft verließ, erstarrte aber gleich wieder, denn draußen trat Clive auf sie zu, lüftete den Hut und sagte: »Guten Tag. Kannst du wohl etwas Zeit für uns erübrigen?«
»Guten Tag«, antwortete sie beinahe flüsternd. »Ich kann über meine Zeit verfügen, wie ich will.«
»Dürfen wir dich nach Hause bringen? Der Wagen steht am Ende der Strasse.«
Sie überlegte kurz. Das Pferd und der Einspänner waren in einem Stall untergebracht, sie konnte also später zurückkehren, um sie zu holen. »Ja, gern«, sagte sie.
Clive bot ihr den Arm und führte sie durch das Gedränge auf dem Bürgersteig, aber sie drehte sich nicht um, um zu sehen, ob Richard ihnen folgte. Erst als sie in der Equipage saß und er neben ihr Platz nahm, war sie sicher, daß er mitkam. Sie fand es angenehm, daß sie ihn nicht gegenüber hatte; es fiel ihr schon schwer genug, Clive anzublicken, denn seine Miene war jetzt kalt und abweisend, auch seine Stimme, als er seine einzigen Worte während der Fahrt sprach: »Wir wollen erst reden, wenn wir unter uns sind.«
Nie im Leben waren ihr Minuten so lang erschienen wie während dieser Fahrt, und nie hatte sie die Gegenwart eines Menschen stärker empfunden als jetzt die ihres Sohnes, der steif neben ihr saß.
Der Kutscher half ihr aus dem Wagen, und sie ging voraus ins Haus. In der Diele legte sie Umhang und Handschuhe ab, während Ellen die Hüte und Handschuhe der Besucher entgegennahm. Dann befanden sie sich im Salon, und Cissy sagte mit erzwungener Ruhe: »Bitte Platz zu nehmen.«
Aber alle blieben stehen. Clive hielt sich sehr gerade, und seine ganze Art, sogar der Ton, in dem er jetzt das Gespräch

begann, erinnerte Cissy an seinen Vater. »Es ist nicht nötig, daß ihr euch verlegen fühlt. Cecilia, das ist dein Sohn. Richard, diese Dame ist deine Mutter.«

Sie war in die Höhlenwohnung zurückversetzt. Das Kind stand schmollend, und sie versuchte es zu locken. »Komm, Richard, sei lieb und iß deinen Haferbrei.« Sie hielt ihm die Hand hin, und er schlug nach ihr. »Mag keinen Haferbrei. Mag dich nicht.« Ja, er hatte ihr das gesagt. »Ich mag dich nicht.« Das hatte sie nie einem Menschen erzählt, sondern sich immer bemüht, diese Worte zu verdrängen, aus ihrem Gedächtnis zu löschen.

Aber als sie jetzt in dieselben Augen blickte, erkannte sie, daß nur die anerzogene Höflichkeit ihn davon abhielt, laut herauszusagen: »Ich mag diese fremde Frau nicht. Ich will nichts von ihr wissen.«

Er verbeugte sich und sagte: »Es freut mich, endlich Ihre Bekanntschaft zu machen, gnädige Frau.«

Das klang aufgesetzt und leer. Aber was konnte sie anderes erwarten? Sie war ihm ja eine Fremde. Für ihn mußte es der peinlichste Augenblick seines Lebens sein, wie es für sie der schmerzlichste war.

Sie mußte ihn durchstehen, für Tränen blieb ihr noch genug Zeit. Ihre Stimme bebte nur ein wenig, als sie sagte: »Ich weiß, daß es peinlich für dich ist, und ich möchte dir erklären, daß ich nicht die Absicht habe, irgendwelche Ansprüche zu erheben. Es war... es war nicht mein Wunsch, dich hier zu sehen, aber...« Es lag ihr auf der Zunge, fortzufahren: »Aber ich bin so froh, daß du hier bist.« Statt dessen fügte sie hinzu: »Aber du bist jederzeit willkommen. Jedenfalls brauchst du nicht zu befürchten, daß ich mir diese Begegnung zunutze machen werde.«

Richard errötete. Seine ganze Haltung wirkte leicht beschämt, und das war ihr unerträglich, weil es ihr bewies, was sie geahnt hatte: Er wollte sie gar nicht kennenlernen. Seine Zukunft lag fest, darin war kein Platz für eine unbekannte Mutter und noch dazu eine Frau aus dem Volke, die in den

Kreisen, in denen er sich bewegte, nur einen Skandal hervorgerufen hätte.
Clive hatte in den höchsten Tönen von seinem Sohn gesprochen, und Cissy zweifelte gewiß nicht an Richards guten Eigenschaften, aber ihr Sohn konnte nicht aus seiner Haut, und dem mußte sie Rechnung tragen. Um dem fast unüberwindlichen Verlangen, ihn in die Arme zu schließen, zu entgehen, sagte sie mit gespielter Leichtigkeit: »Entschuldigt mich einen Augenblick. Ich möchte Kaffee bestellen.«
Sie hatte nicht gefragt, ob sie Kaffee wünschten, und Clive hielt sie wohlweislich nicht zurück. Als sich die Tür hinter ihr geschlossen hatte, fuhr er seinen Sohn mit zornrotem Gesicht an: »Du benimmst dich unmöglich. Du hast keinen Grund, sie zu verachten.«
»Ich verachte sie nicht, Vater, aber sie ist für mich eine Fremde«, erwiderte Richard leicht überheblich.
»Das wird sie für dich nicht bleiben. Laß es dir gesagt sein, ich habe die Absicht, sie zu heiraten.«
Dem jungen Mann blieb der Mund offenstehen, seine braunen Augen weiteten sich. Er sah aus wie ein Kind, das grundlos eine Ohrfeige erhalten hat. »Du willst sie heiraten?« flüsterte er.
»Das sagte ich. Ich gedenke sie zu heiraten.«
Richard bewegte langsam den Kopf hin und her. »Dann... dann wirst du also doch das Gut übernehmen und im Schloß wohnen?«
Clive lachte kurz auf. »Sei unbesorgt, ich nehme mein Wort nicht zurück. Gut und Schloß gehören dir, du bist mein rechtmäßiger Erbe, und ich trete dir den Besitz schon jetzt ab. Es dürfte für dich eine Erleichterung bedeuten, daß ich die Absicht habe, sie nach Spanien mitzunehmen.« Clive war nicht umsonst ein Lord Fischel, er hatte die Angelegenheit entschieden, ohne überhaupt zu wissen, was Cissy darauf antworten würde. Obwohl er Richards Reaktion vorausgesehen hatte, ärgerte er sich darüber, und unwirsch fügte er hinzu: »Dein erfreutes Gesicht spricht nicht gerade für dich.«

»Verzeih mir, Vater.«
»Es würde mich freuen, wenn du ihr irgendwo etwas Liebe bezeigen könntest, bevor wir gehen.«
Richard nagte an der Unterlippe, dann schüttelte er den Kopf. »Ich kann keine Gefühle heucheln, die ich nicht empfinde. Ich bin nicht so geschaffen.« Sein Blick war offen, seine Stimme fest. »Ich kann nichts dafür, daß mir Täuschungen und falsche Vorspielungen zuwider sind.«
Clive hätte beinahe gelacht. Er war nahe daran, seinem Sohn zu sagen, daß er darin seiner Mutter nachschlug; doch in diesem Augenblick kehrte Cissy zurück. »Ich wollte Richard gerade erzählen«, sagte er in leichtem Ton, »daß er hier in diesem Hause aufgewachsen wäre, wenn du ihn nicht so großmütig abgetreten hättest, um seine Zukunft zu sichern. Vielleicht hätte er von deiner Erziehung mehr Gewinn gehabt.«
Sie blickte auf ihren Sohn. »Dein Großvater hat dir eine bessere Erziehung angedeihen lassen, als ich es vermocht hätte. Bei mir warst du nur kurze Zeit, bloß die ersten fünf Monate. Ich habe dich zwar geboren, aber du gehörtest ihm. Schon vor deiner Geburt erhob er Anspruch auf dich, und er war ja der Gutsherr.«
Richard trat vor, beugte sich über ihre Hand und sagte: »Dank für das Verständnis.«
»Wenn du nur glücklich bist, etwas anderes habe ich nie gewollt – nur dein Glück.« Ihre Stimme wollte brechen, sie mußte sich abwenden, und dankbar sah sie Ellen mit dem Kaffee hereinkommen.
Kurz darauf standen sie in der Diele, um Abschied zu nehmen. Als Richard Cissys Hand ergriff und sie an die Lippen führte, war das für sie eine leere Geste, die ihr keine Wärme, keine Freude gab. Für sie stand der Knabe wieder zuhinterst im Winkel; eigentlich war er nie daraus hervorgekommen, seit die kleine Hand nach ihr geschlagen und das Kinderstimmchen »Mag dich nicht« gewimmert hatte.
Sie schaute der Equipage nicht nach, sondern eilte die Treppe

hinauf und warf sich aufs Bett. Erst jetzt durfte sie den Tränen freien Lauf lassen, und sie weinte bitterlich in der Abgeschiedenheit ihres Schlafzimmers.

3

Es war Jimmys Geburtstag, und zum erstenmal fuhr Cissy nicht zur Mühle, um ihm zu gratulieren. Sie fühlte sich wie ausgehöhlt, sah verweint aus und konnte sich nicht einmal dazu aufraffen, ihren Wagen aus der Stadt zu holen. Sie bat Sarah und Charlotte, die meistens ziemlich spät in einer Droschke heimkehrten, den Einspänner abzuholen.

Obwohl es ein Samstag war, der stets viel Betrieb brachte, fand Sarah Gelegenheit, Jimmy eine Nachricht zukommen zu lassen: Cissy gehe es offenbar nicht gut; wenn er Zeit habe, solle er sie doch besuchen, sie brauche Aufmunterung.

Als Cissy gegen acht Uhr – es dunkelte bereits – draußen einen Wagen vorfahren hörte, dachte sie, es wären ihre Schwestern, allerdings schlossen diese ihren Laden freitags und samstags erst um zehn. Sie stand vom Sofa beim Kamin auf und ging in die Diele, wo Mary, das zweite Dienstmädchen, soeben einen Besucher einließ.

Clive kam geradewegs auf Cissy zu; er sprach atemlos, als wäre er nicht im Wagen gefahren, sondern gerannt. »Ich komme spät. Ich wollte gestern abend nochmals kommen, wurde aber verhindert, und heute hatte ich den ganzen Tag verschiedene Dinge zu erledigen. Das Schiff geht am Montag um Mitternacht... Wollen wir hineingehen?« Er wies auf die Salontür.

Cissy holte tief Atem, als erwachte sie aus tiefem Schlaf. Sie ging voraus, kam aber nicht weit, denn er faßte sie an den Schultern und schaute ihr in die Augen. Er sah, daß sie geweint hatte, obwohl darüber viele Stunden vergangen waren. »Du hast wieder Kummer gehabt«, sagte er. »Immer wenn wir uns begegnen, bringe ich dir Kummer.«

Sie schüttelte den Kopf, ließ ihn sinken, antwortete aber nicht.

»Diesmal will ich wirklich alles wiedergutmachen«, hörte sie ihn sagen. »Das heißt, wenn es möglich ist... Sieh mich an, Cecilia. Willst du mich heiraten?«
In den letzten Tagen hatte sie sich so sehr gewünscht, diese Worte zu hören, sich aber immer wieder vorgehalten, daß ihr Wunsch nicht in Erfüllung gehen könne. Jetzt war sie so überwältigt, daß sie zu träumen glaubte. Auf einmal aber kam ihr ein bitterer Gedanke, und der Zweifel quälte sie. »Zum Trost? Weil Richard nichts von mir wissen will?«
»Nein, nein!« Als müßte er einen Eid leisten, hob er den Arm. »Ich wollte dich schon am ersten Tag bitten, als ich dieses Haus betrat, aber es reicht noch viel, viel weiter zurück.« Er nahm ihre Hand. »Schon als ich das Haus für dich kaufte, sah ich mich hier ein und aus gehen. Sagte ich dir nicht, daß ich dich gern besuchen würde? Ich dachte auch an mich, als ich für deine Zukunft sorgte.« Er verschwieg ihr, daß er sie sich als seine Geliebte gedacht hatte – er wußte, daß er in diesem Augenblick manche Wahrheit ungesagt lassen mußte. »Schon damals hätte ich dich gern geheiratet«, fügte er statt dessen hinzu.
Cissy hingegen konnte ihm den peinigenden Gedanken nicht verschweigen, der ihr in den letzten Tagen die aufkeimende Hoffnung immer wieder vernichtet hatte. »Ich könnte dir niemals ebenbürtig sein«, sagte sie. »Du müßtest dich meiner schämen.«
Lächelnd nahm er ihr Gesicht zwischen seine Hände. »Wer sich deiner schämen würde, der verdient dich gar nicht. Ich wette, daß mich jeder Mann beneiden wird, der dich kennenlernt. Es gibt eine andere, wirklich entscheidende Frage. Hast du mir das Unrecht, das ich dir angetan habe, vergeben?«
Jetzt war es an ihr, zu lächeln, und mit weicher Stimme antwortete sie: »Seltsam, von dem Augenblick an, da ich mein Kind in den Armen hielt, war es für mich kein Unrecht mehr, sondern ein Geschenk.«
»O Cecilia!« Er schloß sie in die Arme und küßte sie.
Es war ein behutsamer, fast scheuer Kuß, der ihr alle Kraft zu

nehmen schien. Sie lehnte sich gegen ihn, und beide wurden von einer Leidenschaft erfaßt, die etwas Verzehrendes hatte, als müßten sie eine Glut stillen, die viele Jahre geschwelt hatte.
Es dauerte lange, bis der Bann gebrochen war. Sie saßen nebeneinander auf dem Sofa, Cissy wie verzaubert, Clive übermütig in seiner Glückseligkeit. Er zog einen Umschlag und ein Schächtelchen aus der Tasche, klopfte auf den Umschlag und sagte: »Rate einmal, was ich hier für dich mitgebracht habe.«
Zwischen Weinen und Lachen antwortete sie: »Hast du mir jetzt vielleicht ein Schiff gekauft?«
Er lachte hellauf. »Nein, aber das wäre gar kein schlechter Gedanke.« Er entnahm dem Umschlag einen Papierbogen, den er ihr in die Hand drückte. »Das ist eine Urkunde, die dich für den Rest deines Lebens an mich binden wird. Eine besondere Heiratslizenz. Wir werden am Montagmorgen um zehn Uhr getraut werden. Und das hier...« er gab ihr das Schächtelchen, »das ist das Symbol unserer Verbundenheit.«
Das Schächtelchen enthielt einen Ring aus Brillanten und Rubinen, der langsam vor Cissys Augen verschwamm, weil sie die Freudentränen nicht mehr zurückhalten konnte.
»Aber was werden die Leute sagen...« begann sie zaghaft, »ich meine, wenn du so schnell nach dem Tode deines Vaters heiratest?«
Er antwortete, wie ein Seemann geantwortet hätte, nicht ein Lord: »Was die Leute sagen werden, ist mir gleich. Übrigens werden wir es nicht zu hören bekommen. Aber ich weiß, was mein Vater dazu gesagt hätte. Soll ich dir verraten, was er zu Richard sagte, als ihn der Junge nach dir fragte? Er sagte, es sei jammerschade, daß ich nicht gleich mit dir durchgegangen bin. Das erzählte mir Richard gestern abend nach der Heimkehr. Ich glaube, er möchte dich vor unserer Abreise noch einmal sehen.«
Sie lächelte beglückt. »Wie lieb von ihm...«
Er zog sie an sich und drückte einen Kuß auf ihr braunes Haar. So selbstvergessen waren beide, daß sie die Stimmen in der

Diele nicht hörten. Endlich horchte Cissy auf. »Das sind die Buben, glaube ich.«
»Die Buben?« wiederholte Clive erstaunt.
»Meine Brüder. Ich nenne sie immer noch so. Jimmy hat heute Geburtstag. Er wird einunddreißig.«
»Dann müssen wir ihm gratulieren. Komm!«
Sie standen auf, und er reichte ihr den Arm. Als sie Seite an Seite mit ihm gemessenen Schrittes zur Tür ging, erkannte sie, daß sie noch sehr viel zu lernen hatte, nicht zuletzt über den Charakter dieses Mannes, der in der einen Minute ein derber Seemann sein konnte und in der nächsten ein Lord. Wenn er wie jetzt als Lord auftrat, ähnelte er sehr seinem Vater. Seltsam, sein Vater hatte ihr immer leid getan, sie hatte seine Einsamkeit geahnt, und mit Clive erging es ihr ebenso.
Sie blieben in der Tür stehen, und Cissy sah sich ihrer Familie gegenüber, sechs ihrer Geschwister, denn Annie und ihr Mann waren ebenfalls gekommen. Still und verwundert blickten sie ihr entgegen, bis sie sich klar und fest an den Mann an ihrer Seite wandte: »Clive, das sind meine Geschwister.«
Clive Fischel betrachtete die Gruppe, lauter ehrbare Mitglieder der Mittelschicht. Er lächelte sie ungezwungen an und sagte: »Ich freue mich, Sie kennenzulernen.« Hierauf wandte er sich an Cissy: »Nun?«
Aber sie blieb stumm, und ihr Lächeln war ein wenig mutwillig, was ihm nicht entging. Er hüstelte und sprach die Worte, die sie im stillen von ihm erwartet hatte: »Eure Schwester hat mir die Ehre erwiesen, in die Heirat mit mir einzuwilligen. Es tut mir leid, daß ihr verlieren müßt, was ich gewinne, denn Montagabend reisen wir nach Spanien. Die Trauung findet am Morgen statt.« Ein wenig förmlich fügte er hinzu: »Ich hoffe, ihr macht uns das Vergnügen, an der Hochzeitsfeier teilzunehmen.«
Jimmy, William, Joe, Sarah, Charlotte und Annie staunten den Mann an, der ihrer Schwester so großes Unglück gebracht, sie aber alle gleichzeitig vor dem Hungern bewahrt hatte. Diesen Mann, der nun ein Lord war, sollte ihre Cissy heiraten. Wie

seltsam, wie unbegreiflich das Leben doch war, dachten sie alle. Aber nun würden sie Cissy verlieren, ihre Cissy, ohne die sie sich ihr Dasein kaum vorstellen konnten. Sie war das Bindeglied, das sie alle zusammenhielt. Als triebe sie der Gedanke, daß dieses Bindeglied nun abgerissen werden sollte, drängten sie sich um sie, rissen sie von dem Mann neben ihr weg und riefen: »Cissy, liebste Cissy...!«

Sie fühlte sich in die Felsenwohnung zurückversetzt. Jeder hing an ihrem Rock, brauchte sie, war von ihr abhängig. Doch schon damals hatte sie gewußt, daß die Liebe zu ihnen nicht dieselbe war wie die Liebe zu ihrem eigenen Kind, wie auch jetzt die Liebe zu ihnen anders war als die Liebe zu dem Mann, in dem sie von jeher den Vater ihres Sohnes gesehen hatte. Außer ihm gab es für sie nichts und niemand mehr.

Er stand allein bei der Tür, und Cissy wußte, daß sich hinter der steifen Haltung und der stolzen Fassade die Einsamkeit verbarg. Sie löste sich von ihren Geschwistern und streckte die Hände nach ihm aus. Er kam auf sie zu, ergriff ihre Hände und zog sie an sich.

Ein Roman voll menschlicher Spannung und atemberaubender Dramatik

Als Band mit der Bestellnummer 10896 erschien:

Hauptakteure sind die Primanerin Minou und der Studienrat Richard Thorsten. Was in einer schwachen Stunde zwischen den beiden seinen Anfang nimmt, verstrickt sie mit der Zeit in ein auswegloses Schicksal. Als sich das Mädchen endlich daraus befreien will, läßt sich der völlig verzweifelte Lehrer zu einer folgenschweren Tat hinreißen . . .

BASTEI LÜBBE

Roman

Von Catherine Cookson sind erschienen:

10031	Ernte der Leidenschaft
10091	Glück ist eine seltene Münze
10495	Der Mann am Fluß
10582	Die andere Schwester
10569	Das einsame Glück
10690	Die richtige Frau
10979	Das schwarze Samtgewand
11331	Die Frau mit der Peitsche
12077	Stunde des Sturms
12079	Verhängnisvolles Erbe
12082	Tag der Versöhnung

BASTEI LÜBBE